写在学问边上

胡鸿杰 著

世界图书出版公司

上海·西安·北京·广州

图书在版编目（CIP）数据

写在学问边上/胡鸿杰著. —上海：上海世界图书出版公司,2012.9
ISBN 978-7-5100-4935-4

Ⅰ．①写… Ⅱ．①胡… Ⅲ．①随笔 - 作品集 - 中国 - 当代②散文集 - 中国 - 当代 Ⅳ．①I267

中国版本图书馆 CIP 数据核字（2012）第 157064 号

责任编辑：应长天
装帧设计：车皓楠
责任校对：石佳达

写在学问边上

胡鸿杰　著

上海世界图书出版公司 出版发行

上海市广中路 88 号

邮政编码　200083

上海市印刷七厂有限公司印刷

如发现印装质量问题,请与印刷厂联系

（质检科电话：021-59110729）

各地新华书店经销

开本：787×1092　1/16　印张：21.5　字数：360 000

2012 年 9 月第 1 版　2012 年 9 月第 1 次印刷

ISBN 978-7-5100-4935-4/G·325

定价：38.00 元

http://www.wpcsh.com.cn

http://www.wpcsh.com

一个人和他的期刊（代序）[①]

　　为书写序是一件很苦的事情——无论是对自己还是对别人。因此讨巧，借用崔海莉与我的一段"访谈"，充当《写在学问边上》的序言。

　　崔海莉：各位网友，大家好！开篇之前，请允许我先讲讲邀请本期嘉宾的一段小插曲：当我以《名家访谈》栏目邀请本期嘉宾时，他回复我："我不是名家，你访某某某吧！"我回复说我们只访教书的时，他又回复："我院名家众多，我真的不能算名家。"直到我解释说别人自有别人会去访，他才算是接受了访谈。是谁呢？他就是中国人民大学信息资源管理学院教授、博士生导师、《档案学通讯》杂志社总编辑胡鸿杰博士！

　　胡鸿杰：各位网友，大家好！

　　崔海莉：胡老师，我曾经就"标签"和"主题词"的区别向您讨教过。如果要您给自己加一个标签，会是什么呢？

　　胡鸿杰：教师的身份，编辑的习惯，农民的思维……

　　崔海莉："农民的思维？"据我了解，现在这是一个褒义词：简单而务实。这种思维决定了您的一贯作风，不论为人处世还是做学问？

　　胡鸿杰：人的思维大多来源于自己的经历。我早年间作为一名"知识青年"在农村生活了四年，通过接受贫下中农的再教育初步形成了"对世界的基本看

法"。中国可以看作是一个农民的国度，大多数国人上推两辈就是农民，连毛泽东主席都说自己是农民的儿子，更何况我们这些平民百姓。

至于如何概括"农民的思维"则是一个见仁见智的问题，但可以用"抽象到具体"方式总结它对一个人的影响。

崔海莉：很想知道为什么标签不是"国家二级运动员"呢？我觉得老师无论走到哪里都不会把这个丢下的。

胡鸿杰：我在1981年北京高校运动会400米比赛中跑出52″99的成绩，经大会确认和裁判长签字达到国家二级运动员标准，并被授予证章和证书。因此，这个"国家二级运动员"显然要比"专家评定"和高考前的"测试"重要得多。

崔海莉：您在博文《颠倒》中写道："也许这些身兼'数家'的家伙，只有在回到自己家的时候，'颠倒了的历史'才能被'颠倒过来'。"不过，我还是有一个疑问，这些身兼"数家"的人还知道或者回得了自己家吗？"回家"对您来说意味着什么？您担心离家太远，找不到来时的路吗？

胡鸿杰：这个不用担心，因为我几乎每天都坐在"家里"。当然，身体的回家和精神的回家是有一些区别的，但是都意味着与自己的亲人比较近、心情比较放松等等。

崔海莉：胡老师可真幽默！"满街柴草满街尘，炊烟尽处聚暮云。人生有为能几时，日日虚白到黄昏"。您2008年4月1日在新浪开博客时写的一首《无题》，也是您邮箱喜欢用的签名。这里，我们看到了胡老师的另外一面。

胡鸿杰：这是我在插队时写的东西。基本"心绪"都在文字里，如果让作者解释自己的东西，那将是一件很傻的事情。我只能说的是，这个东西与"4月1日"无关。

崔海莉：无关呀，我一直以为有某种深层含义呢！现在写博客对您来说似乎已是一种习惯了，我看到您甚至在凌晨三四点钟发博客。不论是没睡还是早起，这一举动都可以说明些什么。

胡鸿杰：基本是完成了一次"午睡"——有时候自己的想法稍纵即逝，如果不赶紧"记录"下来，就永远失去了。而写完之后还可以继续睡一段时间。

崔海莉：抓紧记录？您害怕什么？有过"江郎才尽"的担忧吗？我知道有好几位编辑不知是不是对文字太有敬畏之情了，会有"恐慌感"。

胡鸿杰：主要是兴趣使然。

崔海莉：祝贺胡老师"记录"的这些博文最终结集成书！您曾说过："我总是

觉得网络只适合浏览而不适于阅读。"说句实在话,就我的阅读习惯而言,有些文字更愿意看到纸质的版本,尤其是当我期望对它进行深层次思考时。老师的一些文字,譬如《孤军奋战》,譬如《"师说"》、《"奴才人才论"》……读后很是让人钦佩。我佩服的不仅仅是您的文笔和坚持思考、写作,而是能真真切切地写出这类题材、表达自己的观点和想法。因为,在我看来,这些文字是要得罪人的——尤其在被流传和异化之后——杀伤力是惊人的! 当然它杀不了别人,更多的时候是让我"被自杀"。所以,即便事实如此,即使问题存在,我也不会说。您呢? 写这些是为什么?

胡鸿杰:我的《胡言》截止时间是 2009 年底,今年的东西没有收录。当然,其中的有些文字并不亚于你说的那几篇文章。我的想法倒不在于"得罪人"与否,而在于它是不是事实,如果是事实,那就是事实与人过不去了——我不过是一个记录者。

崔海莉:那我也实事求是地回答,我是今年才开始关注老师博客的。诚如老师所言,我也一直认为网络不适合深层次阅读。对于这些文字,最多也就是用几秒钟扫一下。也许是职业原因,也许是生活圈子的问题,对上面几篇印象特别深。不论截止到哪一年,《胡言》是出版了。

胡鸿杰:广西师范大学出版社 2010 年 8 月版。

崔海莉:广西师范大学出版社是广西最有影响力的出版社吧? 从您的视角——也就是分别从作者和编辑的角度看,在浅阅读时代,《胡言》的出版意味着什么?

胡鸿杰:意味着我们的职业同胞不一定非在一个"坑里"刨食,还可以有更广阔的生存领域。

崔海莉:如果说博客是一种随性、自由的文字,那么,刊物呢?"如果从1986年一本档案出版社出版的书把我与'责任编辑'这个称谓联系在一起的时候计算,我当'责任编辑'已经 25 个年头了"——这也是您博文中的一段话。在这25 年里,您对专业刊物的看法有过变化吗? 专业刊物只是专业人士"自娱自乐"的场所,业外人士对这些刊物需求只是"纸质很好,大小合适,如果再多加几个洞,打苍蝇就更方便了"和"村东头的厕所没纸了"? 从《办公室业务》到《档案学通讯》,作为一名总编,有着怎样不足为外人道的艰难? 尤其当这种艰难和一个称之为"事业"的关键词联系起来时?

胡鸿杰:我一直不太喜欢"事业"这个词,至多是一种职业吧——是一种"谋生手段"而已。不过,不同的刊物有自己的定位,要么有内容,要么有市场——可惜的是,我现在也没有遇到这样的刊物。至于《办公室业务》和《档案学通讯》,都还没有"成形",没有达到真正的出版物的水平,也就是大家一起玩玩吧。

崔海莉:"谋生手段?"就像吴冠中说"我负丹青"(注:《我负丹青》为吴自传)一样,这样的话不同的人说出来的效果不同,也不是每个人都有资格说的。

胡鸿杰:大家都"有资格说"什么是自己的"谋生手段"。根据马克思的说法,劳动在共产主义到来之前都是人们的"谋生手段",它所对应的应该是"第一需要"(或称为"理想状态"?)。我想,吴老可能也是这个意思。

崔海莉:在您的观念中,什么是"真正的出版物"?有几个基本构成要件?

胡鸿杰:真正意义的出版物——实现社会影响。

我是这样理解的,一种真正意义的、有社会影响的出版物,包括图书、期刊和报纸等所谓的"信息资源",必须有一定的内容和品位,有一定的发行数量。

(如果要件中包括来稿质量就有下面的问题,否则胡老师不必回答接下来的两个问题。我觉得这两个问题太大了,没意思。但是,不放又不好)

崔海莉:对当下档案学界的文风有何看法?

胡鸿杰:基本上是"状语研究"和"新文本主义"。前者主要是指"在×××下的×××研究"、"基于×××……",后者是上海大学于英香老师所称的"麦当劳"化;文章的选题要么来自国外,要么来自其他领域,唯独与我国档案职业活动关系不大,基本上处于自娱自乐。

崔海莉:在您的观念中,怎样才算是好的文字?

胡鸿杰:所有的大家都曾经谈到过这个问题,但是我无法给出具体标准。至少是可以让人眼前一亮吧。

崔海莉:既然档案期刊属于"杂志"的一种,您会不会在意发行量?

胡鸿杰:很在意,因为我曾经是一个职业编辑。但是现在没有办法,只好"大家一起玩"啦!

崔海莉:那您的潜台词是:好的刊物应该是有市场的,不论是普通刊物还是学术刊物。既然目前市场可以决定刊物的价值,那么中国的学术氛围还算令人满意?

胡鸿杰:中国的学术氛围是否令人满意?已经是有定论的问题。我只是想说,"市场"不是一个单纯的数量问题,应该包括一定的影响力,不能只满足于自娱自乐。

崔海莉：胡老师还记得为《档案学通讯》写的第一篇"卷首语"吗？

胡鸿杰：2000年第1期，已经收入了《胡言》的"办刊人语"中。

如果说"卷首语"具有划时代意义，就会成为笑话。但是，至少让我们刊物有了自己的"言论"，而"言论"对学术期刊的成长很重要。

崔海莉：十年后，您回首时有《十年一梦》。下一个十年您又会作怎样的总结？我注意到从今年开始，贵刊邀请全国档案期刊的总编轮流写卷首语。

胡鸿杰：我暂时没有"下一个十年"的设想，如果还在做的话，就一定会"还有话说"。

崔海莉：2002年7月贵刊组建杂志联络员队伍；2003年1月由16开改为A4版，杂志社被中编办核准为法人单位；2004、2008年被《中文核心期刊要目总览》列为核心期刊，进入CSSCI来源期刊，成为档案学、档案事业类核心期刊的代表……伴随着这些记载的，应该是脚踏实地的努力。

胡鸿杰：这些都是职业编辑必须做的，没有任何的"创意"。

崔海莉：论坛不属于"创意"的一种吗？其实在现有条件下，我们都在不自觉中做了很多。老师没有必要如此耿耿于怀。

胡鸿杰：我主要是想区分"本职工作"与"额外劳动"。至少我现在的工作基本上没有任何"创意"。

崔海莉：如果想让你有"创意"，您需要怎样的一种环境和氛围？

胡鸿杰：二十多岁、饱餐一顿，又睡了一个好觉之后，如果周围的温、湿度合适，可能会有"创意"。

崔海莉：杂志社有多少在编在岗人员？

胡鸿杰：无可奉告。

崔海莉：我若是"淡如水"，看到您这个访谈的标题一定会满地打滚说不干了！标题太霸道了。

胡鸿杰：他现在正在南宁当区长，暂时不会注意国计民生之外的问题。

崔海莉：下一步，就论坛和杂志的联动方面，杂志社有什么计划？

胡鸿杰：暂时没有。需要与大家商量和时间"洗礼"。

崔海莉：老师怎么看《档案学通讯》论坛"和"档案界论坛"？

胡鸿杰：我们的"论坛"我已经在《匆忙一年中》说过了。另外，我从来不评价别人的刊物。

崔海莉：优势互补、共同发展，是我们每一个档案人的愿望。从贵刊的角

一个人和他的期刊（代序）

度,对这一发展有哪些计划和准备呢?

胡鸿杰:暂时没有这方面的考虑,顺其自然吧。

崔海莉:看到胡老师总是"游学"各地,有一大部分内容是在讲"中国档案学的理念与模式"、"中国档案职业状况分析"这两个专题吧? 前一个好像是您的博士论文,全文16.5万字,我虽无缘得见,但在2003年第6期的《档案学通讯》上看到了这篇论文的文摘——《理念与模式——中国档案学论》;后一个是您2005年7月获得的国家社会科学基金项目——《档案职业状况与发展趋势研究》(项目批号:05BTQ015)。

胡鸿杰:第一个题目的"升级版"——《化腐朽为神奇:中国档案学评析》刚刚由上海世界图书出版公司出版,第二题目2009年获得了国家档案局科技三等奖。

讲得明白点,它们加起来就是"理论与实际"。

崔海莉:"理论与实际"——这就不难理解这两个讲座为何如此有市场了!

胡鸿杰:我觉得主要是人气,市场问题还不好说。

崔海莉:《论中国档案学的学术尊严》在2005年《档案学通讯》的第五、六期连载时"曾引起'老前辈'们的强烈反响",老师如果不介意,能说说吗? 您触及了什么底线,引起公众如此关注?

胡鸿杰:他们可能没有太理解文章的本意,所以"情况还在恶化"。

崔海莉:所以您会《再论中国档案学的学术尊严》?

胡鸿杰:对。

崔海莉:已经到了胡老师不愿多言的地步了? 好,我们就翻过去吧。胡老师曾说自己"做书"分三类:一是著作,《中国档案学的理念与模式》、《办公室管理概论》;二是教材,《秘书学教程》、《机关管理》、《办公室管理》、《办公室事务管理》、《项目开发与管理》;三是工具书,《中国公民实用手册》(中国档案出版社1995年版)、《档案管理小百科》(中国档案出版社1993年版)。我不想说"著作等身"之类的恭维话,否则胡老师又会回答:"我没有那么矮嘛!"

胡鸿杰:做档案学的没有"著作等身"的人,至少我还没有达到这种自我认知的愚蠢境界。

崔海莉:查了一下,《中国公民实用手册》为"方鲁主编"。"方鲁"? 老师的笔名?

胡鸿杰:那书是我们一伙人编的,"方鲁"是我过去用的一个笔名——最早为仿鲁——代表对某位大师的崇敬。当然，"造假不成"则只能"方鲁"——正直而愚钝。

崔海莉：我们说"鲁直"，丝毫没有愚钝的意思！

胡鸿杰：每个人都会有自己的理解。

崔海莉：怎样看待"教书"这份职业？请允许我请教关注"档案与文化"、"档案学人"以及"精神的家园"的"非责任教授、博士生导师"。

胡鸿杰：我国的情况是，能者做、不能者教——我现在做不了什么事了，所以"教"。

崔海莉：在老师的观念中还是"学而优则仕"嘛！但这回答只"直"不"鲁"。在您的博客中有一段李方桂坚辞不就时说的话："我认为，研究人员是一等人才，教学人员是二等人才，当所长做官的是三等人才。"我们暂且不把工作分三六九等，就编辑、教师、学者三者而言，您更喜欢哪一个社会角色？或者说，您更愿意从事哪一种劳动？前面您说过自己是"教师的身份，编辑的习惯"。

胡鸿杰：我不喜欢"学而优则仕"的说法，如果让我喜欢的"社会角色"，那就只能是农民了。

崔海莉：好的编辑不一定能写出好文章，好的作者也不一定能讲好课；这个，您同意吗？

胡鸿杰：完全同意。

崔海莉：在您的职业生涯中。从"教师的身份，编辑的习惯，农民的思维"中各有什么获益？

胡鸿杰：教师的悠闲、编辑的规范和农民的坚守。

崔海莉：6月24日华中科技大学的毕业典礼上，该校校长李培根16分钟的演讲被30次掌声打断。老师如何解读？

胡鸿杰：李校长只能在现有"体制"中起到缓冲剂的作用，几句过年话和几次掌声也只能说明那是一次成功的"毕业典礼"。

如果按照"根叔"的说法，被自己一天骂八遍而不许别人骂一遍的是母校，那么"被自己一天骂八遍而不许别人骂一遍的"人可能就是校长。

崔海莉：如何"改造我们的学习"？上面的做法似乎不起什么作用。

胡鸿杰：毛主席已经说过了——任何人如果再说，就是只能重复了。

崔海莉：可是，这是胡老师一篇文章的标题啊！您从档案学的研究领域和档案学的研究态度两个方面阐释了自己的观点，并提醒我们"当一些学风、方法、认识和态度,在数十年中没有给档案学带来根本改观时,难道我们还会将其再沿袭数十年吗?"

胡鸿杰:把毛主席和"我的话"加在一起,意思已经很清楚了——毋庸赘言。

崔海莉:据说胡老师当年读大学时是因为招生的老师发现这里居然有学生报考档案专业,绝对不能让您"漏网"?

胡鸿杰:好像是这么一回事——在"1978 那些事"中提过了。

崔海莉:1978 年老师还为获得这个专业的读书资格出了一次"公差"吧?

胡鸿杰:应该没有。

崔海莉:后来呢? 有没有什么原因让您主动或被动地"漏网"? 想没想过要挣脱这个网?

胡鸿杰:职业与人的生活不能完全一致,一个社会的人应该有更大的自由度。虽然大家必须为了生存去"谋生",但是,人们的精神世界应该有"漏网"的余地。

谢谢主持人! 谢谢大家!

目　录

写在学问边上

第七部分　性情感言

第一部分　书边文字

《二十几岁，每天学点经济学》·序①

我二十多岁的时候，学过一门经济学，即大学中的公共理论课《政治经济学》。由于天生愚钝，加上对此兴趣不大，所以既没学懂也没获得理想的成绩。当然，更连做梦都没有想到会给"经济学"类的著作写序。

平心而论，我们的生活离不开"经济因素"。那么，大家要想明明白白地活着，"学点经济学"似乎很有必要。在我国，凡是与学习有关的项目，必然强调越早越好，比如"××应该从娃娃抓起"的社区标语就清楚地反映了国家民族的诉求。如此看来，"学点经济学"也应该是件事不宜迟的功课。然而，作为一门产生了若干大师和大款的学问，不同于其他自然技能，学习的时候还是需要一点年龄、智力的储备和有一点对学问的敬畏之心的。这样一来，"二十多岁"似乎是一个开始走向成熟的年龄。

作为一门经世济民的学问，经济学的确与"我们的生活"直接相关——

比如，通过什么方式推销你自己，可以取得最好的"性价比"；如何运用"帕累托法则"去发展你的"人脉"；你是否认为恋爱、结婚中也有"风险投资"因素，也有"信息不对称"和"契约"问题；如果"内卷化是对每一个人的资源消耗"，那么你有克服它的办法吗……

本书的作者试图从生活中司空见惯的现象入手，去说明诸如为什么韩国、俄罗斯的人均 GDP 比我们高那么多，实际生活水平的差距却并没有那么大？节俭是一种美德，可是为什么国家却提倡消费，拉动内需？为什么一看到打折促销，我们就会挤上去，疯抢不需要的东西？为什么电脑、手机、数码产品贬值如此之快？为什么钱越来越不值钱？为什么有的人找不到工作，有的人却非常抢手？企业是如何定工资的，工资高低的秘密何在？为什么生意很好、品牌很响的企业，突然间就倒闭了等类似的问题。

作者希望通过这些"深入浅出"的方式，给年轻人介绍一些最基本、生活中最常用的经济学原理，让大家在轻松的阅读中探究日常生活背后隐藏的经济规

---

① 参见现代出版社 2009 年版。

第一部分 书边文字

律,学会像经济学家一样思考,理性地处理自己的日常行为,理性地规划好自己的人生。

好啦!我不想越俎代庖地挑战作者和读者的智慧,使你们之间的交流由于"序"的出现提前变得庸俗和乏味。也就是说,我基本上相信作者有足够的魅力去擦亮读者的眼睛——也许,读者的眼睛本来就是雪亮的。

最后需要提醒大家的是,美国经济学教授曼昆曾经说过,经济学研究社会如何管理自己的稀缺资源。……因此,经济学家研究人们如何作出决策:他们工作多少,购买什么,储蓄多少,以及如何把储蓄用于投资。经济学家还研究人们如何相互交易。曼昆并就此整理和提出了经济学的十大原理。由于对经济学的爱好,曼昆甚至连自己的宠物都用著名经济学家的名字命名。

如果你读完全书后,想成为曼昆那样的经济学家,千万不要忘记给你的狗起个好听的名字,比如凯恩斯。

(原文地址 http://www.daxtx.cn/forum.php? mod = viewthread&tid = 11342&archiver = 1 成文时间 2009 - 10 - 16)

写在学问边上

《挖掘媒体资源富矿——基于传媒主体的新闻信息资源利用研究》·序①

在三十多年前报考中国人民大学的时候,我填写的是新闻和档案两个专业。更有意思的是,在其后的学习和"职业生涯"中这两个专业一直与我形影相伴,以至于很难弄清楚这是一种历史的必然还是一种机缘的巧合。特别是在学界貌似要将我们现在所从事的专业改造为"信息资源管理"的时候,我仿佛又一次感觉到冥冥之中的一股力量,在引导自己走向那未知的远方。直到范世清的《挖掘媒体资源富矿——基于传媒主体的新闻信息资源利用研究》摆在面前,我才似乎看到了"彼岸"——原来两条平行的直线在无穷远点是可以相交于一个点且仅仅相交于一个点的。

即使离开数学和冥想的语境,范世清的《挖掘媒体资源富矿——基于传媒主体的新闻信息资源利用研究》也的确可以称得上在我指导的博士论文中将"档案"与"新闻"拉得最近的一篇大文章。之所以说它是一篇大文章,是因为文章摆脱了以往学界习惯的"档案视角",从"传媒主体"的角度观察和分析包括档案资料在内的"信息资源"——大就大在没有"王婆卖瓜自卖自夸",而是将所谓"信息资源"放在了"传媒主体"即真正的"行为主体"运营活动之中,去考量和说明它的功能和用途。这种"大法"的理论意义在于,又一次比较具体地证明了"信息资源"只是相对于"行为主体"、"管理诉求"的一种相对概念,离开了"行为主体"的"管理诉求",其实无所谓"信息资源"。也就是说,学界所称的"信息资源",不过是相对于"行为主体"、"管理诉求"的一种假设。

我一直认为,作为一门管理或者应用学科,仅仅满足于制造一些理论"假设"并没有太大的价值。换句话说,相对于制造"假设"而言管理或者应用学科的"谋事"功能应该成为为系其生存和发展的一个支点。在《挖掘媒体资源富矿——基于传媒主体的新闻信息资源利用研究》中,作者用了很大的篇幅去论述、求证和建构的,正是一套力图实施于具体"传媒主体"的"新闻信息资源利用"方法。比如,新闻资料工作的"业务中心"模式、新闻信息的"资源中心"模

---

① 参见世界图书出版公司2012年版。

式等等。更为可贵的是,作者通过对新华通讯社新闻信息资源开发利用活动的现状及其所面临问题的分析和研究,提出了从政府层面、媒体层面开发新闻信息资源及其推行市场化的设想,为语辞近乎枯竭的学界着上了浓墨重彩的一笔。

实事求是地讲,《挖掘媒体资源富矿——基于传媒主体的新闻信息资源利用研究》还是一个探索性的题目,在所有对未知的探索中,都难免出现同样需要"探索"的状况和问题。比如,在我国现有的制度框架中,如何将"单位所有新闻资料"变为"社会共享的信息资源"?作者所主张的新闻信息资源开发利用"模式"与社会上业已存在的图书馆及其相应的网络平台在"定位和社会功能"方面怎样划分?等等。我觉得一本好书或者一篇好文章的重要标志之一,不仅仅是为读者提供现成的答案,还应当引起人们的思考——这就是我为范世清的《挖掘媒体资源富矿——基于传媒主体的新闻信息资源利用研究》作序的全部理由。

（原文地址 http://blog. sina. com. cn/s/blog_54b75c030100ftwl. html 成文时间 2009 - 11 - 26）

写在学问边上

《基于学术评价视阈的中国档案学阐释与批判》·序①

王协舟的博士论文就要变成书了,他让我为书的出版说上几句话——我当然是非常乐意的。其中的原因十分简单:他是第一批以我的名义招收的博士研究生,研究的方向和论文的内容又是不折不扣的档案学基础理论——实至名归,理应当仁不让。

虽然目前我国的档案学博士已经有了相当的规模,但是说来惭愧,其中真正研究档案学或者以"档案学"为论文题目的却是凤毛麟角。也不知是因为"档案学"无文章可做,还是我们的博士们兴趣使然,反正结果都一样——就像某些濒危的野生动物,只能用"稀少"来形容档案学基础理论研究的数量。因此,物以稀为贵——王协舟的博士论文和专著当然就有其"稀贵"之处。

在1990年代,我国有一些档案学者力挺档案学的"学术评论"——将"学术评论"的目的、意义、特点等问题都"数落"干净了。但是,正像大家看到的一样:我们是"只听楼梯响,不见人下来"——在我的印象中,好像谁也没有对"档案学"真正地"评论"一把。在大家遗憾了十多年之后,王协舟用自己的博士论文和专著弥补了中国档案学术评论的缺憾。作者基于学术评价视阈,以当前档案学术界的研究为基础,在解决了"为什么要评价、如何评价和评价什么"等问题之后,从档案学的理论分析层面和个案研究层面具体展开了研究。其中涉及中国档案学应研究什么、研究了一些什么、是什么人在研究和采用什么方法研究四个基本问题,并以吴宝康、档案管理学、湘潭大学档案学专业为例,从档案学人、档案学科发展和档案学专业建设三个角度进行了评价。

更为可贵的是,王协舟的博士论文和专著还提出了"中国档案学的科学发展观"问题。作者指出,中国档案学术评论要体现其目的性,即评价本身不是目的,而在于为中国档案学指明今后的发展方向与道路。这是对中国档案学应该如何发展的一些启发性思考,也可以说是对中国档案学术评价的初步总结。中国档案学的科学发展观是灵魂,因为无论中国档案学基本理论要素研究的深

---

① 参见湘潭大学出版社2009年版。

入,还是档案学人学术思想的形成、学科发展道路的选择或者专业建设策略的应对,都离不开科学发展观的指导,都需要在其中寻觅适合自己的科学精神、价值取向与动力机制。

当然,作为中国档案学术评论的先期作品,王协舟的博士论文和专著还存在相当的提升空间。比如,中国档案学人的理论品格与理论贡献,中国档案学核心理论研究的历史线索、本土化与中国化,公共管理理论、信息资源管理理论、当代社会思潮与中国档案学研究等等,均有待广泛展开并深入探索。我个人认为,正是由于这些"空间"的存在,科学才可以称其为科学,社会才可以称其为社会,发展才可以称其为发展。因此,我衷心地希望,在中国档案学术研究的"空间"里能够看到更多的身影,能够收获更多的成果。

（原文地址 http://www.daxtx.cn/? uid - 5 - action - viewspace - itemid - 2822 成文时间 2008 - 11 - 12）

《档案学范式的历史演进及未来发展》·序①

在我国档案学论著日渐"凋零"的年代,《档案学范式的历史演进及未来发展》的出版不能不说是一个"奇葩"。如果我没有记错的话,这将是《当代档案学理论丛书》在今年内的第三个"新丁"。作为陈祖芬的博士生导师和《当代档案学理论丛书》的推动者,在为新作出版高兴的同时啰唆几句,应当不算过分。

近一个时期以来,关于"范式"的档案学术讨论已经相当广泛。立论者大多在惊喜发现了一个"新概念"的同时,以最快的速度把它推向了档案管理活动的广大领域。于是,"理论范式"、"管理范式",甚至"社会范式"纷纷粉墨登场,一时间有点让人无所适从。其实,"范式"在它的始作俑者 T·库恩那里,仅仅是"一个特定共同体的成员所共有的信念、价值、技术等等构成的整体",尽管他也没有像我国档案学者界定档案那样给出"范式"准确的"概念",但是,他却为"范式"厘清了"功能"——T·库恩指出:"取得了一个范式,取得了范式所容许的那类更深奥的研究,是任何一个科学领域在发展中达到成熟的标志",他是将"范式"作为一门学科处于前科学阶段、常规科学阶段和危机或革命阶段的衡量标准。因此,我还是坚持主张,大家在讨论问题的时候,特别是在"吸收"和"引进"其他学术成果的时候,一定要回到作者的语境中去,而不是在还没有弄清基本含义的情况下发挥自己的想象力。

那么,现在摆在大家面前的问题就成为"如果将库恩的理论模式应用于中国档案学的评价,会给中国档案学界带来哪些启示呢?"——陈祖芬在自己的书中,通过近乎完美的论述回答了这个问题。其中,书中花费了相当的笔墨论证了"中国档案学还处于'常规科学阶段'"的命题,澄清了那些认为"中国档案学已经处于科学革命阶段"的说法,非常值得一读;在对"档案学共同体"的研究方面,也有许多独到的见解。

当然,一部论著的成功不能仅仅局限于介绍一种理论、评价一种学说,更应该唤起人们对学术问题的思考。它的作用绝不是为了终结某个学术问题,而是

---

① 参见世界图书出版公司2010年版。

带来人们对这个学术问题更加深入的讨论和研究。从这个意义上说,《档案学范式的历史演进及未来发展》的出版就是为了促进档案学界对真正档案学术问题的思考,促进档案学界对自身"元问题"的认识,促进档案学界及其学科的自觉。

如果一部论著真的可以起到如此神圣的功用,那么作者的辛勤劳动一定也是值得的。

（原文地址 http://blog. sina. com. cn/s/blog_54b75c030100egva. html 成文时间 2009 - 08 - 18）

《档案管理学新论》序言①

在人类至今还保留的、为数不多的优秀品质中,有一种品质叫做坚守——在看似痴木的状态中守候着物种的道德底线,在喧嚣的氛围里保持着最后的矜持——它使那些行色匆匆的人们有了驻足观望的理由。

在我们的学科领域中也有这样的"坚守者",他们为档案学保留着能够自立于学科之林的"本钱",云南大学情报与档案学系的华林教授就是这些"坚守者"中的一员。作为我的校友,华林教授多年从事档案管理学及其相关档案管理课程的教学与科研工作,在进行大量前期研究、实际考察工作的基础上,以丰富的实际考察资料与国家规范、标准和相关文献为支撑,撰写了《档案管理学新论——实践改革与创新视野下的档案管理学理论与实务》一书。

实事求是地说,我国的档案学中档案管理学的学科体系建设较为成熟,要对档案管理学的学科框架与实践方法进行变革存在一定的困难。作者在"坚守"和继承档案管理学传统的基础上,以云南大学教改项目"档案学实践改革与创新"的研究成果为依托,立足于档案管理实践工作的改革与需求,赋予了学科研究一种全新的视角。通观全书,作者在档案管理学所涉及的内容及其载体方面做了大胆的尝试:

第一,以档案管理的实践工作为主线,重新构建了档案管理学的框架体系,使这门学科涵盖了文书档案、科技档案与各种专门档案的管理工作。作者注重对文书档案、科技档案等多种档案管理理论与实践方法的总结与归纳,在保留传统文书档案管理知识的基础上,增加了科技档案、专门档案等内容,吸收了文书立卷的改革、档案鉴定的职能原则、档案管理的规范化与标准化等方面的新知识,使原本属于同一"家族"的事务能够在统一的平台上"互通有无",提高了研究成果的应用价值。

第二,从档案管理实践的视角对电子档案管理工作进行了重新审视,将电子档案的产生与管理纳入档案管理学的研究领域。随着信息技术的运用,档案

---

① 参见中国社会科学出版社 2010 年版。

管理的对象已经从单一的传统载体向传统载体和"新载体"并重过渡。由此产生的"电子档案"问题引起了学界和业界的广泛关注。作为研究"档案管理"的档案管理学,必须正视档案管理实践中的这些亟待解决的现实问题。作者通过对电子档案的规范化和标准化管理的论述,以及数字档案资源建设、计算机管理软件的设计与运用、电子档案信息安全保证等方面的内容,既回应了实践问题,也丰富了学科内容。

应当承认,《档案管理学新论——实践改革与创新视野下的档案管理学理论与实务》一书在"坚守"的同时也对档案管理学进行了一些有益的探索,而任何的"探索"都会与"坚守"一样必须付出代价。因此,关心档案学传统学科的发展和完善,正视档案学科发展中的问题,鼓励更多的学者像本书的作者一样去维护学术的"净土",就成为中国档案学术共同体存在的理由。当然,在也是我为本书作序的理由。

(原文地址 http://blog. sina. com. cn/s/blog_54b75c030100g51g. html 成文时间 2009 - 12 - 23)

《档案文献编纂学》序言^①

新中国的传统教育习惯于告诉人们，历史发展是有规律可循的，历史事件也有其自身的必然性。而当下的教育却时常提醒人们，历史事件有着许许多多的偶然因素，有些偶然因素甚至改变了历史的走向。其实这两种说法并不矛盾，因为在主张辨证唯物主义的哲学家眼里，必然性寓于偶然性之中，偶然性包含着必然因素。对此大家也可以将其理解为，必然性是无数偶然性叠加的结果。

作为上述理论的最新验证，就是我以主编的身份参与到这部北京高等教育精品教材建设项目立项《档案文献编纂学》的"事件"中来。其中的偶然因素可能是这个项目申报时的种种条件，而我也许恰巧被认为可以充做一时之需。而这种"偶然性包含着的必然因素"，我个人认为至少有两个方面：一是我有着二十五六年的编辑经历，二是我在对中国档案学科进行梳理时多次将《档案文献编纂学》作为样本。因此，当且仅当，由我来充做主编，应该属于"必然性寓于偶然性之中"。

自 20 世纪八九十年代始，档案文献编纂学出版物已经在我国有了数十年的发展历史，仅在中国人民大学就先后出现李毅、赵践、丁永奎、曹喜琛、韩宝华、刘耿生等大家。在《档案文献编纂学》的专著、教材不断出版的同时，档案文献编纂学的学科体系也日趋成熟和完善。在这样的情况下，不论冠以什么样的名头，重新编写一部《档案文献编纂学》教材有着相当的难度：这部新书既要保持档案文献编纂学的传统特色，又不能完全照抄照搬以往的成果。因此，在继承和创新的纠结之中，现实能够提供给我和我的团队的空间应该说并不广阔。从这个意义上讲，如何置死地而后生、化腐朽而出神奇，就是近一年多来我们的生活常态。

令我感到庆幸的是，我们的团队几乎全部吸纳了国内目前在教学岗位上讲授《档案文献编纂学》的教师，他们各以不同的方式加入到《档案文献编纂学》

---

① 参见中国人民大学出版社 2012 年版。

重修工作之中。如果沿用一句流行的俗语,21世纪什么最宝贵? 那就是人才呀! 有了人,类似于神舟飞船这样的人间奇迹都可以创造出来,更何况《档案文献编纂学》乎?! 于是,在十余位有着多年教学经验的专家学者的共同努力下,我们终于将现在大家可以看到的这部《档案文献编纂学》呈现在世人面前。

我个人认为,这部重修的《档案文献编纂学》的最大特点在于结构之变:即通过思想史、方法论和出版物来诠释档案文献编纂学。既保留了传统档案文献编纂学中对档案文献编纂方法的介绍和描写,又强化档案文献编纂的思想脉络;不但着重介绍档案文献的编纂过程,而且还介绍了档案文献的编纂结果。通过这样的改变,使档案文献编纂在虚实之间张弛有度、进出有据。当然,与上述所谓成就相比,我们的团队也遇到了一些困惑。其中最为明显的是,作为《档案文献编纂学》基本内容的档案文献编纂方法已经与这门学科初创时的仅限于历史档案文献的编纂有了大的不同,档案新类型和新载体的不断涌现使"形而上"的编纂原则遇到了挑战。在这种情况下,我们不敢妄定孔夫子当年的编纂思想在数据库创建等方面的指导意义。再则,从团队成员的构成上讲,他们多为档案文献编纂学的讲授者和研究者,而档案文献编纂学的真正价值在于"授读以渔"。虽然"没吃过猪肉,但见过猪跑"也算一种实践体验,可是这毕竟与多年从事档案文献编纂实践之间存在相当的距离。即便有着四分之一世纪编辑经历的我,也不得不承认"编辑一本教他人编辑的书",从来都意味风险。

我一直以为有些成功的人士其实并不一定比常人智商高,他们的成功可能在于尚未深思熟虑之前就已开始了行动,而那些看似已经深思熟虑者,在自认为的深思熟虑之后却选择了不作为——其结果就是,那些"不太聪明"的人获得了先机以致成功,而那些看似非常聪明的人此时只能落得去讨论这些成功案例是否可以复制等问题。我和我的团队至少不愿意做后一种。当然,这部《档案文献编纂学》也远谈不上什么成功,它的功效只能交由读者评说。

作为一篇不再"后记"的序言,必须在这里感谢我的团队一年来的艰辛努力、感谢中国人民大学出版社对档案学的一贯支持、感谢读者对档案学的不离不弃。

(原文地址 http://blog.sina.com.cn/s/blog_54b75c030100qjqr.html 成文时间 2011-04-27)

《声像档案管理概论》·序①

我与王恩汉认识多年,对于他的学术造诣和进取精神,我丝毫不感到怀疑。如果有人说王恩汉又发表了什么论文我也一点不觉得震惊。但是,当我拿到《声像档案管理概论》书稿的时候,还是确实感到了一些意外。

意外之一是像王恩汉这样的档案学大家,竟然关心如此这般的"细枝末节"问题。在我国档案学的"版图"中,无论是基础理论还是应用技术,都取得了丰硕的成果。在这些蔚为大观的成果中,有关声像档案管理的内容却非常鲜见,甚至可以说没有得到应有的重视,因此也很难落入档案学大家的"法眼"。从这个意义上讲,由王恩汉领衔的声像档案管理研究就显得弥足珍贵。如果可以从此作为开端,能够吸引我国的一些档案学大家来关注和研究档案管理中的一些"细枝末节"问题,那么,一定会给我国的档案管理实践,甚至是基础理论研究带来质的变化。

意外之二是像王恩汉这样的档案学"高龄作者",在归隐山林若干年之后又重现江湖。在我印象里,从我国档案学的媒体上看到王恩汉的大名,可能已经是 10 年或者是 15 年之前的事情了。那是一个值得我国档案学人怀念的年代——一些有着丰富实践经验的档案学大家,经常在我国档案学的媒体上发表自己的真知灼见,讨论档案管理中真正存在的问题。但是,随着这一代人的渐渐老去,我国的档案学研究似乎变成了外国档案理论的"传声筒"和其他学科研究的"回收站"。一些文章作者发表了一些恐怕连自己也不明白或者也不愿意多看一眼的文章,以其昏昏,使人昭昭。我国档案学界多么希望那些与王恩汉一样的档案学"高龄作者",都能够重现江湖,给人们带来一些光亮。

当然,在意外之余我们更应当关注《声像档案管理概论》本身。作者精心设计了档案新论、声像档案的形成、照片与胶片档案、数字声像档案和声像档案的鉴定与利用等内容,比较完整介绍了声像档案管理的基本过程和有关理论、方法。希望广大读者能够与作者一起,体验声像档案管理的快乐,并从中找到属于自己的东西。

（原文地址 http://www. daxtx. cn/forum. php?mod = viewthread&tid = 11456&page = 1 成文时间 2009 - 10 - 23）

---

① 参见中国档案出版社 2009 年版。

《世系谱牒与族群认同》·序①

"我们从哪里来,向哪里去"已经成为历代先贤争先恐后的命题,也是后世精英前赴后继的理由。在这个关系人类根本的问题答案中,哲学家看到了哲学、历史学家看到历史、王侯们看到了自己血脉、成功人士看到了自己的发家历程。非常可惜的是,他们看到的东西很可能只是按照自己的意志而产生的幻想,因为在那些"盗梦空间"里到处都写着三个清楚的大字——不靠谱。

在我们生活的这个世界上,之所以有那么多"不靠谱"事情,就是因为有所谓"谱"或者"靠谱"的东西存在。就像美女可以从镜子中发现自己日渐憔悴、照妖镜可以使妖精现形一样,一些"靠谱"或者被称为"谱"的镜子也可以照出那些"不靠谱"的事情。在我的眼里,张全海博士就是千千万万磨制"照妖镜"的一员。张全海博士集十余年之功,全面考察了学界涉及谱牒(学)的问题,研究遍及谱牒发展史、谱牒学史、谱牒的体例、谱牒的版本目录、谱牒的价值、谱牒的个案与专题研究,其中包括少数民族谱牒、地区谱牒、名人家谱、各姓族谱、华侨谱牒等。

更为可贵的是,张全海博士与那些呆坐书斋的所谓"大师"不同,他不仅仅是一位谱牒的研究者,还是一位谱牒编修的参与者和实践者。他曾经于上世纪90年代参与了他们家族的家谱续修活动,包括执笔编辑谱稿、赴异地寻访宗亲等。在其后的三四年里,人们也许曾经看到一个"经常利用各种机会搜集地方有关姓氏谱牒的资料,采访周边姓氏,把一些口传资料记录下来,查看各姓家谱时把感兴趣的内容抄录下来,如有书籍报刊载有相关内容,或剪辑或抄记,总之在条件非常有限的情况下,尽可能地搜集可以看到听到的资料"的人,那个人就是张全海博士。为此,他曾经被渴望见到自己族谱的人奉若神明,也屡屡遭到一些不明事理之徒的白眼。但不论怎样,在那个通讯技术、照录技术欠发达的年代,从事田野调查和文献采集工作的难度不会亚于攀爬世界屋脊。

《世系谱牒与族群认同》就是张全海博士体力和智力结晶。限于出版专著

写在学问边上

① 参见世界图书出版公司 2010 年版。

的篇幅,文中只是选取了民族(满洲)、宗族(义门陈氏)和移民(古代中国向朝鲜半岛的移民)三个族群作为研究对象,来考察世系谱牒在族群认同过程中的角色问题。尽管如此,大家仍然可以从作者雄厚的文化底蕴、熟练的文字处理和规范的文献使用中领略到中国学术的希望。

作为《世系谱牒与族群认同》的第一读者,我最后想说的是,在一个丰满的事实面前任何的语言评价都会失去光彩,在一部重要的专著面前任何读者都能够汲取自己的有益成分。因此,还是请大家亲自去体会和尝试"开卷有益"吧!

(原文地址 http://blog. sina. com. cn/s/blog_54b75c03010012bv. html 成文时间 2010 - 09 - 14)

《基于主体认识视角的当代中国档案学术研究》·序①

任何学术研究都是其主体的认识过程，因此离开了对学术主体的研究，大家将无法真正理解所谓学术、学问、学科或者理论究竟是怎么一回事。如果人们将档案学看作一门学科的话，它当然也不能属于例外。比如，大家无法预想档案学的开拓者们提出电子文件真实性和完整性的论断，就像大家无法想象诸葛亮建设过社会主义新农村一样——所有的历史都是当代史，所有的学人都是在特定时空、基于特定主体认知的血肉之躯，他们的研究成果不可能超出其自身的"认识视角"。

既然大家可以将包括档案学在内的研究看作人的思维和认识过程，那么任越博士的《基于主体认识视角的当代中国档案学术研究》就会成为顺理成章的结果。在任越博士看来："作为一门独立的人文社会科学，档案学术研究活动是主体在对档案及其现象这种人类社会实践活动下产物的认识，它本身包含着对于主体思想和一定思想支配下的行为与活动的认识，是一种基于社会总体的自我认识，从而也是一种反思性认识……因此档案学术研究的对象与其说是对档案及其现象的研究，不如说是对其背后主体性因素的研究。"

从这部专著的写作思路上看，任越博士首先以学术研究在认识活动中的阶段性为基础，根据学术研究对象的性质特征，揭示出学术研究的本质其实是人对客观世界的一种理性的认识行为；然后总结和归纳了中国档案学术研究主体研究行为的发展轨迹，从价值取向、心理特征、学术伦理、学术认同等方面去思考存在于当前中国档案学术研究过程中的非理性、不合理性的行为表现，进而提出当前中国档案学术研究主体所应具备的素质与能力。在此基础上，任越博士以中国档案学术研究的理性回归为主题，从学术研究主体的学术价值取向、学术伦理体系和情感因素等三个方面，指出了保证中国档案学术研究合理性、可持续性发展的道路。

作者在到中国人民大学攻读博士学位之前，曾经在黑龙江大学长期师从倪

---

① 参见世界图书出版公司 2010 年版。

写在学问边上

丽娟和陈辉教授,对于哲学认识论有着浓厚的兴趣和多年的研修。从他的专著中可以感觉到,作者秉承了我国档案学界老一辈学者用哲学观点研究档案学的传统和主张,力图从哲学的高度解决一些长期困扰档案学的基本问题。后生可畏,精神可嘉,持之以恒,我国的档案学术研究又何尝没有一个光明的未来呢?

当我们同一些伟人一起仰望星空的时候,请大家千万不要忘记在自己立足的大地上还有另外一些如任越博士那样的耕耘者,正是在他们的身上承载一个学科的未来和希望。

(原文地址 http://blog. sina. com. cn/s/blog_54b75c030100l3lh. html 成文时间 2010 - 09 - 16)

《档案管理视角下个人信用信息有效性保障研究》·序①

几年前天津师范大学的刘新安教授让我与他搭帮申报一个项目,由于在申报手续上需要中国人民大学对我验明正身,所以就派了两位他的硕士研究生到北京找我。事情的结果大家不用费太多心思也可以猜到,那就是同我参与申报的大部分项目一样泥牛入海没有了声息,可是我却从此认识了刘新安教授的两位学生。更为难能可贵的是,其中的一位日后还成为我的学生,她就是本书的作者冯湘君博士。

如果有人发一个问卷,让大家填一填当今社会最缺失的是什么?我想最有可能出现的结果是"信用";如果再让大家说一说最需要的是什么?我想大多数人会选择"诚信"——恐怕就连上幼儿园的小朋友都知道不要撒谎,欺骗别人是不对的。有句老话说得好,那就是缺什么补什么,没有什么惦记什么。既然现在我们大家都惦记着一个诚实守信的社会,都在期盼着公平合理的未来,那么是否多少也应该为自己理想做点什么呢?

其实当我刚刚萌发上述想法的时候,那些头脑灵光的人已经在大讲特讲信用问题了。尽管大家对那些口若悬河的"公共知识分子"表示怀疑,但是却不能不认为他们的议论特别是关于诚实信用的言论多少有些道理。然而,不知道人们有没有想过,包括自己一瞬间的闪念,社会上会出现一本书、一本由一位大家几乎没有听说过的档案学者写的有关信用问题的书?我要告诉大家的是,我们自己没有想过的事情不但已经出现了,而且就摆在你的面前。

这本叫做《档案管理视角下个人信用信息有效性保障研究》的书共分五章。作者总体的研究思路表现为:首先从信用信息的特点和社会需求出发,揭示信用信息有效性的实质意涵和基本要素,提出信用信息有效性的保障途径;然后重点分析档案管理的核心思想——历史主义与过程管理,在保证信息凭证价值和信息管理高效率上表现出来的一系列具体原则、程序和方法,从而论证信用信息有效性保障途径的合理性;最后借鉴档案管理核心思想及其保障信息凭证

---

① 参见世界图书出版公司 2010 年版。

价值与信息管理高效率的具体原则、程序和方法,构建起个人信用信息有效性的保障体系。

我个人以为,本书的一个没有落入俗套的地方在于,充分挖掘了档案管理核心思想的实践功能,深化了对档案管理本质的认识。在宏观层面,分析了历史主义与过程管理在档案管理中的核心地位;在微观层面,分析、归纳了两者在保障信息凭证价值与信息管理高效率上的具体原则、方法与模式。并且合理地移植了档案管理理论,借鉴历史主义和过程管理思想,具体阐述了个人信用信息有效性的保障途径,既比较完整地构建起个人信用信息有效性的保障体系,又为档案管理理论的输出进行了有意的尝试。

如果在若干年之后,人们在总结各种社会诚实信用理论学说的时候还能提起档案学者作出的贡献,那么一定会听到来自遥远天际的笑声!

(原文地址 http://blog. sina. com. cn/s/blog_54b75c030100l4w3. html 成文时间 2010 - 09 - 18)

第一部分　书边文字

《档案职业状况与发展趋势研究》序①

作为一种社会结构,职业与每个人的生活紧密地联系在一起。不论愿意与否,在一般情况下你都要扮演一种职业角色。比如,到目前为止,我就经历了农民、文员、编辑和教师四种角色。从1978年开始,我的个人"角色"又与"档案"联系在一起。因此,当我们历时三年完成国家社会科学基金课题的时候,我自己认为我是为其撰写序言的最佳人选。

从根本上讲,我们的课题就是要发现档案职业的主要问题和发展趋势。因此,这种研究必须建立在对我国档案职业现状及其数据的分析的基础上。也就是说,我们的研究不能是简单的思辨更不是"联想",而是来自实际状况的报告——档案职业有着自身的职业主体、职业客体、职业条件和职业技能。正是依靠这些特有职业状态,档案职业取得了一定的社会地位,体现着相应的社会功能。随着社会的发展和职业的不断进化,档案职业越来越显示出不同于其他职业的一些特征和发展趋势。

首先,档案职业存在明显的方法、技能和设备依赖倾向。比如,注重管理过程和管理细节,注重管理方法和管理设备等等。无论从档案职业的发展历史和档案职业赖以发展的社会环境变化要求上看,档案职业技术化都是一个正常趋势。从总体上讲,任何职业都不能离开技术因素而独立存在。但是,这种技术因素的存在,是以其职业主体、职业客体为前提条件的。也就是说,它不能成为突出于职业的其他要素而存在的独立因素。否则,就会出现"喧宾夺主"的情况——使职业的基本功能被淡化——职业成为一种技术的"边缘"。

其次,档案职业的主体存在一定的女性化倾向。中国有句老话,叫做"事实胜于雄辩"——根据国家档案局《全国档案事业统计综合年报》提供的数字,我国档案管理职业中女性所占的比例,从1993年的64%,上升到2002年的65.5%。其中,国家综合档案馆中女性所占的比例从54%增至59%,档案室中女性所占的比例从80%增至81%,分别增长了一至四个百分点。这意味着一

---

① 参见中国言实出版社2008年版。

写在学问边上

个庞大且逐步发展的女性从业群体存在于档案职业之中。我国档案管理职业的女性化现象,集中反映出女性的一般特征和择业观念与档案管理职业存在的特有联系。

再次,档案职业的状况存在某种边缘化的倾向。据原劳动与社会保障部《全球产业结构调整中的职业发展和变化》报告表明,在全球产业结构调整中,社会职业发生了增长和发展、衰落和消退、调整和变化三种趋势。其中,"图书与档案管理员"以平均年增长 -1.0% 被列在"衰落和消退"的职业之中。曾担任过 10 届国际档案理事会秘书长之职的查尔斯·凯斯凯姆蒂博士曾以其资深的档案职业生涯经历对我们课题组人员说过,如果不是发生战争或其他突发事件,档案工作永远不会引起人们太多的关注。这是职业的性质和特征使然。也就是说,边缘化有可能是我们必须接受的档案职业原生态势。

"职业化"意味着一个拥有和运用独特的知识、技能、方法、思维模式和语言文字等等(同质化)的群体专门以从事某类工作为业,通过向社会提供特定的产品来参与社会资源和利益分配。档案职业正是以其职业客体——作为一种社会资源的档案维系着自己的存在的。

实事求是地讲,作为一种"阶段性文件"和"信息资源",档案在脱离了现行管理活动之后,在未来的时空中,其用途取决 N 种选项,是非常不确定的,根本无法得出周延的结论。如果用这种基于未来的设定进行档案的管理和职业设计,无论是档案的收集还是档案的鉴定,就会带有相当的不确定性。其实,对档案的价值和功用的认识,应当立足于对现有档案的分析。比如,档案基本状况,档案利用率的分布情况等等。如果这种分析的数据和模型是科学的,就能够说明现存档案的利用规律。根据档案利用规律对现存档案进行适当分级,就可以使现存的档案的结构得到优化,从而最大限度地发挥档案职业的发展潜质。

如果是档案资源的价值和功用决定了档案职业的社会职能的话,那么,档案职业势必面临着资源优化的选择。除了对"现存档案的结构进行优化"之外,扩大职业资源也是不容忽视的问题。事实上,现行文件利用的提出就是这种选择的一种结果。撇开档案管理部门开展"现行文件利用"的必要性、合理性以及由此带来种种问题不谈,仅就档案职业资源建设而言,我们所关心的是保证这种职业资源的制度化的关系模式是什么,以及这种职业资源会给档案职业带来什么?

从组织形式上看,无论是作为档案职业体系基本成分的档案馆,还是作为档案职业体系重要基础的档案室,都不是现实状态和法律意义上的社会公共部门。也就是说,档案职业组织中所保管的职业资源并不是直接为社会大众服务的。它们或者是各级各类办公部门的组成机构,或者是各级各类社会组织的内部机构,没有一条实质意义上的服务大众的渠道。加之历史原因和传统意识的影响,使得档案资源社会共享的理想在短期难于实现。虽然《中华人民共和国信息公开条例》和一些地方规章明确了国家档案馆在"现行文件利用"方面的主体地位,但并不意味着法律的协调和行政的执行已经解决。档案职业组织扩充职业资源的行为,要取得社会认同,还有很长的路要走。

需要说明的是,档案职业是以管理档案资源并实现其社会服务的职业,是职业客体——档案资源的确定性决定了职业的确定性。职能一旦发生了变化,也就意味着职业本身发生了变化。如果档案职业组织真的成为"现行文件利用"的基地和国家信息产业的组成部分,那么,只能说明一种新兴职业产生。在全球产业结构调整中,社会职业发生调整和变化也的确是一种发展趋势。

当然,对"档案职业状况与发展趋势研究"不能也没有必要用"序言"来完成。因此,大家可以通过正文的章节对档案职业慢慢品味。

(原文地址 http://www.daxtx.cn/? uid - 5 - action - viewspace - itemid - 3243 成文时间 2009 - 02 - 01)

《中国档案管理体制改革研究》·序①

罗军的《中国档案管理体制改革研究》被一家出版社相中就要出书了。作为罗军的博士生导师，给学生的出版物写序几乎已经成为我义不容辞的责任，也可以说是一项作业。我上小学的时候老师就告诉我，凡是作业一定要"独立完成"，因此从那时开始我写的东西就与一些大师和学者不同，即从来不与学生"共同创作"。

管理体制作为一种组织结构和制度框架，很难让"吃官饭"的人置之度外。就拿自己来说吧：我1982年大学毕业，被分配到国家档案局工作。当时的国家档案局虽然冠以"国家"二字，但实际上与我们国家的许多机构一样，是一个地地道道的"党的"机构——具体地说，当时的国家档案局是中共中央办公厅下面的一个局。到了1985年，中央一纸文件，国家档案局变成了名副其实的国务院直属局——身处档案界的人们好像着实为这个"迟到的名分"欢呼雀跃了一阵；特别是在1987年颁布的《中华人民共和国档案法》中，对国家档案行政机构有了明确的"法律说法"之后，人们的"雀跃"瞬间变成了"蹦极"。而后来事态的发展却是那么的"意料之外"和"情理之中"——1993年中央又发了一纸文件，国家档案局与中央档案馆"一个机构，两块牌子"，成为被中共中央直属机构（也就是中央办公厅）管理的下属机构。1996年我调入中国人民大学，从"理论上"和"实践上"成为一名"局外人"。这就是我亲身体会的"中国档案管理体制改革"的一个"片段"，它既不是"听说"更不需要去查考"历史文献"！

在上述十余年的"中国档案管理体制改革"中，自然少不了一些有关"中国档案管理体制改革"的议论、探讨和研究。其中，最有代表性的无非是"学者"的观点和"官方"的观点。简单地说，大部分学者似乎都认为1985年后的那个"中国档案管理体制"更加合理合法，更有利于"档案事业"的发展；而在"官方"看来，包括"中国档案管理体制"在内的管理体制改革不能简单地归结为一种"理论问题"，特别是在中央已经做出"战略部署"的情况下再"说三道四"，多少有

---

① 参见世界图书出版公司2011年版。

些不识时务。也可以说,这两种观点就是我国档案管理体制研究中的"上下限",几乎所有的"鸭子"都在这个限定的区域中"扑腾"。

罗军作为一名中国的学者,她对"中国档案管理体制改革"的研究当然不会一夜之间让"鸭子"变成"山鹰",更不可能超出我们的星球去研究潘多拉星。但是,通过对中国档案管理体制的历史追溯,通过对包括各地、各个层级档案管理体案例和现状的分析,通过对中外档案管理体制的比较,明确提出中国档案管理体制改革应遵循的目标和发展思路,实属难能可贵。

相比中国行政体制改革的实践和探索,中国档案管理体制的改革及其研究还仅仅是一种初步的尝试。或者可以明确地说,如果没有中国行政体制改革的"破局",中国档案管理体制的改革及其研究也许永远都在一种"尝试"之中。然而,就像任何人都知道自己一定会终老却没有立即"终老"自己而是去"尝试"终老的过程一样,"中国档案管理体制改革研究"的意义也许就是在于"尝试"。因此,我需要向包括罗军在内的所有"尝试"者表示敬意,并且希望他们继续"尝试"下去。

(原文地址 http://blog. sina. com. cn/s/blog_54b75c030100h33g. html 成文时间 2010 - 03 - 08)

《中国古代档案管理制度研究》·序①

在早年间的中国乡下,人们最敬重的人就是能够识文断字的读书人,而且这种敬重不是之一,是唯一。这么多年过去了,天地玄黄宇宙洪荒,人们的观念已经发生了翻天覆地的变化,读书人一度从"臭老九"堕落到无级无品,或者只有充当"公共知道"一回,才能获取一定的回头率。大家在感叹人心不古的同时,也许还会感叹这个世道真的变了。

不过且慢!当一个不断更新的购书单呈现在网上、一部部有关史学——档案学的研究成果摆在面前的时候,人们又不得不承认:一种濒临灭绝的物种居然也有脊梁。作为一个与"早年间的中国乡下"血脉相连,并且在网上和现实中读到赵彦昌(落拓寒儒)作品的编辑,似乎不说上两句则有悖自己的天职。特别是在中国档案学日渐式微的今天,如果我们自己都不为同类鼓与呼的话,恐怕不会再出现另外的声音了。因此,不可不说、不能不说就成为必须言说的理论依据和逻辑起点。

"落拓寒儒"所研究的中国古代档案管理制度属于中国档案史的学术领域。在这个领域中,曾经出现过类似于韦庆远、邹家伟、董俭、周雪恒等大家,曾经成为我们档案学界的骄傲。但近十余年间,在遭遇到电霹雷轰和"去档案化"之后,包括中国档案史学术领域在内的档案学研究已经日渐凋零、今非昔比,以至于一些常规的研究题目不得不请出学界的前辈出来"救驾",使我辈同仁歉歉不已。就在这种艰难困苦的时候,落拓寒儒却依然坚守着传统档案学研究的阵地,不能不让人称奇和敬佩。

中国古代档案管理制度是维系档案管理活动的基础,准确地说,任何形式和朝代的档案管理必须有一个与之相适应的制度框架。这种制度框架即可以归入政治和行政管理体制的领域,也可以分属于特定的管理内容。在宏观层面,国家必须有符合统治者意志的制度设计;在微观层面,这些制度设计又是特定领域管理内容的发展脉络。因此,研究包括古代档案管理制度在内的学术领

---

① 参见人民出版社 2011 年版。

域,既可以通达政治制度史成就像韦庆远先生那样的学术大家,也可以滋养为档案学科不懈努力的后来者。从《中国古代档案管理制度研究》的内容上看,以"落拓寒儒"为首的学术团队,是力图通过纵横两条线索"深入研究中国古代档案管理制度,为中国档案史的研究添砖加瓦,丰富档案学研究体系的内容,促进档案学研究的深入进展"。

与以往中国档案史著述不同的是,《中国古代档案管理制度研究》没有满足于沿用史学界和档案学界通常采用的按照历史年代介绍档案管理制度的方法,而是在"纵向"研究之后"横向"开辟了专门的篇幅去研究通属或者分属一些历史时期的典型管理制度。这样做的好处在于,不仅照顾了这些管理制度的历史线索,还为充分研究每一种制度的内容开辟了广阔的空间;既避免了不必要的重复,又有利于研究的深入进行。这种结构上的张力就有可能成为学术上的张力。

作为国家社科基金后期资助项目的成果,我真诚地希望《中国古代档案管理制度研究》能够成为中国档案学学术复苏的先兆,而不仅仅是一本向有关部门交差或者满足学者研究冲动的个案。只有这样,中国的学术研究、中国的档案学研究才真的前途光明!

(原文地址 http://blog. sina. com. cn/s/blog_54b75c030100ngsb. html 成文时间 2010 - 12 - 25)

《孟子家族的记忆——孟府档案管理研究》·序②

进入 21 世纪以来，一个概念一直在学界游荡——有的时候就像一个幽灵，时隐时现、令人捉摸不定——它就是"记忆"。以我孤陋寡闻的亲身经历来说，就有 2001 年中国人民大学档案学博士论坛的"21 世纪的社会记忆"、2004 年第 15 届国际档案大会的"档案、记忆与知识"、2011 年江西南昌大学的"社会记忆与档案信息资源规划"这样一些触目惊心的心理体验。因此，当刘旭光先生的《孟子家族的记忆——孟府档案管理研究》放在面前的时候，我已经可以做到"坐怀不乱"和"见怪不怪"了。

与参加 2001 年中国人民大学档案学博士论坛相比，2004 年第 15 届国际档案大会给我印象深刻的是一位名为图皮的生物学家，他在报告中从自己的学科诠释了记忆，并且语重心长地告诫包括我在内的与会人员"记忆是一门科学"——他的言外之意似乎是，外行不要妄加评论。当然，隔行如隔山，对于其他学科专家的观点我们从来都是姑妄听之。而时光到了 2011 年，当会议的组织者通知我成为"社会记忆与档案信息资源规划"研讨会报告人的时候，我真实地感觉到那个叫图皮的瘦老头的存在，也真切地感觉到自己再也不能"自定义"、想怎么说就怎么说了。

其实，社会记忆理论首先在心理学、社会学及文化学者的视野内得到确认，并区分了三种记忆的种类，即个人—记忆、认知记忆和社会习惯—记忆。在这个被胡鸿保认为"缺乏固定范式的、没有中心的、跨学科的领域"中，个人记忆为精神分析专家所重视，认知记忆为心理学家所研究，作为社会学家的保罗·康纳顿则用"社会记忆"来替代"集体记忆"的概念，以强调他对于记忆的社会性特质和习惯性特质的重视。而在王明珂看来，"真正的过去已经永远失落了，我们所记得的过去，是为了现实所重建的过去。"

如今学术界关于社会记忆的一个共同的研究重点是：一个社会群体——无论是家庭、某种社会阶层、职业群体，或是现代民族—国家，如何选择、组织、重

---

② 参见世界图书出版公司 2012 年出版。

述"过去",以创造一个群体的共同传统,来论释该群体的本质及维系群体的凝聚。其中的一个与我们学科最近的关键词恐怕就是传承了——既然记忆需要传承下来,就必须涉及到记忆的载体问题。哈布瓦赫指出:"集体记忆具有双重性质——既是一种物质客体,物质现实,比如一尊塑像、一座纪念碑、空间中的一个地点,又是一种象征符号,或某种具有精神含义的东西、某种附着于并被强加在这种物质现实之上的为群体共享的东西。"言已至此,我想大家可以释怀了:作为我们学科重要资源的档案,难道不正是这种记忆传承的"物质客体"和"象征符号"吗?刘旭光先生的《孟子家族的记忆——孟府档案管理研究》势必锁定在这个区域。

作者在简要介绍了孟子的生平,梳理了历代对孟子的尊崇和封号,说明了其身后世代相承的脉络关系之后,重点介绍了孟府的基本情况,提出了赐书楼是孟府图书档案集中统一管理处所的见解。根据作者的观察和研究,所谓孟府档案,是指孟子嫡系后裔及其家族在府务管理、祭祀孟子以及对外交往等活动中形成的各种形式的历史记录。它具有社会性、历史性、家族性和原始记录性等属性。孟府档案分为传统纸质档案、照片档案、古籍图书和石刻档案,各类档案有不同的数量和起止时间。孟府档案具有历史凭证、经济参考、文化传承、文物和文学艺术等不同价值。其中,孟府家志、孟子世家谱、孟府敕命文书等是中国珍贵的档案文化遗产,是世界记忆工程的一部分。

孟府档案无论是作为中华民族的文化遗产,还是作为孟子家族"集体记忆",都应当受到社会的重视、关爱和保护。有鉴于此,作者根据自己的学术背景,进一步提出了按照档案的整理原则和方法,编制孟府纸质档案目录、孟府石刻档案目录、孟府图书目录和照片档案目录,建立孟府档案与相关图书、文物之间的联系,甚至设想借鉴美国总统图书馆的经验和方法,实行孟府图书、档案、文物的一体化管理,等等。应该说这些见解既符合潮流,也顺理成章,应该引起有关机构和社会组织的重视,以便尽早把理想变为现实。

根据有关资料,早在2009年,山东大学历史文化学院就与邹城市博物馆达成合作协议,对馆藏孟府档案进行了初步整理。同年,在山东省社科规划中也列入了《孟府档案的整理与开发》重点项目,并且取得了相应的研究成果。其社会关注程度可见一斑。但是,面对分布在山东邹城、北京、南京、济南、台湾等地区的孟府档案资源,这些已有的"成果"显然属于杯水车薪。为了准备这篇文字,我曾经搜寻到成书于1974年的《孟府档案选辑》(一)和(四),内容多为孟府档案的抄件,其编者不详。从这套《孟府档案选辑》的辑次上看,应该还有(二)和(三)。除了这些"档案"的真实性有待考证之外,其散落程度也不能不令人担忧。

按照学界通行的说法,社会记忆呈现出一种层次构造,大致可分为三层:由掌握权力的政治主体主控记忆,由掌握知识的精英主导记忆,由来自草根的社会地方的主体记忆。不同主体之间有着各自不同的记忆诉求,也有着各自不同建构记忆的途径和方式。只有将这些多元化的诉求及其方式结合起来,才能形成真正意义的社会记忆。孟府档案——这种具有官方色彩,又不失于精英文化,同时植根于民众心中的"社会记忆",其原本的多元性就决定了建构过程应该由多元的主体来完成。因此,如果这部《孟子家族的记忆——孟府档案管理研究》能够成为开启社会记忆多元建构之门的话,其意义应该大于出版本身。但无论结果怎样,我还是要代表读者向刘旭光先生及其博士生导师、中国社会科学院近代史所研究员、山东大学兼职教授于化民先生表示感谢:正是你们的不懈努力,唤起了大家对"中国珍贵的档案文化遗产"的关注,使一种家族的记忆有可能成为社会的共同财富。

(原文地址 http://blog. sina. com. cn/s/blog_54b75c0301011gnr. html 成文时间 2011 - 12 - 27)

朋 友 之 托①

虽然我毫不怀疑写作类图书会以惊人的"产量"与日俱增,以平庸的品相消磨着读者的欲望,但当《应用写作教程》出现在面前的时候,还是为我带来了些许的惊喜,并且可能由此改变我对这类图书的基本看法。

在装帧淡雅的封面上,有我国秘书界前辈李欣先生的一段话——作为《应用写作教程》序的一部分,李欣先生用"体例之科学,内容之实用,结构之新颖,表述之精准"表达了他的"欣慰"之情。如果书上标明时间准确的话,这应该是李欣先生最后的一部分文字——一位用毕生精力研究学术的长者,留给我们的最后忠告。

由于职业和兴趣的缘故,我曾经阅读过百余本写作类图书,并从事此类教学工作多年,自认为对此类学科的状况有所了解。从总体情况看,近 30 年来,写作类学科及其图书的出版呈现快速发展的势态。与此相联系,在许多大学都开办了相关的专业和开设了相关的课程。为我国的高等教育增添了浓墨重彩的一笔。但是,也必须承认,由于此类教学的实践要求很高,许多学校、特别是教师缺乏专业条件和实践背景,用从书本到书本的方式进行"应用写作"教学,其效果很难令人满意。因此,在写作类学科和教学的"专业氛围"中,目前最为缺乏的是一些既有学术基础,又有实践背景的专家,以及由这些专家编写的教材。

《应用写作教程》基本上满足了上述条件。通览全书,给我的感觉是内容全面、体裁实用和文字通俗。

所谓内容全面,是指该书集应用写作理论和应用写作实例为一身,顾及范围十分广泛。特别是后者,不但包括了国家现行公务文件的写作,而且照顾了其他应用文体的写作;从计划到活动策划书,从决定到批复,从调查报告到工作总结,从合同协议到产品说明,从日常信函到毕业论文,几乎涵盖了应用写作的

---

① 原文有如下引言:日前忽然接到一位老友的电话,说他正在申报国家的精品课程,需要我为他们出版的书写一封"推荐信"。尽管我已经对这种活动胃口全无,但是碍于情面,还是做了"朋友之托"。参见赵华、张宇主编《应用写作教程》,高等教育出版社 2008 年版。

所有文种。

所谓体裁实用,是指该书科学体系和结构安排非常适用于阅读和教学。全书分为上下编十四章又两节,每一个单元(章)都有着相同的"写作倾向性",通过内容提示、例文点评、系统分析等环节,逐步加深读者和教学对象的认知程度,从而实现融会贯通的写作目的。

所谓文字通俗,是指该书行文通俗易懂、老少咸宜,具有相当的普及价值。我们通常读到的一些教材,如果没有相当的专业背景是根本无法阅读的。换句话说,许多专业书籍恐怕只有作者自己能懂,甚至作者自己都很难读懂。这种把自己"完成任务的快乐"建立在读者的"痛苦"之上的图书,在应用写作范围内,还是大量存在的。《应用写作教程》最大限度地克服了上述问题,为学术图书的普及树立了典范。

行百里者半九十。我相信,如果辅之以合适的教学手段,《应用写作教程》一定会成为应用写作教学中的精品。

(原文地址 http://blog. sina. com. cn/s/blog_54b75c030100cm5j. html 成文时间 2009 - 04 - 04)

第二部分　《胡言》前后

求 序 记

自从《胡言》编就,它便自然而然地成为我的工作"对象"。说来大家可能有些不信,当这些以往的文字按照一个新的体系出现在自己面前的时候,它确实有一些新的景色;加之为了阅读方便和我的职业习惯,又将其打印成了"清样"以后,这些"新的景色"便"跃然纸上"。

我不知道医生有朝一日在给自己"做手术"的时候会是一种什么感觉,但却可以肯定我面前的"清样"越来越像我曾经"操刀"编辑过的其他"清样"——它似乎已经变得很像一位需要手术的病人,而自己就是那位将要对其进行手术的医生。于是,我就会同进行任何一次手术一样,准备着术前的"规定动作"——我很快发现,如果《胡言》有朝一日真的成为一本出版物的话,它最好应该与其同类一样,有一个"外人"作的序。这样既可以"以正视听",又可以为"入市"提供条件。

经过一番"筛选",我于昨天下午六点给张鸣先生发了如下一封电子邮件——

张鸣老师:

你好!我叫胡鸿杰,是信息资源管理学院的老师,也算是 L 的"导师"。我原来在一家出版社工作,1996 年调回学校后,除了教书还负责学校的一个刊物。当然,由于学科的关系,我们的刊物、我们的学院,乃至我们在人大中的"地理位置"都非常边缘。

这次冒昧打扰,主要因为我写的一些"小品"——它们都来自我们刊物网站的所谓"博客"——两年前,我院的两位学生为我们刊物弄了这么一个"平台",并且给我注册了"个人空间"。为了不让学生和网友失望,我就隔三差五地往上面弄一些"小品",时间长了就成为眼前这个东西。

更重要的是,我家订着一份《新京报》,使我能够经常看到你一些文章,自认为非常适合为我的这些"小品"集合前面写点儿什么——就是人们常说的"序"吧。但是,由于自己从来没有出过什么像样的东西,自然也从来没有请别人写过序,所以基本不懂"请别人写序"的规矩——按照我自己的理解,我现在把编辑好的"小品"发给你(见附件),请你直接鉴定之后再决定是否值得做这件事。

当然,作为我个人的请求,还是希望张老师能够在百忙之中赐序于"我的小品"。

非常感谢你能够接受我的请求!

让我始料未及的是,张鸣先生居然在一个多小时之后就给发来了那篇《文字的太极功夫》。这使我想起了过去在电影里看到的美国西部牛仔和他们那令人叹服的出枪速度——本来我一直以为自己的"出枪速度"已经可以了,但这次让我见识了真正的高手。如果"还原"到过去的美国西部,这回我死定了。

(原文地址 http://blog. sina. com. cn/s/blog_54b75c030100gcma. html 成文时间 2010 - 01 - 09)

文字的太极功夫

为出版《胡言》，特请张鸣先生赐序一篇，照转如下：

摆在我的案头的，是一堆短文，作者管它们叫小品。如果按当下的理解，估计会有人感到突兀，因为，在大众看来，小品是赵本山、宋丹丹他们的专利。舞台上那种逗人笑，或者逗不出来雇人笑的玩意，才是小品。不过，读过文学史的人知道，中国的文体，原有小品这一类，比如晚明的小品，长长短短的，逮住什么写什么。像张岱的《陶庵梦忆》，吃喝拉撒，看戏逛西湖那点事，都可以堆在纸面上。像我这样一贯不务正业之人，一见就喜欢得不行。

作者的文字，的确是小品，跟晚明讲性情的前辈一样，什么都写。看到什么，有感而发，文字就出来了。无非是开会、扯淡、倒垃圾、看电影，所有人能碰上的日常小事，琐琐碎碎，都在作者的笔下，变成了某种想法。当然，有时候，也会履行一下国人的特权，点评一下美国总统。作者的思路比较怪，往往不肯按惯常的思路走，人家从 A 到 C，他偏不，倒着来，从 A 走到 Z，或者 A 完了之后，冒出来 A1，反正让你想不到。不过，倒也不至于因此而吓一跳。

按说，这样的文字，我也写。不过，我写的东西，太沉，老是长枪大戟，杀气干云。如果不留神碰到了谁，肯定恨我一辈子。作者不这样，文字很轻，像是有太极功夫，看似轻飘飘，但里面的力量其实很大，只是点到为止，留有余味。严格来讲，这样的文字，更合乎中国的传统。

这本小品的名字，作者管它叫"胡言"，不是胡言乱语的意思，而是作者姓胡，姓胡的说的话。就像传说胡适先生引经据典，提到孔子是"孔说"，说到孟子是"孟说"，提到自己就成了"胡说"。但是，胡适没有胡说，当然作者也不是胡言。有心的读者，手把一卷，轻飘飘地读过去，好玩的紧。

作者是我的同事，也差不多是同龄人，但从未谋面，素不相识。邀我作序，本不敢当，但是看到文字实在好，写几个字在上面，算是学习体会。

张　鸣

2010 年 1 月 8 日，于京北清林苑

（原文地址 http://blog. sina. com. cn/s/blog_54b75c030100gcib. html 成文时间 2010 - 01 - 08）

读 清 样

花了两天的时间,在几乎足不出户的状态下读完了出版社寄来的《胡言》清样,完成了自己第 N 次特殊的编辑任务。

我不知道其他的同行现在乃至过去是否也有"读清样"的习惯,也许在许多编辑眼中这种习惯可能叫做"毛病"更为贴切。但是,自从我加入编辑这个行当,就落下了通读清样的毛病。当时的大多数稿件都是手写的,从字体的辨认到文字的加工都属于编辑的基本业务。由于这种稿件非常不工整,所以如果按照"看、改、查"的工作流程做下来,每天也完成不了多少字,还不能保证排版的师傅都能够"如实反映"编辑的工作成果。

当这些千姿百态的稿件变成了清样,它们的面貌就焕然一新了——至少已经统一为白纸黑字、有固定的字体、字号和行间距离。这对于阅读或者编辑来说,无疑是一次质的飞跃,对于提高工作效率有着积极的促进作用。虽然清样中间的差错依然不少,但是它已经用自己的形式明确了将来的结果——正式出版,这对编辑来说也具有一定的警示作用:你要注意哦,它已经不是那个下场不明的稿件了,马上就要出书了,你要对读者负责呀!

过了一些年,编辑已经很少再能看见以前那种参差不齐的手写稿件了,取代它们的是大家熟悉的"电子文件"。这种稿件的好处显而易见,即可以产生类似于清样的效果,不会再有辨认字体的麻烦,也可以随意处理为编辑赏心悦目的格式。但是,电子文件的一个"缺点"在于只能"机读",这种阅读形式对于经常需要瞻前顾后的编辑来说非常不便,当然还有由于设备和软件故障引起的许多不确定问题。因此,这种"机读"稿件至少对于我来说,还不能代替纸质的清样。

此外,出版社提供的清样还带有技术编辑处理过的版式信息和印刷品特定的气味,这些都是它优于"机读"稿件而可以吸引我的重要原因——它仿佛在提醒自己,这次已经是最后的机会了,再出现错误就没有纠正的办法了,一定要格外小心。当然,读自己书的清样还会有另外的味道,但这时首先必须明确的,这是一个编辑流程,一定要抓住这最后的机会,不能让其中的错误太多。

(原文地址 http://blog. sina. com. cn/s/blog_54b75c030100hpqw. html 成文时间 2010－04－12)

为 何 而 写①

自从网站开通、学生们帮助"注册"了网名和密码并将这些告诉我以后,我就隔三差五地写上一段"小品"。开始的时候原因非常简单,就像是自己家请客,如果不是到了"主人"的智力和身体残缺得无法见人的时候,似乎不出来敬大家几杯、打个照面都会有点儿过于失礼。时间一长,反倒是真的成了生活中的一门"功课"。

实事求是地说,作为一名教师或者编辑,经常写一点属于自己的东西不会有太多的害处。在大多数情况下,现在的学校教师主要是在不断地重复某一教学内容。天长地久,就会不自觉地害上一种"祥林嫂综合征":与鲁迅笔下的"祥林嫂"多少有些不同的是,教师不是对单一群体,而是对不同的群体重复着"我傻,我傻,我真的很傻"这样的话,更有趣的是即便如此重复的内容还不一定是自己原创的东西。从生理学意义上讲,这种"祥林嫂综合征"不但可以证明教师自己已经出现痴呆的先兆,而且对于听到这些话的生物同样是精神上的折磨。因此,最好的治疗方法是从那种"我傻,我傻,我真的很傻"的语境中暂时地摆脱出来,写一些"属于自己的东西"。

虽然编辑患上"祥林嫂综合征"的概率比教师低一些,但是,如果每天泡在并非上乘甚至词不达意的文章中,也会对身心造成非常大的伤害。好在前辈早就发现了这个问题,在编辑的行当里提倡"编辑练笔"已经成为常识。只是有的时候好日子过久了,人们就会忘记往日的艰辛;高端的"知识"学多了,编辑们也会忘记本来属于自己的常识。因此,在出版单位往往会作为一项带有一点"强制性"的措施,要求编辑在一定时期内写一些"属于自己的东西"。在我看来,这倒不见得是什么"以人为本",而更像是出版单位为了节约成本、提高工作效率的一种无奈之举。反正不管是前因也好后果也罢,这样做的结果对全人类都有好处。

笛卡儿早就说过,"我思故我在"。也许在笛卡儿等先贤那里,人之所以为

---

① 本文为《胡言》自序,参见广西师范大学出版社 2010 年版。

人,是因为他可以思考,并且通过"思考"发现和证明了自己的存在。在我看来,任何"思考"或者观念性的东西如果不通过文字记录下来,就很可能随着时间的流失而流失。不仅如此,语言文字还可以作为一种手段,"刺激"人的思维,帮助人们形成更加完整的思维成果。当一个人的"思想"冲破世俗的藩篱,在一种自由和放松的状态下变成文字;当这种状态从一种偶然的机遇变为生活的常态,在一个曾经被称为"独立之精神,自由之思想"的空间成长,人类是否更加接近自己的理想状态呢?

（原文地址 http://www.daxtx.cn/? uid – 5 – action – viewspace – itemid – 5115 成文时间 2009 – 10 – 16）

写在学问边上

《胡言》·后记

自 2008 年 1 月 6 日 jht55 为我开通"个人空间"始,粗略估计我已经在这里写下了两百多篇"小品"。其中除个别文章来自上个世纪我主编的另外一本刊物和学生时代以外,绝大多数应该属于"原创"。

我的导师王传宇教授喜欢使用"心路历程"一词,如果遵从这种师承,我的这些"小品"的确记录了自己在两年时间中的"心路历程"。与以往不同的是,这些"心路历程"已经不再为我独有,而是与众多网友分享——我自己也很难分清楚究竟是网络成就了这些"小品",还是这些"小品"丰富了网络——总之都一样,这与两个结伴而行的人无法分清是"谁为谁带来行走的希望"相同,应该是一种相辅相成的活动模式。

可能因为年龄的关系,也可能因为职业的习惯,我总是觉得网络只适合浏览而不适于阅读,以至于连自己有时候也会出现"失忆"——不想清楚地回味眼前的文本,甚至无法知道自己曾经表达过的东西,于是就产生了将"新媒体"向"传统媒体"转化的想法。当然,真正让这个想法变为现实的还是我们网站的一些"版主"和网友。

首先应该感谢淡如水,是他最早提出我的这些"小品"应该归纳为"胡言乱语"的。但是,如果从作者的角度来看,"胡言"是一个主体行为,是可以肯定的;而"乱语"则更多地表现出一种对客观效果的期待,因此是极不确定的。也就是说,我的"胡言"是否真的能够成为"乱语"还要看读者的评价乃至"客观效果"。如此一来,取其所命之名的前半段,我的这些"小品"就有了一个整体的名字。

其次应该感谢独秀山人,是他在淡如水"挂职"以后承担了这些"小品"的维护工作。特别是当我身处外地,用手机短信的形式将文章发回京城,整理和上传这些"草稿"应该也是一件无法令人欢欣鼓舞的事情。然而,从客观结果上看,正是由于他的努力,才使得我与网络以及网友之间没有产生太大的"疏离",使我的"心路历程"没有出现过多的间断。

最后应该感谢 jht55 和 wgy0828,是他们对我自己都不太愿意再看一遍的东西进行了编辑。根据我的职业经验,他们的工作一定是痛苦多于快乐、失望大于希望的经历。为此，感谢已经不能表达我的基本语义，如果使用歉意好像更加贴切——那就让我以我个人的名义，在 2009 年即将过去、2010 年即将到来、2012 年只是一个"传说"的时候向他们并通过他们、向广大的网友以及未来的读者表示深深的歉意吧，但愿我的歉意能够成为一个继往开来的里程碑。

（原文地址 http://blog. sina. com. cn/s/blog_54b75c030100g8pl. html 成文时间 2009 - 12 - 30）

被审查

按照原来与出版社的约定,《胡言》在完成了正常的编辑程序之后5月份就要发排印刷了。可是,大约在10天前我突然接到责任编辑的电话,称《胡言》书稿被上级出版管理机关"看中",需要报送审查。根据出版社的估计,我的书稿介于"州官放火"与"百姓点灯"之间,让出版管理者觉得有审查的必要。

说句实在话,我入出版这个行当几十年以来,自己写的东西还没有受到过这么高的待遇。但是,职业常识告诉我,作为"写作"的流程,修改和审查是一种非常必要的环节。特别是在我们这个国家,任何文字作品在面世之前都是要经过一定的"编审"程序的(包括网络作品)。就以《胡言》为例,其中的每一篇文章在"发表"的时候其实都是经过了新浪、凤凰和DAX网站的审查的,如果不符合国家有关的出版规定,媒体一般不会接受作者的"出版委托"。

当这些小品汇集为《胡言》、希望出版的时候,我先请张鸣先生进行了审查——他在为我作序之前,要求"审阅"了我的全部书稿。按照张先生的理解,"这本小品的名字,作者管它叫'胡言',不是胡言乱语的意思,而是作者姓胡,姓胡的说的话。就像传说胡适先生引经据典,提到孔子是'孔说',说到孟子是'孟说',提到自己就成了'胡说'。但是,胡适没有胡说,当然作者也不是胡言。"其后,《胡言》书稿按照出版社的工作程序,完成了三审、三校和"我的通读",应该说正常的程序都已经履行了,目前享受的是破格待遇。

平心而论,凡是被称为文章的东西都有修改和审查的空间。只要"修改和审查"者出于对文章(内容、文字等)负责的精神,具有"修改和审查"的基本知识和能力,被"修改和审查"的文章一定会越"修改和审查"越有质量。据说黄仁宇的《万历十五年》书稿如果没有经过"修改和审查",就不会取得目前的成就。因此,我也在期待着《胡言》的"修改和审查"者提出令我震撼的意见。

昨天晚上,我收到了一则"内部消息",称出版管理机关根据有关领导的指示精神,组织专家对《胡言》书稿进行了认真审读,认为"有些内容存在政治上的调侃",需要作者和出版社"删改"后再"安排出版"。我现在还不知道被审查出的"政治上的调侃"是哪文哪段,如果出版社将这些使上级出版管理机关和专家震撼的文字告诉我,我一定会在第一时间与大家分享。

[附] ××出版局《胡言》审读意见①

1. 9 页,"已经是垃圾大国了,下一个目标是垃圾强国"。太偏激,建议删掉;

2. 10—11 页,"会议趣谈",指名道姓地拿国家领导人开涮,建议全文删除;

3. "独秀山人……"正话反说,建议全段删除;

4. 24 页,"舷梯上走下一位与自己手持雨伞颜色接近的中年人",建议将这句话删掉;

5. 80—81 页,"也谈排名"。《小康》杂志所谓"信用小康"的调查,被不人(原文如此,应为"别"人)质疑其真实性,建议删掉;

6. 224 页,"虚实之间,中国大陆的大学精神正在死去……"一段,太偏激,建议删掉;

7. 299—300 页,"汽油涨价的好处",把饶舌的出租车司机与中央政治局和政治局委员相题目并论(原文如此,应为"相提并论"),是不合适的,建议全文删除。

(原文地址 http://blog. sina. com. cn/s/blog_54b75c030100iqw9. html 成文时间 2010－05－29)

---

① 所注均为《胡言》清样页码。该书最终由广西师范大学出版社 2010 年 8 月出版。

民 国 往 事

小时候家里的老人就曾经告诫我们这些晚辈，做任何事情都要善始善终。虽然现在自己也逐渐到了"发苍苍、眼茫茫"的年纪，但早年间的记忆或者说教育还是铭刻在心的。天长日久，这些"铭刻在心"的东西就成了我的一种习惯——凡是没有善始善终的事情，都会非常"闹心"。

这几天让我非常"闹心"的事情，就是出差杭州、坐在 T31 次上带着的那本林贤治先生的《纸上的声音》，应该读完而没有读完。尽管自己可以找出类似"坐在鸭群旁边"，或者光线太差等原因，可是归根结底还应该说自己定力不足。不然的话，那些励志故事中的主人翁怎么会统统选择闹中取静呢？痛定思痛，还是尽快把应该做完的事情做完，善始善终。因此，一回到家里，就赶紧拿起书本、把失去的时间补回来。

到底还要说林贤治先生是研究鲁迅和近代文学的大家，许多自己过去不知道或者被忽略的事情都被他翻了出来——在一篇题目为《鲁迅："带着枷锁的跳舞"》的文章中，林师写到："……国民党的'党国'开始建立，在'一党专制'之下，他（指鲁迅——编者注）所面临的已是意识形态控制日趋严密的局面。1928年，国民党当局颁布了'著作权法'，规定有违'党义'及其他'经法律规定禁止发行'的出版物不能注册；1929 年，中央宣传部公布《宣传审查条例》，同年还颁布了《查禁反动刊物令》；1930 年又颁布了《新闻法》和《出版法》，规定书刊必须事先申报登记，获准后才能出版，至于涉及'党义'等敏感问题的还要进一步送审。1933 年由政府教育部颁布查禁密令，附抄作者黑名单，手段更为隐秘。至1934 年 4 月，中央宣传委员会图书杂志审查委员会正式挂牌成立，6 月颁布《图书杂志审查办法》，规定所有书刊必须送审，如不送审，即予以惩处。各个层级的审查委员会豢养了大批书报检查官，鲁迅称为'叭儿'；在审查过程中，他们'看文字不用视觉，专靠嗅觉'，随意删改和禁止，于是乎出版界只余一片荒漠……"

所以，鲁迅先生只能在这种背景下"带着枷锁的跳舞"，而就是这种"带着枷锁的跳舞"，给后人留下了难以超越的高度和宝贵的精神财富。当然，我们所处的时代再也不可能回到民国,我们的社会正在向着更有利于人性的方面发展。对于大多数人而言,再也不会像鲁迅那样"带着枷锁的跳舞"了。但是,大家还是要警惕那些有着"民国遗风"的"叭儿"对人类文明的袭击。

（原文地址 http://blog.sina.com.cn/s/blog_54b75c030100lw0q.html 成文时间 2010 - 10 - 20）

《胡言》读后感（附三则）

一 《胡言》驾到之后……
——写在读《胡言》几篇之后

（一） 驾到

那天不知是张博士会超先生为了转递《胡言》顺便来我办公室看他在此实习的学生，还是来看实习的学生顺便转递《胡言》；总之，公元 2010 年 10 月 21 日星期四上午北京时间 10 时 28 分，《胡言》出现在我的办公室。

虽然我没有像接待所有送到这间收集指导办公室的案卷一样，立即打印"案卷移交目录"并与移交人清点、签字，但还是根据迈斯奈尔档案鉴定的一般原则中"决定，必须尽可能当机立断。对案卷暂时保留的决定，一般就等于决定永远保存，因为时间和人力的缺乏，日后几乎无人问津"这一条，在检查了《胡言》的案卷完整情况、卷内目录、备考表，并翻阅一页之后，当即决定将《胡言》列为我的藏书中"永久保存、概不外借"这一类。同时，为了确保日后不出差错，引用限制利用档案的"档案封闭期制度"，为其定了"特殊封闭期"——也就是说，《胡言》在我的书柜中有超过 30 年的封闭期——在此期间，外人翻阅都不行，别说外借了！

无论从开本、厚度还是装帧设计来说，《胡言》在我眼里都是一本赏心悦目、容易引起阅读兴趣的书。所以，当我为这本新的藏书办好"入库登记手续"之后，无意中注意到封面上的"胡鸿杰"三个字时，不禁有些发愣——"胡鸿杰"？是谁？好像作者是 hhj5857，一段时间以来，我是一直在看他的博客的。突然，我笑了，在这个更为"关注粮食和蔬菜"的环境中，《大众医学》和《现代家庭》远比《档案学通讯》有实用价值；所以，没有见过《档案学通讯》的我不知道"胡鸿杰"是再正常不过的！继而又想起了读书时，那时学校的图书馆借书还没有采用条形码扫描技术，借阅时要在书后附的一张借阅卡上登记姓名和借书证件号码，之后将书带走，借阅卡留在图书馆。我当时借过的屈指可数的几本专业书籍不是没人借过，就是前面只有一个名字，那人是我们的系主任。

"面朝大海，春暖花开"，如果你对此深信不疑，那迟早会有上当受骗的感觉——沙地上连脚印都留不下,哪里会有足够的养料让你看到"花开"? 当然,我也曾在戈壁沙漠中采摘到一种名为"沙漠玫瑰"的美丽花朵,但她的美丽永远凝固在了我将她采摘回来的那一刻,不再经历风霜雨雪,也不再会形成、变化。有时候我在想:案头的这朵玫瑰,如果再经历几度风霜,是否会更娇艳动人? 石玫瑰离开了生长的土地尚且如此,我呢?

在我胡思乱想的时候,隐隐约约记得为了不失礼貌,和张老师聊了一些他学生实习的情况。之后,"改良土壤"的念头在我脑子里占了上风,几乎突然就强势到了不解决不行的地步。于是,我坐到电脑前"噼里啪啦"一气百度,拉出一串书单就跑,早已把实习的学生和他们的老师都抛在了脑后。

"领导,要开始订阅杂志了吗? 这些,我们办公室的,行吗?""你交综合办公室就行了。"领导扫了一眼就同意了,原来,这事儿就这么简单。

(二) 之后

之后,之后也没啥新闻,我就开始读《胡言》了呗!

看到胡老师的照片时就感觉他身上有一种军人气息。但是,我读过《1978年那些事》,知道他只下过乡,未参过军;于是就猜想他一定出生在军人世家。果然被我言中,《胡言》中说他的确在军区大院长大,父亲是军医。像我结识的所有军区大院长大的孩子一样,中间几度辗转,在不同的城市零零落落地度过了童年,完成了学业。感觉胡老师是个注重语言表达艺术的人,有神来之笔时,甚至会非常得意。克里斯特尔曾说过:"如果没有语言,大部分人类思想将不复存在。"综合音乐、舞蹈、绘画、雕塑等表达方式,我们会发现只有语言才能最灵活、最准确地传递所有人类所能理解的复杂而精确的含义。这也是胡老师一直一直坚持写下去的原因所在吧?

我说过胡老师文字中的故弄玄虚:

老Z的故事告诉我们,对于具体事件而言,要先选择方向再考虑速度;对于抽象事件而言,任何路径、方法都是由任务决定的——如果要过河,那么可以选择船和桥;如果要上楼,可以选择楼梯和电梯;如果……

正是从这个意义上讲,没有"主体"的"方法论"是不存在的——大家不要光顾着磨刀,还要先知道杀谁。(《老Z的故事》)

饶舌:

也许教师的所有生命价值就应该体现在课堂上——如果没有了"课堂",教师也就不能称其为教师了。因此,没有了"课堂"的教师理所当然会像我一样感到"惆怅"。我在"惆怅"之余还可以"自慰"的是,我的"课堂"不是没有和失去而是"结束"了。也就是说,我在"结束"之前已经完成我应该完成的"教学任务"。如果按照我讲课的"时速"计算,应该说是超额完成了"教学任务"。尽管不论是学生还是教师,还有很多"意犹未尽"之处,但是学校的教学计划已经宣告了这次"教学任务"的结束,况且仅仅凭借一次"课堂教学"就可以"意全尽"也是不现实的,大家今后的路都还很长,有"来日方长"那么长,我们有的是机会。(《今日无课》)

这次细读时更发现了这样一种情怀:

记得读小学时有一次上图画课,老师让大家画青蛙。到了需要涂颜色的时候,发现自己没有带绿颜色的笔。老师发现后说:"你不是有蓝色和黄色的笔吗?"我这才恍然大悟,原来除了风,还有其他东西可以"带来"绿色。(《风中的绿色》)

更有《期待》中的那样一种心绪,以及《空中遐想》中突然转变的风格……

(三) 题外

这个暑假回老家住了九天,大姑又一次搬家了。房子的面积和上次差不多,一百三十多平方米,只是房型好一些。姑父80,姑姑73,我担心他们两个人住那么大的房子打扫不过来,就说既然要换,何不换个小一些的?姑姑让我去看看那间儿童房——除了书架、写字台换了新的,一切都是老样子:厚厚的地毯、木床、大花朵的窗帘、长毛绒玩具、吊兰……这个房间除了他们那比我小几岁的孙女(今年也大学毕业工作了)上学时午休在这里,一般只接待我一个人——不许别人住的——哪怕我好几年都没空回去看他们一眼。

在这间房里住了四个晚上,姑父还是保持早起锻炼的习惯,只是把跑步改成走路了。我本来也是个习惯早起的人,有时也会像胡老师一样写些什么,之后去跑步。但后来因为身体原因遵照医嘱不许早起,更严禁起床后锻炼身体。于是,每天早上5:30姑父出门后,我会迷迷糊糊再睡一觉。

空的时候,喜欢陪姑父说说话。总是记起小时候的暑假,我做完作业就趴在地毯上看书,姑父也不理我,总是伏在书桌前写呀写。下午4点是我的放风时间,这时姑父会牵着我的手带我去学校的操场玩,然后到学院里拿报纸和订的牛奶。

临走前姑父问我有没有计划过退休前写几篇论文,出几本书?我笑笑说在这方面好像没有考虑,因为似乎没有太多的想法和愿望。姑父说自己去年又出了一本书,这样看下来,五十出头的胡老师应该还算是年轻后生呢;我想,如果我的身体不出现状况,是一定能够等到的!

（作者:盈盈;原文地址 http://www.daxtx.cn/forum.php? mod = viewthread&tid =14988&archiver = 1 成文时间 2010 - 10 - 24）

二 《胡言》书后

枯坐窗前秋天蓝,信手翻书眉不展。

忽闻语声似故人,赠我《胡言》度秋残。

书封浅浅如人淡,书目历历出心裁。

展卷读之不能罢,掩卷回味难释怀。

文字绵绵轻若重,思绪悠悠路回转。

北风凛凛秋将尽,摩挲书页御秋寒。

（作者:清致;原文地址:http://www.daxtx.cn/forum.php? mod = viewthread&tid =15040&page = 1 成文时间 2010 - 10 - 29）

三 错 漏

鸿杰兄:

奉命发现《胡言》中的错漏之处,以备再版,颇生抵触。一来老兄本人是大编辑出身,天天挑别人稿子中的毛病,仅从职业习惯上说,岂会容自己作品中出现文字上的问题,何必要我来出空(上海话,无效劳动之意);二来大作是我枕边常备之书(不敢放在厕边,恐有亵渎),每晚临睡之前翻上几篇,于是心情放松,自然有助睡眠。现在却要求在中挑刺,注意力必然要转到"字"而非"句"和"篇"上去,再无从容领略内中微言大义的闲情逸致,岂不有煞风景? 不过为了表示我确是逐字逐句地认真拜读的,拼了命也得找几个出来塞责。

1. 003 页第三行:"作为垃圾的分类","作为"这个两字似属多余;

2. 008 页第七行:"采用会议的方式就可以避免管理者事必躬亲地出现在会场"一句看不懂,是不是"现场"?

3. 025 页倒数第七行"一种最后被命名为'非典型肺炎'的疾病来到了我们的国家",2003 年这场流行病的正确名字为"传染性冠状病毒肺炎",简称 SARS。"非典"仅是在中国的习称。

4. 263 页 12 行:"出空城诸葛提刀向马司",最后二字不知是否有意颠倒?

以前全民灭鼠时，要向居委会交老鼠尾巴完成指标，我现在的心情与之类似。上述诸条，实属吹毛求疵。以后如再有所见，随时交上，不过看来基本上是不太找得出了。

最后有一胡想：不知鲁迅能活到今天互联网时代的话，他老人家的写作方式会有什么不同？

（作者：胡乱挑剌；原文地址 http://blog.sina.com.cn/s/blog_54b75c030100 pybu.html 成文时间 2011 - 04 - 11 02:13:37）

第三部分　教学心得

陪太子读书

这学期我的主要工作就是"陪太子读书"。课程的真实名称是"理论文献研修"，授课的对象是档案专业的博士研究生。之所以将其说成"陪太子读书"，是因为在若干年之前，大学生曾经被称为"天之骄子"——虽然现在已经充分贬值，但是，我们专业的"博士"毕竟还算"凤毛麟角"。当然，其中的所谓"太子"，也可以理解为"某太太的孩子"。

这门课程的内容，是学院规定的一些档案学的"专著"。在我看来，自己无论是读书的速度还是读书的理解程度，都已经远远不及"太子"。因此，课程已经不能称为"讲授"，只能当做"陪读"——其优点在于：你读我也读，以你为主而我辅之。这样，也许比以往在课堂讲得口干舌燥、眼冒金星，而"太子"们却做"无辜状"要主动一些。

由于我们专业的限制，"陪读"的范围势必不会太宽。"不宽"虽然影响视野，但是可以"目力集中"，且可以"精耕细作"。我们农民都知道，"深耕加一寸，顶上一茬粪"——读书人也说，"熟读百遍，其意自解"。看来，小有小的好处呀！

当然，"陪读"并不是放羊，绝对不会有坐在山坡吹牧笛那般悠闲。想想也是，不论什么朝代，不都是"太子"读出毛病，拿"陪读"的顶罪吗？

还是小心为好！

（原文地址 http://www. daxtx. cn/home. php? mod = space&uid = 5&do = blog&view = me&from = space&page =33 成文时间 2009 - 2 - 13）

解　释

上周在黑龙江大学与学生交流，当有人问到我的《中国档案学的理念与模式》如何解题的时候，自己真的有些无奈。其实，一本书的"真正含义"应该由读者来界定——世界上最吊诡的事情，无异于让作者解释自己的作品、让诗人朗诵自己的诗歌。但是，如果被人问到了、自己却不讲，则会被人"进一步"认为作者和作品都有问题。因此，当时我只能重复"'理念'实际上不过就是一种'想法'，而'模式'则是在其理念作用下形成的一整套行为方式"的老生常谈。

实事求是地讲，对《中国档案学的理念与模式》最权威的"解释"，应该是我的导师王传宇教授的几段文字——

"该书所涉及的是中国档案学的基础理论——'学论研究领域'。从严格意义上讲，目前该学术领域尚无同类作品出版。如果将中国档案学'学论研究领域'定义得宽泛一些，中国人民大学档案学院的创始人吴宝康教授所著的《档案学的理论与历史初探》（四川科学技术出版社 1986 年版）和中山大学陈永生教授所著的《档案学论衡》（中国档案出版社 1994 年版）则可以算做此类出版物。

吴宝康教授所著的《档案学的理论与历史初探》的学术价值在于开创了中国档案学基础理论研究的先河，改变了中国档案学研究领域以教材为主的基本格局。同时，《档案学的理论与历史初探》作为正式出版的中国档案学基础理论专著，不但激发了业内人士研究基础理论的热情，也使学术界认识到档案学的社会地位和发展前景。

陈永生教授所著的《档案学论衡》是我国档案学领域'新生代'的代表作。其学术价值在于较早地阐述了档案学研究的一些基本问题，如学科属性与体系、科学精神、研究方法和理论联系实际等等，有一定的学术启蒙作用。该书曾经获得中国档案学会论著一等奖。

而《中国档案学的理念与模式》一书的理论意义在于，……改变目前中国档案学研究中存在的盲从状态，实现学科的自觉。……所采用的从逻辑起点、形成因素、基本结构和学科价值等方面评价学科的理论模型，不仅对于系统认识中国档案学的基本状况具有经典意义，而且对于分析社会科学中的其他学科同样具有方法论意义。……"

当然,导师的"解释"不仅仅是评价,更多的是鞭策。作为一本区别于"全面肤浅"的教材而言、带有"片面深刻"的专著,我自己也曾经"补充"说:"我感谢我的先辈,是他们创制了档案学;同时我更感谢我的先辈,是他们没有忍心把档案学做得尽善尽美——给予我们这些并不出色的后来者发展的空间,使先辈的事业在我们的身上得以延续。因此,我们的任何研究及其结果都不过是对先辈智慧的验证。也就是说,事实不过如此。"

（原文地址 http://www.daxtx.cn/home.php? mod = space&uid = 5&do = blog&id = 4105 成文时间 2009 - 6 - 1）

开 学 之 前

时间过得真快呀，一晃就要开学了。有时觉得自己昨天还在上课，仿佛就根本没有放假——可是，从日历上看，假还是放过的，而且很长——就像一次长夜——无奈"春宽梦窄"，留下的痕迹不多。

想想我已经在学校这个地方混了十几年了，但说来惭愧，自己对所谓的"教育规律"或者"教书育人"知之不多；倒是随着时间的推移，平添了一些疑惑。比如，大学究竟应该给学生些什么东西？是专业的知识还是独立的思想？是操作的技能还是自由的精神？是毕业的证书还是健全的人格？也许都是，也许都不是。

再比如，大学的教师究竟是一群什么样的人？或者至少应该成为什么样的人？是学有所成的学术泰斗还是唯唯诺诺的机关职员？是诲人不倦的清贫居士还是前呼后拥的达官贵人？是授业解惑的良师益友还是道貌岸然的衣冠禽兽？是硕果仅存的正人君子还是唯利是图的市井小人？也许都是，也许都不是。

19 世纪中叶，英国有个叫纽曼的大教育家，他在出任大学校长时说："真正的大学教育是什么？不是专业教育，不是技术教育，而是博雅教育。大学的理想在于把每个学生的精神和品行升华到博雅的高度。这样的人首先在精神上就是健康的。"纽曼认为，如果必须给大学课程一个实际目标，那么它就是训练社会的良好成员。

非常可惜的是，纽曼已经远离大家而去，我们无法向他请教"博雅教育"是如何"探究心智、理智与反思的操作活动"的，更无法请教什么样的人物才有资格和能力去实施"博雅教育"。当然，大家也不必过于烦恼，相反应该觉得能够活在 2009 年十分庆幸——因为中山大学已经准备成立博雅学院，并且将"本科学制实行四年不分专业的精英化博雅教育，贯彻跨学科领域的精英教学方式，着重培养今后有能力从事高深学术研究的人文艺术和社会科学人才"写进了招生简章。如果大家今后可以看见，中山大学的教授与学生一起吃饭，然后并肩走在他们学校河边（实在抱歉，我真的不知道那条河的名字）的草坪上的时候,千万不要想歪了——因为这正是纽曼倡导的"博雅教育"方式……

相信在不远的将来,一些"走运时不庸俗,失败与失意时不失风趣"的"博雅之士"一定会出现在广州的马路上。

（原文地址 http://blog. sina. com. cn/s/blog_54b75c030100emvs. html 成文时间 2009 – 08 – 31）

致备考博士生的公开信

140 万的硕士研究生考试尘埃落定之后，一年一度的博士研究生考试就要"上演"了，相信已经报名参加这项活动的同学，在相当一段时间里都不会睡得太安稳。每当想起会有许多人由于一件与自己有关的事情寝食难安，我就有一种无以言状的感觉——很像小时候做错了事却没有被先生点破时的心理状况，是得意、侥幸还是更多的不安？反正都一样，那不是一种正常的心态。因此，为了自己，也为了别人，我还是决定要向准备报考博士研究生特别是准备报考我的博士研究生的同学写一些文字。

首先，无论内容还是形式，我都不认为自己是一个真正的研究者，所谓博士生导师不过是由于"工作需要"我临时充当的一种角色。我不知道其他博士生导师的想法，但是我可以明确地说至少在我这里"博士生导师"真的与学问无关。因此，希望大家在报名或者考试之前再仔细斟酌一下，千万不要一失足成千古恨，耽误了自己的前程。

其次，学校方面为了管理的"需要"，已经对每一名博士生导师的"招生"进行了规定。简单地说，就是在名额等条件都具备的情况下，每位导师从自己所招的"第二位"学生开始，就必须从自己的项目经费中支取一部分作为"奖学金"，而我恰恰缺少这种能够为其提供费用的项目。

再次，在我们这个学科里，与我上述两条成为鲜明对照的博士生导师已经不在少数。如果大家可以弃暗投明，应该不失为一种明智的选择。当然，只要考取了我们学院，其实"手心手背都是肉"，名义上向谁学习与实际上向谁学习是一个成年人自己的权利——不过，我还是十二分真诚地希望大家将"名义上向谁学习与实际上向谁学习"统一起来。

最后，从某种意义上讲，研究学问同报考博士研究生没有什么相通之处。也就是说，大家用不着"报考博士研究生"仍然可以做学术研究，有些"报考博士研究生"并且考取者未必是做研究的材料，与其徒有虚名、劳神费力，倒不如真实地活着。选择一种适合自己的生活方式，要比随波逐流更有价值。

作为一个过来人，我已经经历了大家将要经历的许多痛苦和无奈，我也非常希望大家能够尽量减少生活中的痛苦和无奈。当然,如果大家还是认为"痛苦和无奈"就是人生的必然过程,我将义不容辞地与你同行。

（原文地址 http://blog. sina. com. cn/s/blog_54b75c030100ge00. html 成文时间 2010－01－12）

第 一 课

明天是开学的第一天,在这个"第一天"里我就要讲课,这种情况是我回到学校工作后的第一次。想想也是,教师不就是讲课的嘛,如果教师的"第一"要务不是讲课,那我们生存的这个国度恐怕就真的要出问题了。

在很多年前,曾经流行着一个段子,其大意好像是:"在很多年前教师是教书的,理发店是理发的……",这样的东西之所以可以流行,是因为在现今大家生活的这个"世界"上,至少有些教师已经不是教书的,有些理发店已经不是理发的了。至于那些教师和理发店都干什么营生,大家可以自己去了解和观察,仅凭我的一孔之见还真的不好妄加猜测——反正是天无绝人之路,林子大了一定会什么鸟都有的,大家知道了也不必大惊小怪。

单就学校这个与"外面的世界"比较起来既不算精彩也不算无奈的地方来说,还真的是有些情况被段子说着了。比如,一些顶着教师甚至是名师"封号"的家伙,已经基本上不讲课或者很少讲课了。他们中的大多数已经"升级"成了包括各级领导在内的管理人员,也就是说,他们的屁股已经坐在了"管理者阶层"的位置上——根据"屁股决定脑袋"的原则,这些家伙脑袋里面想的也一定是屁股底下那点事,而在他们"屁股底下"的"那点事"中,"讲课"自然不可能成为首选。因此,如果再用讲不讲课的"俗套"去评估这些"管理者",已经不能反映社会发展的生态状况了。

就像世界上有矛就有盾、有锤就有砧、有黄世仁就有杨白劳一样,上面那些管理者的存在是以被管理者的存在为前提的。说得直白一些,如果没有了我们这些还在讲课的教师,那些"屁股决定脑袋"的家伙也就成了"无源之水,无本之木,无的放矢"的"没头苍蝇",过不了多久也会自生自灭的。从这个意义讲,为了不让那些管理者成为像"没头苍蝇"那样的可怜虫,不要在金融危机还没有完全结束的时候毁掉别人的饭碗,我们这些人如盾、砧和杨白劳般的教师还是要把课讲好,尤其是要把第一课讲好!

只要时辰一到——"上课铃已敲响,U 盘已插上,学生已坐好,让我们上课吧!"

(原文地址 http://blog. sina. com. cn/s/blog_54b75c030100gw2o. html 成文时间 2010 - 02 - 23)

"大　　辩"

　　"大辩"是大学生辩论赛的"不规范简称"，是每年各大专院校乃至各国教育主管部门和传媒界热衷的一个娱乐大众的"赛事"，也几乎是每个学年校学生会干部"骚扰"我的一个理由："胡老师，今年学校的大学生辩论赛，我们邀请您当评委"，"您看学校领导都来了，您考虑一下还是参加吧！"我的回答也很简单，其核心内容就是"不参加"；如果那天接电话的时候我恰巧心情不错，我有时也会采用"辩手"的语气调侃一下："你看校长都参加了，我还有必要去吗？"

　　我也不知道是什么原因，使这些倒霉的学生会干部屡败屡战，我更不知道是学院的哪位老师"己所不欲"偏要"施于人"地将我"出卖"给了这些"骚扰"者，但我非常清楚自己是非常"厌恶""大辩"的。我"厌恶""大辩"的理由也非常简单，就是"大辩"在诱导学生"是非不分"——不管是什么题目，只要具备了一副伶牙俐齿就可以攻无不克、战无不胜，甚至可以所向披靡。其中也不乏一些"辩手"成为超女快男被某些"用人单位"相中，使"大辩"进一步成为"攻无不克、战无不胜，甚至可以所向披靡"的阶梯。

　　我并不反对大学生成为具有一流表达能力的人才，更不反对在大学教育中设置使"大学生成为具有一流表达能力人才"的操作环节。但是，我坚决反对我们的大学试图把学生培养成为"只要可以达到目的，就可以不择手段"的市侩！大家设想一下，如果当"大辩"中胜出的题目多为一些虚假命题和虚伪命题的时候，当"大辩"的胜出者多为虽然"抽到了"这些"虚假命题和虚伪命题"，却可以凭借"一副伶牙俐齿就可以攻无不克、战无不胜，甚至可以所向披靡"的时候，当其他学生感悟到"各大专院校乃至各国教育主管部门和传媒界"通过这个"赛事"传递的价值取向的时候，我们的大学教育恐怕距离被社会唾弃的时候指日可待了！

　　顺便说一句，以我对自己的了解，我还是非常适合当一个"辩手"的。如果大家不相信，可以随便邀请哪位曾经的"大辩胜出者"，与我共同参加一个随机的命题辩论，他（她）一定会感受到什么叫做生不逢时。

　　（原文地址 http://blog.sina.com.cn/s/blog_54b75c030100h10c.html 成文时间 2010－03－04）

第三部分　教学心得

"师　说"

　　有一件事肯定是没有被收录到 1996 年的中华人民共和国大事记中的,那就是我回到了中国人民大学。不过对于我来说,能否收录到什么"大事记"其实没有关系,重要的是这件"大事"是否真的发生——毫无疑问,1996 年我的确回到了中国人民大学,并且做了一名教师。

　　正像一些从国家视角来说微不足道的事情在一些个体看来惊天动地一样,我一个非常小的人物回到我的母校执教却让一些这里的"土著"心存疑虑,甚至有人认为这简直就是"引狼入室"。就是这句话,有时我一想起来就会笑出声来——首先我真的不是狼,其次我也不知道我"入室"究竟有什么不好。如果这些人的提法成立,那么像白求恩这样的"外来物种""入室"后不是更加危险吗?好在我们至今没有发现他"入室"的不良后果,比如改善了"土著"的品种、出现了"草泥马"等等。

　　虽然我一直信奉"两岸猿声啼不住,轻舟已过万重山"的逻辑,但是我的一位老师可能是因为年龄大的缘故,却情不自禁地要"谆谆教导"我一下,以免"和平演变"的事情发生在"我们党的第三代、第四代身上"。于是,在一次饭局上,正当我津津有味地讨论"为师之道"的时候,那位我的老师语重心长地对我说:"×××,你千万不要把学生教坏呀!"就在此话话音落地经历了"刘翔起跑"时间后,我就以"迅雷不及掩耳盗铃"之势回答说:"我可是您教的啊!"……

　　自此,一场"没有被收录到 1996 年的中华人民共和国大事记"中、却在一些"土著"心中暗流涌动的"事件"画上了句号,而这个"句号"的起因就是"师说"。从那以后,每当我准备进行"师说"的时候,都不由地想起这个经典案例,并且担心由此引发"迅雷不及掩耳盗铃"的后果。

　　平心而论,不管是认为"引狼入室"的"土著",还是对我"谆谆教导"的老师,他们作为一些成年人绝对有支配包括自己喉咙在内的身体器官的权利。也就是说,他们说什么应该是他们自己的自由,其他人其实没有让他们"闭嘴"的理由,更没有禁止他们"思考"的权利。但是,从另外一个角度说,他们也没有利用自己的"权利"干扰、破坏其他人自由地"支配包括自己喉咙在内的身体器官的权利"。

在这种有可能"利用自己的'权利'干扰、破坏其他人自由地'支配包括自己喉咙在内的身体器官的权利'"当中,最危险的一种形式就是"师说"——其"影响力"在于利用自己特殊的身份使干系人失去思考的能力。特别是在这些"干系人"还是处于"学生"状态的时候,这种"干扰、破坏"作用可能会通过彻底摧毁他们的独立思考能力而危及他们的一生。因此,我国自古就有"误人子弟男盗女娼"的说法。

如果学生们从自己的"师说"里面发现的都是唯利是图,感悟的都是权力通吃,那么我们国家的未来一定不会有什么好的结果。从这个意义上说,有什么样的"师说"主体就有什么样的"师说",有什么样的"师说"就有可能出现什么样的被耽误了的"弟子",有什么样的"弟子",国家和社会就有可能出现什么样的被耽误了的"未来"。

如此看来,大家还是记住那句古训和与此相关的"师说"为好!

(原文地址 http://blog. sina. com. cn/s/blog_54b75c030100h6i4. html 成文时间 2010-03-14)

蔓　延

今天是 4 月 1 日,本来不想发表什么言论,以免有凑"愚人节"热闹之嫌。可惜身为人这种动物,大家自出生时就有一种"来日无多"的使命感,所以打开电脑、敲下下面的文字。

昨天上课的时候发现有两个学生情绪不高,一打听才知道,原来他们过去的一位同学身患绝症,据说已经认不太清楚来人了。作为昔日的同窗,想到曾经身边如此一个活生生的朋友,转眼工夫就有可能撒手人寰,谁的心中都会非常难过,而这种被称为"难过"的情绪还会在"难过者"今日的同窗中蔓延——是呀,谁又能够担保我们中的一个不会成为被别人"难过"的下一个呢? 谁也不能吧! 那我们就让这种"难过"的情绪继续蔓延吧。

当然,这种情绪的"蔓延"也可能产生积极的结果:既然人类到目前为止不能预防、治疗某些疾病,既然大家的生存环境中充满着导致大家产生一些疾病的因素,既然人们在冥冥之中感知到了自己的未来,既然人们也似乎了解到这些"未来"的不可控制性,那么生活的价值也许就在于让"未来"之前的那些日子过得有意义。比如,我们认真地对待现实中的事物,我们积极地参与属于自己的集体,我们严肃地思考面临的(学术)问题。

其实,人们之所以会沮丧或者伤感,主要是因为自己对"未来"有一些美好的假设。当人们真的进入那个曾经被自己预言的"未来"时,如果发现它根本不像自己想象的那样美好,就出现感情和行为的"波动",就会因此而"沮丧或者伤感"。反之,被我们誉为"幸福的童年"的那个时间段,之所以"幸福",就是因为我们那时候很少去对"未来"做一些"美好的假设",那时候我们的要求"容易被满足"——因此,那时候的我们,往往在吃饱了之后,"在睡梦中"也会露出"幸福的微笑"。于是,那时候我们周边被称为爸爸、妈妈、爷爷、奶奶、姥姥、姥爷等的人也一定会在这种蔓延的情绪中得到满足、感到幸福。

"时光一去永不回,往事只能回味",但是,如果我们能够在这"回味"中感受到幸福并且可以使这种"幸福感"在周围蔓延,难道不是对人类做出了伟大的贡献吗?

(原文地址 http://blog. sina. com. cn/s/blog_54b75c030100hj7d. html 成文时间 2010－04－01)

“三 档 团”

“三档团”既不是一个历史上的黑社会组织，也不是当今活跃在市面上的 NGO，而是在我的一个“课堂”上，博士生对一种档案学人的概括和描述。这些“学人”经历了档案学的本科、硕士和博士阶段的学习，以档案学的“教学和研究”为谋生手段，是档案学术期刊的忠实作者。

在我的印象中，可以被称作“三档团”的人是一个很小的“学术共同体”，应该不会超过百人，如此小的群体可以成为人们的关注对象，实属难能可贵。他们的社会影响力基本上是在我国高等院校档案专业的课堂上、档案学教材的书本里，鲜有在各级组织机构中混个一官半职“官人”。因此，客观地说“三档团”对我国的档案职业影响有限。

由于长期受到档案学的“熏陶”，“三档团”成员的“档案意识”要强于半路出家的“草寇”。他们凡事都会从档案学的“高度”去看待和认识问题，具有特定的“档案思维”方式：即世间的万物都是有可能形成“档案”的，这个“档案”当然会被“档案人”收集、整理、提供利用，因此，档案管理就有可能成为人类社会的“维系之道”，甚至要肩负着传承历史信息的伟大责任。

有研究表明，在历史上可能出现过“三档团”所期望的时期，但是随着社会的发展和人类的进步，有些事情好像变得越来越不尽如人意。特别是在市场经济大潮涌动的当代中国，不能马上与“利益”和“利润”挂钩的事情都会必然遭到冷落，“三档团”的标的物当然也在其中。可能与一些自甘没落的群体不同，“三档团”至少在自己的理论上希望“回到皇帝身边”，成为那把随时都可以拔出来的宝剑。

在实践或者“制度设计”中，“三档团”也力求从管理和技术等层面重现往日的辉煌。只要人们留心，就一定会从“档案专业的课堂上、档案学教材的书本里”和档案学术期刊中得到相关的启示。这其实并不值得大惊小怪——根据我的观察，人们都是会自觉不自觉地将社会“纳入”自己已知的“版图”和“路数”，以求得自身知识和能力的“最大化”——“说到心酸处，荒唐愈可悲；由来同一梦，莫笑世人痴”！

我倒是觉得,在有了一个改造世界的雄心壮志以后,是否还应当具备一副改造世界的钢筋铁骨?

（原文地址 http://blog. sina. com. cn/s/blog_54b75c030100hmza. html 成文时间 2010 - 04 - 08）

孤 军 奋 战

在学校工作的时间长了,就会发现一个怪现象,即一些非常重要的课程或者学科,其中有些还是在社会上很有影响的学科,实际上只有很少的人在做,而且在"很少的人"当中,有的已经到了耄耋之年,仍然在"孤军奋战"。人们在叹息之余不禁要问,难道就不能为这些"孤军奋战"的老先生组织一个团队?至少不要让他们这样孤单嘛。

在回答这个问题之前,我想讲一个自己亲身经历的故事——

1996 年我回到学校任教的时候,学院安排我讲一门管理类的课程。在讲了一段时间之后,学院又来了一位新老师。由于学院传统课程都是"各有其主",所以当时的领导就与我商量能否让这位"新老师"也讲我那门管理类的课程——我想都没有想就答应了:因为即使过去在我们机关,也很少有一个人单独负责一件事的机会,刚去的时候是跟着老同志干,当自己也成为"老同志"的时候自然也要带着年轻同志干。这样做除了干事有个人商量、照应之外,就是但凡出现什么意外情况,不至于"人亡政息"、无人接手。

然而,在人大这个保留了许多"行政基因"的地方,在我的课程接纳了新成员之后,却发生了一件大大出乎我预料的事情:就是过了一段时间,我发现过去自己讲的那门管理类的课程已经不再出现在我的课程表里面了,我开始以为是学校调整了教学计划、取消了那门课程。可到学院一查才发现,并不是学校取消了这门课程,而是学院已经安排那位"新老师"讲那门课了。这就有点太奇怪了,除了教学效果毋庸置疑之外,事情总也要有个先来后到啊?难道是……

当我向负责安排教学计划的老师询问这件事情的时候,我得到了一个更为吊诡的答复——他们居然把我"忘记"了!如果真的是忘记了,现在经过"提醒"应该恢复记忆了吧?但实际情况并没有这么简单,后来翻来覆去的倒像是我在抢别人的饭碗。再后来,我们学院又来一个新老师;这回没有等领导"约谈"我就主动提出请他参加那门管理类课程的讲授,而我从此再也没有去讲那门课程。

现在我又在讲着另外一门管理类的课程。说句实在话,有的时候真的想找一个帮手,但想到"历史的教训",还是马上放弃了这个念头——毕竟,在目前的学校里,我还是需要一个谋生的"饭碗"的;好好活着吧,不要自寻烦恼!

我想,这些至少能够成为一些耄耋之人仍然在"孤军奋战"的一个理由,但愿这些独门绝迹不会失传!

（原文地址 http://blog. sina. com. cn/s/blog_54b75c030100hxxh. html 成文时间 2010 - 04 - 20）

三　江　源

　　人们最近一次关注三江源肯定是在"4·14"玉树地震的时候,因为那个"玉树临风"的地方就属于三江源地区。特别是经历 4 月 21 日整整一天的全民哀悼之后,三江源一定会与它的玉树一起在大家的记忆中停留一段时间。

　　也许是小的时候"热闹"看得太多了的缘故,随着年龄的增长,我对一些带有"全民参与"的事情反而有些缺乏热情——你看,人家国家主席、政府总理都去了,咱们一介草民似乎没有多少"表演"的空间;就算是捐个百八十块钱的"爱心",还真的不知道到头来会魂归何处——还是从心底给那里的人民一个默默的祝愿来得"实惠",也便于操作。

　　看着 24 小时滚动的"新闻",我猛然间想起这个玉树所在的三江源好像与自己有点什么联系? 噢! 你看我这记性,还真的是老了——就在三年前,我接受了由青海省人事厅和北京市人事局的委托,为三江源项目管理专业技术人员高级研修班的 35 名来自三江源地区的农牧、水利、环保、林业、气象等行业的管理人员和专业技术人员,在北京讲了他们开班的第一课"项目管理"(部分)。在开班仪式上,学员除了给授课的教师献上哈达,还送给我们每人一个十分精美、我至今保留的"小四联屏",上面镶有"三江源碑、嘛呢石堆、昆仑山口、塔尔寺、日月山和青海湖鸟岛"的金属画片……

　　就在我启动"记忆"的同时,电视屏幕及其"画外音"又一次告诉大家:青海省玉树藏族自治州,位于青海省西南青藏高原腹地的三江源头……玉树藏族自治州是长江、黄河、澜沧江的发源地,境内河流密布,黄河干、支流在境内总长 559 公里,总流域面积为 23.80 万平方公里,占全州总面积的 89.12%……玉树藏语意为"遗址"……截至 4 月×日×时×分,青海玉树"4·14"地震已经造成×××人遇难,××××人失踪,×××××人受伤,其中包括重伤员×××人……

　　据 2007 年 10 月 29 日 17:41 青海新闻网的消息,我与亚新科工长技术公司项目经理、项目管理认证专家施劲松,清华大学 MBA 项目管理主讲教师、项目管理专家李纪珍博士,就三江源项目结论、项目范围管理、项目计划的编制和控制、人力资源和沟通管理、风险管理和采购管理、项目投资管理等内容进行专题讲授。真是不好意思，不知道我们讲的"风险管理"当时和现在是否发挥了它"应有的作用"？更不知道我们班上学员及其家人是否平安？

在藏区的喇嘛中流传着这样一句话，不论今生怎样受苦受难，只要你积德行善就会有一个光明的"来世"。但愿?!

（原文地址 http://blog.sina.com.cn/s/blog_54b75c030100hzam.html 成文时间 2010-04-22）

吾 师 研 究

我给博士生开的一门课程就要结束了,按照以往的做法,都是布置一道"作业题"算是对上边有个交代:比如,让大家比较一下中西方档案学的异同、分析一下档案学某学科的状况等等。但是,这些题目如果年复一年地做下去,就会使教学双方都产生审美疲劳,也有瞎耽误工夫之嫌。

思来想去并得益于"落拓寒儒"兄总结学界各位仁人十年学术成果的启发,初步决定此次结课作业为"吾师研究",说白了就是让各位博士生研究自己的导师。这种研究的意义至少有二:其一是可以了解带领自己进行学术研究的人的"学术质地",其二是完成"从人到学"的思维训练,当然也不排除为自己找到今后研究的方向和重点。

其实,包括档案学在内的所有学科都不过是研究者"很主观"的东西,一部学术史也不过是学人的成长史和思想史。因此,如果档案学可以算做科学的话,那么其研究者是一定不能绕过"学人研究"这一关的。对于一个具体的博士生来说,这种研究最直接的对象非自己的导师莫属——只有这样,才可以"由此及彼,由表及里,去伪存真,去粗取精",才可以站在最近的一个"巨人的肩膀上"。

在这项作业的初步设想中,应该包括"吾师"近十年的研究成果(图书、论文等),这些成果的基本内容,分布领域以及合作作者,然后将这些内容放在我国档案学十年的发展历程中去测度其具体的方位,分析和总结"吾师"的主要学术观点和基本学术体系。如果有可能,还可以归纳出档案学人的一些特征和成长轨迹。

这种"作业"在我们学界可能有些惊世骇俗,而在管理学科的其他领域已经属于"常识"了。在一些管理学的经典著作中,大家可以很容易地发现对"人"的研究和分析,通过这种"研究和分析",读者可以明晰被研究者的基本角色和主要功能,明白其大体的发展思路,从而为管理学科界定一个大体的边界和基本的领域,为后来者提供一个行进的目标。

考虑到博士生及其导师的数量,"作业"的研究对象可以推广到我院甚至学界的其他导师;为了研究的客观和公平,本次作业暂时不包括作业布置者本人。

(原文地址 http://blog. sina. com. cn/s/blog_54b75c030100i85p. html 成文时间 2010－05－06)

第三部分　教学心得

拖 堂

昨天给人大培训学院上课,差两分钟 17:30 的时候提前结束了"战斗"。在从教学楼出来的电梯上,一个学员对我说"非常感谢老师没有拖堂",因为他老婆刚刚来了电话,让他去学校接孩子。我顺嘴说了一句,还是接孩子重要,以免……

转过头来一想,在我的教师生涯中还真的鲜有"拖堂"的经历。一来我的语速比较快,每个单位时间应该比一般老师多讲三分之一的内容,所以用不着拖上三两分钟来证明自己严谨。二来在我的"骨子"里就认为文科特别是应用文科的教学基本不在于课堂"讲授",一些类似于管理程序的内容在"黑板"上和PPT 中是无法解决问题的,必须辅之以"课外活动",所以课上讲得越少越便于学生消化和拓展思路。因此,我对那些下课铃已经响了半天还在课堂上喋喋不休的老师非常不解,甚至怀疑他们大脑皮层及其运行存在问题。

除了以上"主观因素"之外,我不愿意"拖堂"还有深刻的"历史原因"。二十多年前,我在河北大学代课的时候,正好赶上学校食堂开始"竞争",这些食堂在采取提高饭菜质量之外的一个竞争手段就是提前开饭——你 10:30 营业,我就 10:00 开张。也就是说如果老师按时下课,学生就基本吃不上饭了,如果再拖堂则无异于剥夺学生吃饭的权利。从此以后,我就逐渐养成了"负拖堂"——提前下课的习惯。

来到人大教书的时候,我依然保留着在"河大"养成的习惯,只是"提前"的时间已经没有二十多年前那么大的幅度了。这种改变当然也与客观环境有关——就在我到人大教书不久,在一次提前了相当于"河大"几分之一的时间下课时遇到了一位我过去的老师,他当时的身份是与北京胡同里带红箍的大妈相仿的学校"巡视员"。他非常和善地告诉我,今天幸亏遇到他,不然的话,像我这种"河大习惯"在人大就算教学事故了!我在千恩万谢之后,也只能入乡随俗了。

由于现在人大的学生肯定已经没有当年河大学生那样的"吃饭危机",所以我也就失去了像在河大那样提前 N 分钟下课的理由。但是,我还是顽固地认为,按时或者提前一两分钟下课,应该可以算作教师的一种美德。

(原文地址 http://blog.sina.com.cn/s/blog_54b75c030100imus.html 成文时间 2010-05-24)

轮　回

可能是没有信仰的缘故，我从来不懂或者不信会有宗教意义上的"轮回"——因为根据科学的逻辑，这种想法只能存在于人类的思维活动中而与客观世界无缘。不然的话，大家生活的世界还不知道会成为什么样子。

然而，历史和现实却总是出现"不科学"的状况。比如，人们又在打鸡血、喝红茶菌、练法轮功之后，相信吃绿豆和茄子可以取得"把吃出来的疾病吃回去"的效果。如果说这次的"轮回"有什么进步的话，那就是媒体在娱乐了一回大众又娱乐了一回张悟本后坦言，这种事情过"七八年"一定还会"轮回"一次。最后站出来的"专家"的意见我也听明白了，就是说如果大家生存的环境得不到根本改变，"轮回"就一定不会改变。

我叮嘱大家一句，我们教育界的人士千万不要"五十步笑百步"地认为医学界和传媒界没有文化，因为我们自己也在经历着可能被其他社会界别嘲弄的"轮回"。比如，根据上级主管部门的文件精神，修订《普通高等学校本科专业目录》和《学位授予和人才培养学科目录》——在前几天参加的一次某专业的学科论证会上，我真的无法辨别时间的走向，甚至几乎要相信人类社会存在着"轮回"：许多几十年前我们故去的前辈曾经讲过、发表过的观点居然会在几十年之后"不加注释"地出现他们的后人为争取同一件"不可为而为之"的事情上。我在感叹某些学界人士执著的同时，不得不承认历史、宗教和科学绝对不属于同一个价值体系。

更加可惜的是，教育界在经历了一次又一次的"轮回"之后，并没有得出类似于媒体专家那样的结论。也就是说，我们还将"不自觉"地轮回而没有发现自己被轮回和愚弄的"推手"。实际上，所谓"×××目录"，不过是上级行政机关的一种"玩法"，真的与什么"社会需要"关系不大。根据我的经验，这些机关会按照自己需要和领导的意志，不断地变换"玩法"以求有所作为。也许大家刚刚适应了前一种"玩法"，后一种"玩法"就已经"不溯及既往"了！

大家如果下定决心为此献身，那还是应该让自己的灵魂超脱一点——如果大家连身体带灵魂一起地"献"了出去，下一次，或者若干年后就真的无法轮回了。

（原文地址 http://blog. sina. com. cn/s/blog_54b75c030100iwsm. html 成文时间 2010－06－06）

广 西 三 日

在过去的一周里,我在广西待了三天。除了故地重游和老友重聚之外,主要做了以下"营生":

首先是吃饭。我所说的吃饭基本上是喝酒的代名词,粗粗地算了一下在广西地界上吃的九顿饭中有三分之二是在喝酒。当然,每次喝酒的地点、参与的人员以及所喝的酒有所不同,喝出来的状况也有所区别。其中,我印象比较深的是与广西著名"相思湖作家群"中的一些名流喝酒——地点路边、气氛自由,使我这个每天几乎也"坐在家里"的人见识了一下真正的名人,并且还非常荣幸被一位叫做东西的大作家开车送回了宾馆。

其次是"讲学"。我所说的讲学基本是继续"兜售"自己那些在学界根本不入流的所谓"学说":比如"胡氏定理"、"职业状况分析"、"档案休闲的重大发现"等等。现场的气氛可能由于广西天气的原因而"非常热烈",连一个专门"服务"于我的电风扇都几次停止了转动。不过还好,除了自己对这些老生常谈不怎么兴奋之外,基本上没有太大的"失误"并"应付掉"学生所提的问题。

再次是答辩。我所说的答辩就是参加广西民族大学档案专业 2010 届的硕士答辩,这个"答辩"给我的最深印象一是效率很高、二是参加的人员"规格"很高。所谓"效率很高"是我们在半天的时间里,按部就班地完成了13 位学生的答辩,这在我的"答辩"经历中是第一次。当然,效率高一定是好的效果和"节约"的时间的统一。所谓"规格"很高是指广西档案局的老局长温强先生是答辩委员,他除了是我多年不见的老前辈之外,还是我的导师王传宇教授的同学和温家宝总理的叔叔。我想,这样的答辩委员会在其他高校可能无法复制。

最后是参观。我所说的参观包括了中越边境的友谊关和南宁的清秀山:友谊关的历史和战略地位不用我多说,"到此一游"实属荣幸;清秀山的景色也不用我多说,只是我在十年之后故地重游,物是人非,别有一番感觉在心头。此外,南宁城区内有一个叫做"榕树林"的地方,据说是政府炸掉一些别墅后建成的——绿草如茵、人鸟共戏,再加上那些大榕树的"沧桑感",应该是现代都市中的一个奇迹。

因为今天学校有一天的课,所以我昨天晚上带着"朋友的祝愿"和"对祖国山川的期待"回到了北京——"广西三日"结束了,等待我的将是下一个"三日"、"五日"还有更多……

（原文地址 http://blog.sina.com.cn/s/blog_54b75c030100j0bw.html 成文时间 2010 - 06 - 11）

进 了 厨 房

前两天看到凤凰卫视主持人吴小莉对国民党名誉主席吴伯雄的一个访谈，其中吴伯雄的一句话至今记忆深刻——那就是政治人物"进了厨房就不要怕热"。伯公的语意也非常简单，既然从事"政治职业"，就应该学会适应这个职业中的是是非非，世界上没有鱼和熊掌可以兼得的事情。我想，如果把这个问题搞明白了，世上的许多人就不会像现在这样纠结。

先是一些握有公权力的大员，在享受资源优势的同时，总是在抱怨"人在江湖，身不由己"，失去了平常人生活的宁静，甚至经常需要做一些自己不愿意做的事，说一些自己不愿意说的话。如果按照伯公的理论，这些人就属于"进了厨房"却还怕热的人。政治这个圈子，已经不是凡夫俗子的范畴，已经不能用平常人的标准去衡量和测度。不然的话，历史上那么多"伟人"的双重性格又是怎么造成的呢？

再就是一些演艺界的明星，既想为劣质产品代言，又不想承担相应的法律和道德责任；既想利用公共传媒使自己风光无限，又不想在媒体上传出一点绯闻。这恐怕又违反了伯公的理论，在厨房里面做菜，一点油星子都溅不上的人恐怕没有吧？至少在刚刚进厨房的时候，这种经历在所难免。更何况有的时候，我们这些手艺人的衣服本身就喜欢粘油。

还有一些学界人士，在自己和社会的启蒙阶段享受了"萝卜快了不洗泥"的快乐，而到了该"洗泥"时候却扭扭捏捏，没有了当初那种敢作敢为的大丈夫气概，甚至还拉来另外一些浑身是泥的家伙为自己开脱。这又是何必呢？咱们已经在厨房里了，按照任何手艺人的成长经历，谁又没有"三年的力气活儿"呢？身上有了泥其实不要紧，就怕自己舍不得洗掉。

有一年暑假给 MPA 学员上课，突然间教室里的空调停了，大家自然是非常不自在。利用这个机会，我提出了一个"很 MPA"的问题："在现在这个情况下怎样使大家变得凉快？"在否定了这些小白领的许多方案之后，我对他们说："大家可以尝试一下到学校食堂的厨房'学习'，或者到操场'活动'，再回教室谈谈体会如何？"众人无语。

（原文地址 http://blog. sina. com. cn/s/blog_54b75c030100klvk. html 成文时间 2010 - 08 - 17）

雨 天 轶 事

因为要为学院单考班的研究生上课，今天起了一个大早，在濛濛细雨中完成了晨练。本以为天亮之后北京的天气会好些，谁知道"今天的北京"既没有天亮，当然也没有"天气好些"——7点以后，天气反而变得像黑夜，并且从小雨变成了中雨。

7∶40，我到达了人大3205教室。教室里只有一个学生，他反复跟我说："可能是因为天气的原因，同学们可能来得会晚一些。"我对他说："没有所谓，反正我们按照学校的要求8∶00准时上课。至于同学们来不来、来多少其实没有关系。因为大家都知道像你们这种'单考班的研究生'是怎么回事"。那个学生只好尴尬地笑了笑，回到了自己的座位上。看到他的这副样子，我心中觉得有些好笑——因为我对这种课堂的人数和效果根本就没有抱任何希望。

8点钟刚过，突然教室里涌进"大量"学生，而且年龄呈现出非常的不一致性。开始我没有太在意，教师讲课嘛，反正"一个羊也是放，五只羊也是赶"，多一个、少两个没有什么关系。但是，如果出现了50只的时候，我就只好问一问了。真是不问不知道，一问吓一跳——原来后面来的这些"同学"是参加人大组织的一种职业认证考试的，他们的考试从"北京时间9∶00"开始。

果然没有过多久，负责考试和布置考场的老师也进来了，他们对我这个有点像"考前辅导"老师的存在也感到十分惊奇。难道是我们这个"世界一流、人民满意"的大学在教学组织上又出现了问题？正当布置考场的老师一头雾水的时候，我赶紧将"我们的情况"告诉了他们，并且保证"8∶30准时结束"，不会影响他们的工作。如此一来，我的课程实际讲授时间不足30分钟，从而大大提高了我们这个"世界一流、人民满意"大学的课堂利用率——我们结束，他们开始。

完成了"一天"的教学任务，我又重新回到风雨中。这时的北京，虽然天比刚才亮了一些，但是雨却越发得大了。在这个风雨天中，最苦的既不是我们这些路人，也不是堵在路上的"有车一族"，而是今天参加北京国际马拉松赛的运动员。下雨路滑，再加与42.195公里的强度，使今天的比赛有点像特种兵的训练。如果想在这种气候中出成绩,那一定要有超人的能量。也就是说,在一般情况下不会出好的成绩。比赛的结果不出我的所料:第一名的成绩,男子跌出了 2 小时 15 分,女选手在 2 小时 30 分钟左右。

······

外面的雨还在下着,它所"制造"的故事还在继续。雨中的你我还会遇到什么"轶事"? 不过,不管是奇遇、遭遇还是"艳遇",它们总归都会过去的。

(原文地址 http://blog. sina. com. cn/s/blog_54b75c030100gcma. html 成文时间 2010 - 10 - 24)

高 低 之 间

前些天与几位朋友到某高校与学生座谈,偶然间听到其中一位朋友在回答学生时提及的"为官之道"。该友将官员的晋升比作"钻杆",但又与管理学中所讲的"管理生涯提升的阶梯"不同,这些"杆"是越钻越低的。也就是说,你的官越大就好比钻过了一个更低的杆——按照这个说法,天下为官者基本是"越大越低、越低越大"地成长和成熟起来的。

对于这个问题我以前真的没有考虑过,再加上那天自己旅途劳顿、基本上不在状态,所以只是被动地记忆了这个观点。经过一段时间的沉淀,自己在清理大脑中的记忆时又"重新发现"了这个曾经的拷贝,觉得有些值得思考的空间——

官员的晋升一般应当是不同"水平"之间的过渡。从理论上讲,当然可以包括越走越高和越钻越低。如果从表面上去观察,官员的晋升一定是地位"越走越高",否则的话还不如要求降级和免职呢!但是,如果从其中的"操作"和官员人品的变化来说,不能排除我那位朋友所说的"越钻越低"的情况。再者,官员的晋升通常被人们戏称为"向上爬"——应该有一定的方向感。如果按照我那位朋友的说法,这个"向上爬"的过程很有可能是一个"去人格化"的过程——就像某些地方存在的"怪坡",看似向上走其实是向下出溜。其中的道理也不难理解:因为从本质上看权力也是一种稀缺资源,只要存在稀缺资源,在获得它的时候就一定会存在寻租现象,只要有寻租现象就一定会导致一定程度的腐败。因此,"这个'向上爬'的过程很有可能是一个'去人格化'的过程",即"越钻越低"的过程。

然而,最要命的问题是,自己现在怎么也想不起来当时我那位朋友是在什么语境中说的上述这个命题。因为现实中人的生存与发展,除了越走越高和越钻越低之外,还应该有"横向运动"啦——一种很难把握的位置平衡——无论是越走越高也好,还是越钻越低也罢,不行再加上什么"横向运动",都必须在特定的环境中"发生"。在通常情况下,这个环境可以表现为一定的体制、机制和规则。在这些环境要素中生活的个体,一定会遵循环境的要求"上下运动"和"横向运动"的,环境与个体之间永远存在着一种动态的平衡。

如果用一句最庸俗的话结束这个命题,那就是无论在上下高低之间,作为一个必须保持与环境平衡的个体,最好别委屈了自己,当然也不要伤及到他人。

（原文地址 http://blog. sina. com. cn/s/blog_54b75c030100mzjj. html 成文时间 2010－12－04）

迟到的毕业证

10 年前的一天我到学院办事,恰好遇到办公室的老师清理杂物。在这些"杂物"中有一件引起了我的注意,因为它分明是一个毕业证,其主人是一个叫徐有芳的研究生。在网络发达的今天,大家即便不知道徐有芳,也可以从谷歌或者百度上"人肉"一下,马上可以发现一个叫徐有芳的名人,以及他的行踪。不过,我要告诉大家的是,此徐有芳非彼徐有芳——这个证书的主人是位女士。

说来凑巧,这位叫做徐有芳的女士偏偏我还认识,她是人大档案系恢复招生后的第一届研究生。他们这一届研究生一共有 3 人,其中已经出了至少一位可以在我们学院重大庆典上显摆的高官。如果再从学校的角度看,那她还可以毫不惭愧地说与现任的人大校长同(年)级。当然,她不是与毛新宇同学同级。因为她既不是高官也不是谷歌或者百度上搜来的"人肉",所以谷歌或者百度上的"人肉"应该与她无关。

然而她是不是高官或者与毛新宇同学同不同级并不重要,重要的是她的毕业证怎么会在她毕业 20 年后出现在学院的办公室呢?从当时的情况看,如果我这个档案系的"元老"都不清楚,那些办公室的后生们就更不可能明白了。按照我的记忆,徐有芳当年的研究方向应该是世界档案史,而当年档案系教授世界档案史的老师主要是李凤楼、韩玉梅等人,可能比较了解徐有芳学习情况以及她的毕业情况的只有这些老师了。

但是,不论当年发生了什么情况,一个毕业了 20 年的学生的毕业证还放在已经几乎没有人能够回忆起她的学校里,这不能不说是一件有新闻价值的事情。于是,我就拨通了《北京青年报》的热线电话,向他们讲了我的"发现"及其想法。很快报社就派来一位叫白雪松的记者,除了向我了解了一些基本情况之外,还采访了韩玉梅教授,并最终找到了徐有芳本人。在我的印象中,白雪松以"毕业二十年,才拿到毕业证"为题在《北京青年报》上发了一篇很长的报道。其中讲到了韩玉梅教授所谈的有关徐有芳在校期间的学习情况和徐有芳自己谈的毕业之后的情况。我现在还能够清楚地记得,徐有芳说虽然自己没有"拿到毕业证",但是单位的领导并没有以此为难她……

第三部分 教学心得

非常可惜的是,我用了整整一天的时间也没有找到载有那篇报道的《北京青年报》纸质版。本来还寄希望于"电子文件",结果当然是更加悲惨——因为电子版的东西本身就是风险的代名词——不然的话,办了 362 年的瑞典《国内邮报》在只发行网络版的同时,为什么还要每天印刷 3 份纸制形式供大学图书馆收藏呢?

好在这些都不重要,重要的是至少在 10 年前徐有芳拿到了她毕业 20 年后才拿到的毕业证。至于其中的细节,只有等到我找到《北京青年报》纸质版或者哪位高人"人肉"到电子文件的时候,再去慢慢推敲了。

（原文地址 http://blog. sina. com. cn/s/blog_54b75c030100nozf. html 成文时间 2011 - 01 - 06）

内地大学,你当为何事?[①]

随着内地大学录取工作的开始,一些每年都会上演、大家都不愿意看到的事情又"季节性"地发生了:先是媒体传出沪上的两所高校为了"预录取"打起笔墨官司,然后又听说一些城市高考考分较高、原来打算报北大清华的学生转投了香港的大学。于是,大家都在反思,我们内地的大学究竟怎么了? 我自己倒是觉得,单凭一两个事件就去唱红或者唱衰内地的大学既不合情也不合理;与其对上述现象过度阐释,倒不如就事论事分析这些现象的原委。

先说大学每年一次的生源"争夺战"。这种事情的发生,应该不是只有近一两年的历史——只是"近一两年"我们的媒体比较关注这些事情,才使得公众猛然间"发现"原来我们身边还有这样与大学的名字不太相称的话题。平心而论,任何一所学校都希望招到品学兼优的生源——这与一个单位希望招到优秀的员工和一个家长希望自己的孩子出人头地没有什么本质的不同。但是,问题在于君子爱"才",是否"取之有道"? 很显然,无论是所谓的"预录取"还是通过其他"打电话"的方式,至少目前在我们国家都不属于合法的范畴。至于一些平日里教书育人的体面人物为了这些"争端"几乎撕破脸皮,那就只能用"不太成熟"来形容了。

再说内地的生源"投奔"香港的大学。现在大学的招生录取工作,也是一种"双向选择":即学校可以"争夺生源",同时也应该允许"生源""争夺学校"。既然国家教育主管部门已经允许内地的考生报考香港甚至是其他更远的大学,那么一些学生按照国家规定报考那些学校又有什么值得大惊小怪的呢? 我倒是觉得,如果内地高考成绩比较好的学生都报考了内地大学才是一件不太正常的事情——因为有关数据表明,在那些大学学习的学生四年之后又会选择"留学",这相对于一步到位来说岂不是一种浪费?

其实,无论是热衷于生源"争夺战"还是"眼红"于学生转投了香港的大学,对于内地高校来说都是一种不自信的表现,而这种"不自信"又多半来自我们对

---

① 参见新华网 http://www.bj.xinhuanet.com/bjpd-whsd/2011-07/10/content_23202666.htm

"面子"过于的看重和对自身建设的"过于"忽略。正像一些"转投"的学生所说的那样,我们内地的大学是"为了学校",而香港的大学是"为了学生"。不要以为我们内地的大学在过去的一段时间里圈地盖大楼或者成为"××级"就会很快"世界一流"了,许多按照科学教育发展观成就的事情是不能一蹴而就的。作为内地的大学,应该静下心来做一些"为了学生"的事,不要总是希望成为娱乐圈的明星!

（原文地址 http://blog. sina. com. cn/s/blog_54b75c030100tq45. html 成文时间 2011 - 07 - 07）

写在学问边上

第四部分　办刊人语

媒体的力量

如果从开始做编辑算起,我在这个行当里已经混了二十多年。可能是因为所针对的都是一些历史"资料"和社会"底层",所以从来没有感觉自己弄出来的那些"东西"有什么力量,甚至没有感觉到它们应该归入"媒体"的范畴。直到我的"没有结束"(参见 http://blog.sina.com.cn/h13576)在新浪网上"被推荐"而比往日博客的点击量增加了近十倍的时候,才有史以来第一次亲身感觉到"媒体的力量"。

实事求是地讲,在一般情况下图书的短期传播功能要小于报纸和杂志,更不能与广播、电视和网络相比。特别是一些现代媒体,用"一言兴邦"来形容绝没有半点夸张和过分。从为民女邓玉娇"申冤"到抽天价香烟的贪官"落马",从对"周老虎"的穷追猛打到"躲猫猫"的真相大白……无一不彰显了"媒体的力量"。恐怕也正是因为"媒体"有这种"力量",才使得一些"肉食者"在"防火、防盗、防记者"之后,为媒体准备了"专门"的采访证件,以求"规范"媒体的行为。这也难怪,玩火的孩子总是让人那么担心——当然,与这件事同样让人担心的,还有在火烧起来之后如何用纸将它包住。

我总是以为,媒体的力量最终来源于"真实的传播"。将真实的"资讯"和"知识"传递给公众,就如同神话故事中给人间带来光明的"盗火者",不论他自己的下场如何,他的行动足以使其流芳千古。在现代社会,除了"真实的'资讯'和'知识'"之外,传播的方式也成为媒体提升力量的重要渠道。"酒好不怕巷子深"的学究心态已经不能适应第三次、第四次浪潮的冲击,一些前辈留下"冷板凳"可能需要数百年后的考古人员来发掘了——虽然大家不可能像奥巴马的公关顾问做得那样出色,但是至少也不要像一些政府发言人那样糟糕。其实人们真正需要考虑的不是将火包住,而是将火如何包装和更快的传递,以求燎原之势。

"铁肩担道义,妙手著文章"——媒体已经成为社会格局中的一支不可忽视的力量,如果有谁试图将其重新收入"瓶子",恐怕要先让自己重新回到童话时代。

(原文地址 http://blog.sina.com.cn/s/blog_54b75c030100fh1c.html 成文时间 2009 - 10 - 29)

拒 绝 书 评

前两天收到一位学界老前辈的邮件,说打算为我们刊物写一篇书评。这事要是放在过去,像他这样的"大腕"客气的话打个招呼告诉你"投稿",不客气的话就该直接告诉你准备放在哪一期甚至什么位置了,但是,现在已经"俱往矣"……因此,我毫不犹豫且非常客气地告诉他,我们的刊物不登书评。

其实,我也非常希望"照顾"学界老前辈的"面子"——都那么大岁数了,好不容易跟你张一回嘴,不看僧面也得看佛面吧。然而,作为刊物编辑的我更需要"照顾"我们刊物自己的"面子"——最大限度地保证文章的质量。我倒不是说那位学界老前辈的文章没有质量——他的文章几十年来一直是我们学界的一面旗帜,而是说他这次将要写的文章不会有什么质量。也就是说,在我们学界文章中的"书评"几乎是一个"死结"。究其原因,主要包括以下两个方面:

首先,在我们学界没有多少值得评论的"书"。虽然近十几年来我们学界也真的出版了不少书,但那都是就出版物的形式和数量而言——就拿自己来说吧,在已经出的十几本书当中大多数不过是一些"教材",说白了就是"讲义"的公开版——徒有出版物之表,缺乏知识原创的内容。之所以会发生这种情况,是因为从根本上说教材的功能在于传播而非"创造"。作为传播的教材,只需要将一些"面上"的东西"说明"清楚即可,是一种"全面的肤浅"。面对这样的对象,评论者一定会处于"巧妇难为无米之炊"的境况,写一些关于"说明"的"说明",在我看来无异于自毁前程。

其次,在我们学界没有多少真正的"书评"。我们学界图书的整体质量,决定了我们学界所谓"书评"质量。换句话说,是因为没有高质量的图书,所以就没有高质量的书评。对于评论者而言,无论是对书的褒扬还是对书的贬斥,都必须建立在大量阅读和写作的基础上。如果没有这些先期的"功课",写出一些"水货"在所难免,而我们编辑的基本职责就是要尽量减少"水货"在自己刊物上出现。在我看到的那些我们学界"发表"或者"没有发表"的"书评"中,基本上是以"表扬和自我表扬"为主的,甚至不乏"胡吹乱捧"之作。这样的"书评"

除了自娱自乐之外,就是可能遭到其他同行的鄙视。

　　毛泽东主席曾经说过,要奋斗就会有牺牲,死人的事是经常发生的……但是,我们要尽量减少那些不必要的牺牲。遵照他老人家的指示,我刊"拒绝书评",就是为了"尽量减少那些不必要的牺牲"!

　　(原文地址 http://blog.sina.com.cn/s/blog_54b75c030100fsl1.html 成文时间 2009－11－22)

提 高 质 量

最近校方的"主管部门"反复强调要提高学术刊物的质量,其实提高包括学术刊物在内的出版物质量,是编辑出版界的一贯主张。我想除了少数心智不正常的人之外,没有人会质疑上述主张。然而同样不容置疑的是,要想真正提高出版物的质量并不是一件喊几句口号就可以完成的事情。

要从根本上提高出版物的质量,首先必须有"高质量"的作品。尽管对于什么是"高质量"的作品人们会见仁见智,但这些作品至少应该内容健康、结构合理、文字优美,兼顾科学性和可读性,此外,还可以根据出版物的类别进行细化。要实现出版物内容的"高质量"离不开一流的作者和一流的编辑,其中"一流的作者"是可遇不可求的,超出了管理的范畴——纵然"主管部门"望穿秋水,也不一定能够如愿以偿。不然的话,孟姜女又何必去哭长城呢? 至于"一流的编辑"则是有可能在"适当选材"的基础上,通过专业化的训练和职业化的操作"锻炼成长"的——这里边倒是多少有点"管理"的味道。根据我的体会,编辑就像一个鞋匠,如果没有相当长的"职业经历"是不可能修成正果的。

在具备了作者和编辑的"条件"之后,"高质量的出版物"还需要相应的装帧印刷水平。"装帧印刷"不仅仅是一种技术活,还必须同出版物的内容协调一致。我国的出版业近一个时期,在这些方面已经有了长足的进展。只是学术刊物如何适应出版业的水平,还需要一些观念和技术的转变。

在"高质量的出版物"中常常被忽略的是传播效果。传播效果由包括出版物的传播数量、方式、渠道等诸多因素构成,其中传播数量应该是最基本的"数据"。如果没有"高质量的传播",满足于自娱自乐状态的出版物,永远不可能成为真正意义上的"高质量"。当然,学术刊物不可能像一些社会类"杂志"那样大量发行,但是总有一种方式可以证明其存在和传播的必要——那么,提高或者强化这种"存在和传播的方式",就是学术刊物通向"高质量的出版物"的唯一"出口"。

顺便说一句,与"高质量的传播效果"相关的还有"高质量"的"欣赏水平"——"牡丹虽好,还要爱人喜欢"嘛! 自然大家也不能排除"情人眼里出西施"的意外。

（原文地址 http://blog.sina.com.cn/s/blog_54b75c030100ftr0.html 成文时间 2009 - 11 - 25）

写在学问边上

094

Z 学 新 说

一

还是在刚刚进入21世纪的时候,为了完成博士论文,我曾经比较认真地研读过"Z学"①这门档案学中的经典学科。后来将学习的感想整理编写在了我的一篇文章中——按照我当时设计的语境,主要是希望按照管理学的模式去考量"Z学"的得失。

一晃十年的光景过去了,历史又与我开了一个不大不小的玩笑——有关部门下达文书,让我负责作为重新编写"Z学""重点项目"的主编。实际上,正如在以往的几篇"小品"里提到的,我与这门学科的"故事"的确不少,而"知识"着实不多。无奈之下,只好找回已经"寂寞"多年的课本和书籍,希望能够在阅读和补习中找到一些有关"Z学"的感觉。

据说目前在我国的学术界有一条通行的"潜规则",叫做"无知而无不知"。大概意思是说当今那些"无不知"的学者,他们的学问基本上是建立在"无知"的基础之上的,用老百姓的话说叫做"无知者无畏"——"世上无难事,只要肯登攀"——爬的日子多了,慢慢就爬到山顶了,而这个"山顶"自然就是学术之巅。当然这其中也需要一些客观条件,如上级单位发布的任命、"有关部门下达文书"等等,于是"风助火势","大师"就这样"炼成"了。

然而,虽然这些"大师"头顶"七彩祥云",但是也常常会露出"破绽"。比如,由于爬得太高、太快裤子突然开线,"走光"之余便成为了大家茶余饭后的谈资。因此,现在的家长在鼓励自己的孩子"出名要趁早"的同时,一定要提醒他们不要"爬得太高、太快",如果非要如此,也一定要把自己裤子的所有"接缝处"缝结实。千万不要名还没有出成,丑倒是出得不少。

还是回到"Z学"重修上来。既然"有关部门下达"的"文书"里边称其为"项目",我们就要首先评估一下这件事的风险,即"管理者所面对的自然状态出现的概率",并且根据这些"自然状态出现的概率"所造成"得失量"的顺序制定

---

① 这里的"Z学"是指档案学专业主干课程之一的"档案文献编纂学"。

出"预案"。一句话,就是要杜绝"爬到半山腰裤子开线"这种事情发生。

（原文地址 http://blog. sina. com. cn/s/blog_54b75c030100g9z4. html 成文时间 2010 - 01 - 02）

二

平心而论,"Z 学"应当算作我们这个学科中有一定文化含量的门类。从学科渊源上可以追溯到历史文献学、苏联档案文献公布学等诸多"古今中外"学术领域,从参与者方面"发掘"还可以找到如孔夫子、章学诚等当之无愧的国学大师,如此背景所成就的学科品质一般不会太差。如果从课堂教授情况分析,由于当职教师多为史学功底丰厚人士,他们在授课过程中自然会"尽其所能"地穿插一些历史典故,使学生从故事中得到学习的乐趣。因此,在我们这个学科经营"惨淡"的今天,"Z 学"仍然在"核心课程"中占有一席之地。

然而,由于社会和科学的发展,一些过去被称为传统或者经典的东西受到了不同程度的冲击和影响,像"Z 学"这样的"故旧"当然也不能幸免。在这些"冲击和影响"中最具有"攻击性"的莫过于"Z 学"所"描述"的"工作流程"与实际工作之间的差别,其中有主体问题,也有客体问题。如果从"工作主体"上看,现在的"编纂工作"已经与孔子编六经的时候存在很大不同,这些"不同"集中反映在对于"编"字的解读方面——现实社会中的"编者"与编辑已经有了明确的划分,这种划分的结果,就使所谓"编纂工作"必须具有同样明确的指向,即是"编者"编还是"编辑"编? 由于两者的主体地位和社会分工不同,就使得字面上相同的"编"在"工作流程"存在相当的差异性。如果现在"Z 学"的研究者和讲述者还沿袭历史上的"编法",就会对读者和其他受众产生误导,至少会被人家认为"理论脱离实际"。

此外,还有一个需要"'Z 学'的研究者和讲述者"注意的问题,就是现在"档案文献"和"编纂成果"的种类已经今非昔比,不可以仅仅用"过去的说法"以偏概全。因此,认识和了解现实社会上的"'档案文献'和'编纂成果'"就成为"Z 学"无法回避的内容。如果"Z 学"将自己定位于一门以描述工作方法为基本内容的学科,那么它就必须在"自己的相应部分"将工作程序和工作结果对应起来,将理论与实践对应起来。不然的话,"Z 学"就会自我贬损学术含量和学科优势。

（原文地址 http://blog. sina. com. cn/s/blog_54b75c030100gapn. html 成文时间 2010 - 01 - 04）

三

按照"有关部门下达文书"中的说法,我们将要新编的"Z学"被定义为"精品"。在我看来,"精品"应该在诸多方面区别于其他的非"精品";不然的话,岂不是又一宗"羊头狗肉"的买卖? 为此,参与"精品"项目的人员必须与非"精品"人员在能力和素质等方面存在一些差异,比如这些"精品"人员应该熟悉"Z学"的历史沿革和学科体系,应该有一定的包括教学、"科研"在内的从业经历。特别重要的是,这些"精品"人员最好应该具有参与实际档案文献编纂工作的经验和经历,这样才便于他们在描述"编纂工作流程"的时候有的放矢,至少不会说一些"外行话",进而成为业内人士的又一个笑柄。

在项目管理中,项目团队的组成是严格按照"经过认真论证"后的项目需求进行"物色"的。如果我们将要新编的"Z学"属于"重点项目"的话,那么按照需求物色人员就成为项目负责人责无旁贷的首要任务。因此,当这个"Z学"项目像天上的馅饼砸在我头上以后,我几乎每天都在想着一件事,那就是符合"Z学"项目的"人才"真的存在吗? 从理论上讲,这些"人才"是当然地存在着的——因为这门学科已经存活了几十年,这门学科所对应的活动已经存活了"说不清"成百还是上千年;按照吴承恩老先生在《西游记》所阐释的"山高必有怪,岭峻却生精"的道理,在"Z学"这个行当里应该人才济济才对。可是,正所谓"书到用时方恨少"——到了我做"项目"且"求才若渴"的时候,这些"理论上"曾经存在过的"人才"多数已经转化为了"暗物质",已经不是当年玄德老兄"三顾茅庐"便可以求得的东西。

也许这并不是"Z学"独有的尴尬,而是我们这个学科的普遍现实——虽然大胆妄为的诸葛孔明在城墙之上色厉内荏地唱着:"我正在城楼观山景,耳听得城外乱纷纷。旌旗招展空翻影,却原来是司马发来的兵……"但是看官们都知道,他的身后不过是一座空城。实际上,一个人在空城上吓退司马懿并不难,难的是他胆敢在那里虚张声势地存活一辈子而不被人看穿,这才是最难最难的啊!

(原文地址 http://blog.sina.com.cn/s/blog_54b75c030100gb4r.html 成文时间 2010-01-05)

四

据说有个犹太人曾经断言,发现问题比解决问题更重要。如果按照这位"先知"的思路走下去,当我们"发现"了"Z学"项目中的问题之后,即便不是功德圆满,也应该算事半功倍了。事实真的如此吗?这就好比说当一个人深深地明白他需要为自己做一顿晚饭而又缺乏"原材料"的时候,他将如何解决这个"被发现"了的问题呢?经验告诉我们,解决这个问题最简单的方法就是"退而求其次",或者可以说得好听一些叫做"量体裁衣"。其实道理也不复杂,就"Z学"项目来说,现在仅仅是"缺乏'原材料'",而不是没有"原材料";解决问题的方法自然也只能是"秃子当和尚,将就这个材料"了。

如果用现代科学解释上述过程,应该赋予其"权变"或者"博弈"的美称。然而,对于一个从事项目管理的人而言,被"美称"为什么东西并不重要,重要的是他的项目要能够"满足或超过干系人的期望和要求"。所谓干系人主要是指项目的利益相关人,比如项目的投资方、主管机构、客户和项目的团队成员。具体到"Z学"项目,干系人至少应该包括为其"下达文书"和"立项"的主管部门、出版单位、读者和其他受众,以及"Z学"的编写人员。从这个"列举"过程就不难发现,要统统"满足或超过"他们的"期望和要求"实在不是一件容易的事情——因为在这些"干系人",可能存在着不同的利益诉求,有些"诉求"还可能南辕北辙。如此一来,项目从一开始就意味着风险和危机,弄得不好,还会出现"猪八戒照镜子"的艺术效果。

面对这样的情况,解决的办法仍然是"退而求其次",或者说是找出"干系人的期望和要求"中的最基本部分——在这个"底线"之上,只能算是"锦上添花"而非"雪中送炭"。根据我个人的理解,这个"底线"应该表述为"如实反映'Z学'及其所面对的实际工作情况,尽量满足受众的阅读需求";说白了,就是编一本在"科学性"和"可读性"方面还说得过去的书——十分凑巧的是,在传统"Z学"的价值取向中,"出书"赫然在目——这真是无巧不成书啊!

(原文地址 http://blog. sina. com. cn/s/blog_54b75c030100gbgv. html 成文时间 2010-01-06)

五

正如我在以往的文章谈到的,一门学科的形成和发展,其根基在于它有其他学科不可替代的功能。"Z学"的功能及其存在价值,用曹喜琛先生的话说,就是要解决"档案文献的浩繁、芜杂和副本的有限性与人们利用要求的专题性、科学性和广泛性的矛盾。"也就是说,"Z学"是要解决档案文献与社会之间的沟通与传播问题。因此,它必然涉及社会对档案文献的需求状况、档案文献的内容和档案文献的传播方式等问题。在这些"影响因子"发生了很大变化之后,"Z学"自身的结构也要随之发生相应的变化。

我个人认为,作为一个"重修"的学科体系,"Z学"除了要给予"编纂主体"和"编纂成果"必要的关注之外,还应该清理自己的学术历史、直面自己的学术现实——

悠久发达的档案文献编纂活动,为"Z学"的创立奠定了历史和实践的基础。现有文献表明,我国最早的较大规模的档案文献编纂活动当始于春秋时代孔子编订"六经"。其中《尚书》则是一部典型的档案文献汇编。其后,档案文献编纂活动历代相因,从未间断。其规模之巨大、选题之广泛、成果之繁富,是世界上任何一个国家所不能比拟的。我国历史上的一些学者、文献编纂家和历史学家,在他们进行文献整理、编纂实践和历史编纂学研究中探索、总结、归纳、概括的编纂史料的理论与方法,为"Z学"的形成积累了宝贵的思想素材。因此,"Z学"应当把编纂活动的历史作为学科的重要研究内容,只有这样,才能使"档案文献编纂工作的程序、方法"具有继承性。

作为"Z学"的核心内容,档案文献编纂工作的程序、方法应当分为三个层次:

第一个层次是对档案文献工作的总体研究,它包括档案文献工作的基本内容和性质、档案文献工作的组织和原则,以及档案文献工作的发展趋势。只有这样,才能保证新修"Z学"的权威性。

第二个层次是对档案文献编纂工作的程序的研究。从一般意义上讲,档案文献编纂工作的程序就是指档案文献编纂工作的步骤、方式,以及这些步骤、方式的时间和顺序。目前我国档案文献编纂学中的这部分内容已经基本"定型",即从档案文献的选题开始,到档案文献的出版结束。其中的主要问题是要区分不同主体的工作程序,因此设计档案文献编纂工作的程序,主要应当考虑三个因素:一是什么主体的编纂活动,要根据不同编纂主体的活动实际确定其工作程序的外延;二是这些程序的适应范围如何,要根据不同编纂"产品"确定其工作程序的内容;三是这些程序之中是否存在遗漏或者可以简化的部分,要根据不同编纂程序之间的内在关系确定程序的多寡。只有这样,才能保证档案文献编纂工作程序的设计的科学性。

第三个层次是档案文献编纂工作的方法。目前"Z学"对档案文献编纂方法的介绍和描述,主要是建立在对传统文献编纂活动研究的基础之上的,其中更多的是对古文献的整理、编纂方法。随着科学技术的进步和新型档案材料和载体的出现,许多现代化的技术在档案文献的编纂工作中有着广泛的应用前景。比如,计算机技术在大型辞书的编纂中已经取得了许多成熟的经验,非常值得在档案文献编纂工作中加以探讨和推广。只有这样,档案文献编纂工作的程序、方法作为学科的重要研究内容的"Z学",才能保持学科的现实性和时代特征。

总之,"Z学"必须能够对传播的主体给予科学地定位,这样才能确定其工作活动的空间和适用范围;必须对档案文献传播的方式和成果给予正确的评价,这样才能确定其有效的渠道和社会效果;必须对其发展的历史进行认真的总结,这样才能从中找出规律性的认识,温故而知新,在继承中保持其时代的先进性;必须对档案文献工作的活动程序和方法进行科学的筛选和组合,这样才能保证其成果的质量及其传播前景。

(原文地址 http://blog. sina. com. cn/s/blog_54b75c030100gbyn. html 成文时间 2010 - 01 - 07)

六

这两天忙着处理一些《胡言》①事务,多少有些怠慢了"Z学"——一个人的时间有限,有时只能顾此失彼,这也是没有办法的事情。

不过话又说回来了,如果从大处说,《胡言》和"Z学"都属于编辑出版的范畴;两种事由之间真的还有许多相通之处,用相得益彰、相辅相成来形容似乎也不过分。如果用项目管理的要求来衡量,这就叫做"保持实践、组织与技术的先进性";在我看来,介入一种编辑活动,与研究编辑理论相比较,至少同样重要。

闲话少叙,言归正传。无论从源流还是现实上看,"Z学"都与编辑出版和媒体传播难脱干系,甚至可以将"Z学"理解为以历史文献学为基础、以编辑出版为过程、以传播(交流)和保存文化遗产(信息)为目的的学科。如果这种描

写在学问边上

① 参见广西师范大学出版社 2010 年版,本书即为其"续集"。

述和假设成立,那么我们的"项目"思路就可以基本明晰和确定,即学术化一种出版物的形成过程。为此,需要研究这种出版物的历史沿革,研究这种出版物的形成过程,研究这种出版物的现实存在状态——这就是我将"精品教材项目·Z学"WBS的第一层确定为思想史、方法论和出版物的"理论依据"。

在"Z学"的思想史部分,主要是通过对历史上出现的人物、著述和理论贡献的梳理和分析,弄清楚学科的理论脉络和学术根基,以求总结历史经验、温故而知新,搭建一个合乎传承的"Z学"体系。在"Z学"的方法论部分,主要是通过对档案文献编纂工作的流程研究,提炼工作方法、揭示活动规律,为人们呈现"文化遗产"的制作过程。

在"Z学"的出版物部分,主要是通过对历史上和现实中档案文献编纂"成果形态"的介绍,客观、实在地展示"Z学"所追求的"实物结果",评估不同类别出版物在档案文献编纂工作中的地位和贡献,以及整体的社会影响。此外,作为"Z学"的"新编",还需要说明不同"主体"在档案文献编纂工作功能差异,说明档案文献编纂工作的社会、历史地位,说明档案文献编纂工作与其他相关领域的联系以及美好的未来——这可能也是许多"教材"都有"绪论"的原因。

(原文地址 http://blog.sina.com.cn/s/blog_54b75c030100gd27.html 成文时间 2010-01-10)

七

现在"Z学·精品教材"项目团队面对的另外一个"具体情况",就是在"有关部门下达的文书"和出版单位签订的"合同"中,已经为新编"Z学"的规定了时间表。我们所能够做的事情,只能是按照这个"时间表"的"倒计时"来安排编写时间。如果希望"Z学"自己的"编纂"时间准确、高效,就必须使"Z学"WBS的最后一层中的"分解"有形和可以度量。所谓"有形",就是这些章节不能仅仅表现为一种设想,而是实实在在的编写方案;所谓"可以度量",是指这些章节无论字数还是"工作量"都可以用数字表示,并且可以计算出对"资源"的消耗。只有这样,"Z学"自己的"编纂"时间表才可能是合理和可以操作的,这个"时间表"所体现的逻辑才可能是完整和不易被颠覆的。

世界上有许多有趣的事情,仅就写作或者"编写"等事务而言,大概没有比"编写"一本告诉读者如何"编写"的书更"有趣"的了——这就好比"上帝"在制作自己,内容和形式将会完美统一得一塌糊涂——当然,这其中也存在着巨大的"风险",那就是即便作者没有造物主那般神通,也不可以误导众生。大家可以设想,如果一本教别人"如何编书"的书,自己都编得破绽百出,岂不是又会成为人们茶余饭后的谈资?不过还好,这次我们新编的"Z学"是不是"精品"另当别论,但它是一本"教材"却是千真万确的。"教材"与"专著"不同,正像历史文献有著作、编述和抄纂的分野一样,"教材"作为一种"编述"仅仅需要将以往的"学术成果"在一个合理的框架中加以介绍和说明,不强调在内容方面有更多的"创新"。如果用"片面的深刻"去形容"专著"的话,那么"教材"就是当之无愧的"全面的肤浅"。如此一来,风险自然会降低许多。

　　然而,低风险并不意味着没有风险。远的道理就不用说了,就在"独秀山人"最近替我参加的一次"重要会议"上,某位即将成为"员外"的人物就对目前处于"国内一流"的某学校的新闻和传播学理论进行了"点评",称其为"不过都是一些技术方法和手段,没有什么基础理论(含量)"。如果按照这位准员外的逻辑,我们所要完成的"Z学·精品教材"项目,岂不是存在巨大的名誉风险?

　　(原文地址 http://blog.sina.com.cn/s/blog_54b75c030100gdbp.html 成文时间 2010-01-11)

八

　　凡是从事过耕种项目的人大概都知道,听到蝈蝈蛄叫并不意味着就不能种地了。相反,这种自然景观却恰恰说明人与其他物种之间存在某种和谐——大家都是为了自身的繁衍而进行着不懈的努力,甚至是牺牲。况且它们鸣叫的真正原因其实并不是向种地的人叫板,而向其同类异性示好,所以大多数庄稼人听到后都不以为然。然而,时过境迁,某些声音出现在某些特定的场合,就不能不引起人们的注意——这也许就是"叫者无心,听者有意"吧。

　　简单地讲,上述准员外的"鸣叫"可以吸引我这个"原庄稼人"的,就是他对大学教育以及由此派生出的"大学教材"的理解。如果将大学教育作为一种比较高层次的教育形式,那么其手段和产品的确不应当仅仅停留在对"一些技术方法和手段"的描述上;应该有自己区别于其他教育的形式,特别是在"基础理论"方面应该有所建树。不然的话,所谓的大学教育就实在没有什么存在的必要了——随便解读一下类似于"馒头的制作过程",都可以在社会效益和经济效益方面的优势取而代之——"长此以往,国将不国"了。

　　当然,如果为了刻意的"学术化"而将"馒头的制作过程"拔高,使原本简单明了的"活动过程"变得"不知所云"的做法,则更是愚不可及。想一想大学课堂上那些让人喷饭的所谓"定义、概念",简直就是在挑战或者侮辱学生的智商和人格,是把国家的高等教育资源和学生家长的"血汗"当儿戏。因此,从这个意义上说,这位准员外的"鸣叫"和呼吁还是不无道理的。作为"桃花源中人",可以不食人间烟火,但是不能火烧人间!

有鉴于此,我们将要完成的"Z学·精品教材"项目就必须克服"高不成"和"低不就"两种倾向,为"基础理论"和"工作方法"各自留出"生存的空间",并且使它们在一定程度上得以贯通。如果通过我们的努力,能够在一定程度缓解人们对"大学教育以及由此派生出的'大学教材'""大而无当"和"鸡零狗碎"的骂名,那就真是谢天谢地了。

(原文地址 http://blog.sina.com.cn/s/blog_54b75c030100geze.html 成文时间 2010 - 01 - 13)

增　刊

昨天去学院开会，我拿到了杂志上个年度的增刊。细细算起来，这已经是我们杂志自 2002 年开始连续第八年出版这种期刊形式了。从事我们这个行当的人都知道，所谓增刊其实就是在自己杂志原有刊期的基础上，经有关主管部门批准"增加出版的刊期"，其内容和形式与"原有刊期"大体相同。根据有关规定，每家杂志每年大概可以出版一二期增刊。

由于我们杂志的篇幅和刊数极其有限，每年可以发表在"原有刊期"上的文章不可能太多，大约在 150 篇左右，这个用稿量与我们杂志来稿量形成鲜明的反差。除去来稿中质量差距较大的文章，还有大量的文章游离在法定期刊容量之外，造成了一定程度的稿件积压。如果任其发展下去，就会挫伤一些作者的积极性，进而影响学术研究的吸引力。为了缓解这些矛盾，每年出版一期增刊，就成为杂志无法回避的选择。

说到缓解稿件的压力，其实除了"增刊"之外还有许多办法。比如，增加刊期(办单月刊)或者增加每期刊物的页码，以及设置更加严格的稿件审读标准等等。其中，"增加刊期"的前提必然是"人力资源"的增加——在栏目分工的基础上，实行两套"人马"交替作业，这对于我们杂志来说几乎是天方夜谭；而"严格审读标准"的实施条件之一就是"强大的学科背景"，即学科共同体已经比较"强大"，足以厘清自己的"范式"，这对于我们的学科来说显然过于苛刻。剩下的就只能是"增加页码"那"自古华山"的"一条路"了。

为此，我们杂志 2010 年在认真测算的基础上增加了 8 个页码，原本打算可以缓解一些稿件压力，增加我们学科的"学术成果"。然而，就像我在"改版启事"中谈到的那样，"在新的一年，我们杂志改变了已经沿用多年的版面'结构'，加入了英文文摘、英文关键词和分类号，并且遵从 GB/T7714—2005 对文章的'参考文献'进行了规范"，虽然这样做可以"落得'耳根清净'"和更加符合学科规范，但是我们增加的那"8 个页码"就基本上被消化掉了，甚至可能还要"吃掉"原来的"页码"。如此一来，我们杂志在一年中发表的文章数还只能保持在 150 篇左右。

也就是说,我们杂志在新的一年里还必须通过出版"增刊"这条老路去平息部分作者的"怨言",去满足"自娱自乐"的学术时尚。

（原文地址 http://blog.sina.com.cn/s/blog_54b75c030100gfj2.html 成文时间 2010 - 01 - 15）

"责任编辑"

今天上午从编辑部老师那里取回了一个主管机关发的证书,证书封面上写着"责任编辑证"。如果从 1986 年一本档案出版社出版的书把我与"责任编辑"这个称谓联系在一起的时候计算,我当"责任编辑"已经 25 个年头了,时间过得真快呀!

有时候连自己也有些怀疑,在这个风云变幻的社会,居然还有人能够抱残守缺地将一个"事由"做这么久?究竟是社会出现了问题还是人种发生的"变异"?或者都是也都不是。反正事实如此,我现在还是"责任编辑",并且是中华人民共和国新闻出版总署确认的"责任编辑",而不是被某员外破格"指认"的"学术带头人"和"专家"。这让我多少有些释然。

其实,即便是在"混入"教师队伍之后,我也很少在公共场合称自己是"教师",而说自己是"编辑"。之所以这样,是因为一来怕"玷污"教师的光辉形象,二来在"潜意识"里自己一直认为"我就是一个编辑"——来得自然,说得顺口,用不着揣摩再三,浪费许多脑细胞——就算是"习惯成自然"吧,我总是觉得编辑要比教师更"平易近人",没有"高高在上,诲人不倦"的义务!

与爱好"桃李满天下"的教师不同,我更满足于自己的编辑成果在"街头巷尾"传播。哪怕是我们的"编辑成果"出现在某些被人们遗忘的角落,都不会妨碍"责任编辑"发自内心的成就感。这种心态,很像年迈的父母见到自己落魄的子女——别有一番滋味在心头。记得前两年我去海口讲课,在一个非常不起眼的小书店里看到了自己很多年前担任"责任编辑"的一本落满灰尘的中专教材,马上将它拿在手中,反复端详多时,以至于引起店员的注意——因为可能从来也没有人看这本又旧又不够"档次"的书,于是他非常好奇地问:"先生,你要买这本书吗?""不,我是这本书的责任编辑。"我一边回答一边将书擦干净放回原处,在店员满脸疑惑的神态还没有来得及"消融"的时候走出了书店……

当然,我已经有一两年没有在刊物上署"责任编辑"了——原因非常简单——我们的刊物目前只有我是符合"资质"的责任编辑,署与不署名根本没有任何区别,我实际上就是刊物的"责任编辑"。

(原文地址 http://blog.sina.com.cn/s/blog_54b75c030100gjqd.html 成文时间 2010-01-25)

写在学问边上

好 收 成

"虎年大吉"的声音还没有消失干净,我国的西北地区就出现了罕见的暴风雪,西南地区则连日干旱,连气象预告中的一句"天气晴好"都会立即遭致人们的痛扁,我的"好收成说"岂不是与人民为敌或者是痴人说梦?

作为一个过去种庄稼、现在做编辑(或者博导)的人来说,所谓"好收成"主要是他遇到了好文章。因此,"好收成"对于我来说,无非是"马思边草拳毛动,雕盼青云睡眼开"而已。其实,与庄稼人的"大年小年"一样,我们这些"看稿子"的也会遇到"大年小年",只是我们的"大年小年"比庄稼人的"大年小年"还没有规律:庄稼人可以遇到一个好年景,期盼一个"好皇帝",然后便可以"五谷丰登"、放炮过年去了,而我们这些"看稿子"的则多半没有这么幸运——我们所经历的基本上是"长夜难眠"的寂寞!

偶尔也会有老天爷"开眼",有那么一两篇好文章"灵光一现",但基本上是在别人的一亩三分地里,我们除了感叹也只能是感叹了。不过还好,老天爷也不太忍心饿死我们这些"瞎家雀",瞎猫也有撞上死耗子的时候——比如,我今年真的可能会"虎年大吉",遇到一个"好收成"了——有几篇像样的文章落到自己手里。当然,我现在还只能算是"预算",是看着地里的庄稼预估产量,说不定也会出现像国家统计局算房价那样被质疑"点错了小数点"。

然而,我比国家统计局算房价有把握的是,我的"庄稼"毕竟在眼前,而且长势良好——春雨惊春清谷天,夏满芒夏暑相连,只要近一周别停电停水,别赶上阴天下雨,根据我几十年种地的经验,今年一定会是一个好收成。面对这样一个可能到来的"年景",我们现在最需要做的是,打磨好镰刀,收拾好场院,准备好麻袋,打扫干净库房,只要时辰一到,咱们就一起"收集、整理、鉴定、保管、提供利用"去吧!

(原文地址 http://blog. sina. com. cn/s/blog_54b75c030100h4sv. html 成文时间 2010 - 03 - 11)

顺 口 溜

曾经有学者非常悲哀地说，在时下的中国最高级和最有活力的文学形式就是"段子"了，即便是再"高雅"的人士，一不留神也会冒出几段。比如，形容某些官人：喝白酒一斤两斤不醉，下舞池三步四步都会，打麻将五夜六夜不睡，玩女人七个八个不累，收礼金成千上万不退。特别是在资讯手段充分发达的今天，这些段子借助网络、手机短信，就有如风助火势，迅速传播、锐不可当。

大家在享受资讯为自己带来快乐的同时，可曾想到这也是一种"政治开明"成果？因为在不远的过去，我工作过的那个出版社就曾经由于出版"段子"而获罪——

在那个网络、手机还不流行的年代，段子的学名叫做顺口溜，是一种非常非常盛行"文学"形式，为老百姓喜闻乐见。就像现在赵本山团队的表演一样，谁都能说上那么几口。因此，如果把这些东西"编纂"起来，出版发行，应该是一个不错的主意。更重要的是，在我们出版社工作的大楼里就有一个为高层人士搜集段子、帮助他们了解民意的机构，真可谓是近水楼台呀！于是，没有过多久，一本不涉及敏感问题的顺口溜就出版了。在我的印象中，这本书也没有掀起"预想"的风波。

在我离开出版社后的第二年，市面上出现了一本叫做《当代顺口溜 百姓话题》的书，作者是鲁文，出版方是中国档案出版社，其内容和装帧都是过去那本"顺口溜"升级版。据我过去的同事说，这个升级版是某书商运作的，卖得还不错。中国有句老话，叫做"人怕出名猪怕壮"——书卖火了，麻烦自然就来了——据说某位高层看到了那本"顺口溜"的升级版，也可能是当天的情绪不佳缘故，立刻断言"这是一本否定改革开放20年成果的坏书"，出版社要彻底清查。我都可以想象得出来，我们那些同事从神经到身体应该紧张到什么程度，其实查也没法查，书商早就卷款销声匿迹了。好在出版社的"上级领导"见多识广，采取了"查清问题，分清责任，从宽处理"工作方针，使我们那家出版社至少又多活了几十年。

就在清查结束不久，已经到人大教书的我在陕西开会，一些参加会议的代表纷纷让我给弄一本《当代顺口溜　百姓话题》。有趣的是,正当我苦于无书可送的时候,偶然发现一个小贩居然还在路边卖这本书。我当即出示还没来得及上交的出版社证件,在讲清楚"政策"之后,以低价收购了他的所有"非法图书"。当然,后来这些图书都流入了会议代表手中。

（原文地址 http://blog. sina. com. cn/s/blog_54b75c030100i3b9. html 成文时间 2010 - 04 - 28）

出　京

今天下午我就要离开北京,经杭州去上海参加档案文献编纂学的编前会议。之所以选择这样的行程,是因为一些"实属无奈"的考虑——

首先,当然是为了省钱。大家心里还是清楚的——学校真的在进行"学术活动"的时候缺钱。具体到档案文献编纂学精品教材的预算费用,据说2008年度的类似科目还没有落实,我们这个"2009年的"就更没有着落了。恰好杭州一家培训机构请我去那边聊聊,取道杭州去上海至少可以为我们的会议节约下一笔不小的费用。如果从项目管理的角度考虑问题,这种选择应该是必须的。

其次,还是为了"凑人"。中国人民大学这个档案学的"母鸡"虽然还可以在自我感觉中体现,可以在一些"别有用心"之徒的忽悠中传播,但是细心的人都会发现——鸡窝里恐怕只剩下"一地鸡毛"了。就拿档案文献编纂学的研究者来说,除去离世和退休的大师,我们这个地界也就仅存一些与"鸡毛"属于同宗的"凤毛"了。如果要拉出队伍、形成团队,就只能去那个几百年前从不被京城看中的"小渔村"了——那里已经今非昔比,不但成为了世界大都市,而且在档案学方面也聚拢了相当的人气。

最后,也不排除"辟邪"。有的时候,所谓的首善之区同时也是各种"气流"频繁作用的地方,其中不乏来自西洋或者蛮夷"邪气"。在这种氛围中,大家要么心猿意马,要么魂飞魄散,无法气定神闲地进行"学术研究"。在一个"乱哄哄你方唱罢我登场"的准戏园子里,要想坐下来思考一些问题实属不易。与其在这里锻炼意志品质,倒不如仿照政府曾经号召的那样"珍爱生命,远离××"——到一个相对"学术清净"的地方,思考一下我们学科的前世今生。

如果大家运气好的话,还可以在会议之余从一个"微缩"的场所看到世界各处的风景,体会一下万邦来朝的气氛,进一步激发自己的爱国主义热情——那则是再好不过的事情了。

（原文地址 http://blog.sina.com.cn/s/blog_54b75c030100iclr.html 成文时间 2010-05-12）

局 限 之 美

许多艺术品的价值在于它们的残缺,如果人们考虑将这些"残缺"之作接上胳膊、穿上外套,那么"被完整"后的东西一定会庸常如街边的垃圾桶。因此,看似完整的东西其实不一定完美,而有些完美的东西却来自其明显的不完整——正是这些不完整给人们带来了想象的空间。

前些天读到了莫言先生的一篇文章。他在文章中谈到,是一些在大家现在看来"不完整"和局限性的东西成就了伟大的作品。比如,如果没有蒲松龄的科举(官场)失意,就不会有《聊斋志异》这样的传世佳作。如此看来,"残缺"、"不完整"和"局限性"至少在创作的动机以及结果方面是产生佳作的一个条件,恰恰是"局限"为世界带来了"美好"。

鲁迅先生曾经说过,生活太安逸了,工作就为生活所累。在我看来,这与上面的说法是基本一致的:大家抱怨没有好文章的真正原因,很可能就是因为我们的生活"太安逸了",基本上失去了蒲松龄创作《聊斋志异》的状态,在酒足饭饱之后偶尔提笔也大都是一些为了消食化淤的平庸之作,或者为了应景凑数的文字垃圾。更为要命的是,我们的思维方式也因为"安逸"进化得"完美"和没有"局限"——好像什么都说了,又好像什么都没说,在面面俱到中失去了文章的魂魄。

在解读一些文章作品的时候,人们也习惯于求全责备,总是认为如果没有了某种"局限"的话,文章就一定会更好。殊不知如果没有了作者和作品的"局限",文章就极有可能不称其文章了,变成一杯没有味道的白开水,使读者胃口全无。长此以往,大家就会逐渐失去对"读文章"的兴趣,进而失去思考的兴趣,最终所伤及的恐怕还是人类本身。

子曰"诗可以怨",怨虽然多少有些"局限",但是毕竟可以成就出作品。我以为,文章也当然"可以怨",有"怨"的作者虽然有一定的"局限",但是却具备了创作的条件,也为《聊斋志异》般佳作的出现提供了可能,去成就"局限之美"。

(原文地址 http://blog. sina. com. cn/s/blog_54b75c030100ig3n. html 成文时间 2010－05－16)

"×　×　五"

　　几年前,在一次组织研究生对档案学重要论文的讨论中,学生向我提出了一个问题:"在一篇名为《档案学科"十五"回顾与"十一五"展望》的文章中提到'学术研究面向社会,面向实际,提倡和推动档案工作融入社会,服务社会,取得了良好的社会效益'的时候,用了相当于诸葛亮出师表的篇幅介绍了一本名字叫《档案聚焦》的内部咨询性刊物。请评价一下这本刊物在我国档案学'十五'期间地位和作用?"

　　根据我的了解,《档案聚焦》是当时的中国人民大学档案学院不定期编发的一个小册子,其最初的"宗旨"好像是为了体现"档案学者以高度的社会责任感和开阔的视角从事专业研究,追求放大档案工作的社会功能,探索理论与实践相结合的新形式"。但是,由于这本刊物的"不定期"和非正式等特点,我已经很久没有见到它的芳容了。因此,只有按照学生找到的那篇文章中的提法,将"提出加强危机时期档案管理与档案服务的方法与对策"、"就《政府信息公开条例》(草稿)的修改向有关部门提出了一系列意见"和"建议和呼吁将档案信息化建设与研究纳入电子政务与电子商务的研究之中,纳入国家、地区和机关企事业单位的信息化进程之中,纳入国家信息资源建设的总体规划之中",以及由"《档案聚焦》提出的咨询性建议已经引起有关管理部门注意,有的已开始付诸实施"作为它的历史功勋。

　　实事求是地说,我的上述观点至少不能完全说服我自己。简单地说,一本"刊物"的作用主要表现在"传播"和"效果"两个方面。作为前者,刊物必须达到一定的覆盖面积和覆盖面积的频率:如果没有一定的发行数量和刊期,在我国目前的出版环境里非中央文件而不能妄谈所谓的"传播"。作为后者,则必须是在前者的基础上有一定数据支持的"市场分析材料"。因此,一本不定期的小册子,又没有正规的刊号和发行渠道,要想实现它的"宗旨"基本上不太现实。人类社会的历史已经并且正在表明,不是所有美好的理想都会产生更加美好的现实,而不论这个"美好的理想"的主体是达官贵人还是平头百姓。

转眼间又一个五年就快过去了,我们业界的一些精英又要为下一个"五年"提出展望和设想了。我只是希望在马上就要出台的"××五回顾与××五设想"的文本中,稍微切合实际一些,不要将来又被人问起的时候,让我们这些"回答"者都那么"××五"(从理论上讲,××可以有"二百"这个选项)!

(原文地址 http://blog.sina.com.cn/s/blog_54b75c030100isbl.html 成文时间 2010-05-31)

第四部分 办刊人语

公　投

一

生活在现代社会的人们已经对公投比较熟悉了,大家参与公共政策的制定或者决定自己"命运"的时候都会选择公投。仿佛只要一"公投",大家所做的决策就公平、公正甚至正义了。事实真的如此吗?

我在《改革的代价》①中曾经讲过,一家出版社可能就要根据国家主管机关的有关规定,采取"退出"的方式结束自己的历史使命了。虽然大家有些惋惜,但是在严酷的社会现实面前,任何感性的体验都不能代替理性的决定。世界潮流浩浩荡荡,顺其者昌,逆其者亡,这可能也是历史规律。

半年的时间过去了,我本以为按照国家主管机关"年底之前出版社转制结束"的要求,那些"前朝的寺院"已经作古了,谁曾想却得到了在"寺院作古"之前的一段更加凄婉的故事,一个关于"公投"的故事——

原来按照国家主管机关出版社转制的初衷,是将出版社企业化、集团化,做大做强,并不主张出版社办不下去而"退出",所以"退出"是一种需要严格控制的转制方式。无奈那家出版社已经在多年的"发展"中"失去了出版能力",如果这个时候让旱鸭子下水,则无异于自杀。因此,退出就成为唯一的选择。

于是,经过上下机关的多方努力,终于为那家出版社"争取"到了一个"退出"的指标。可是,"退出"毕竟是关系到全体员工未来前途的大事,似乎应该有一个更加合情合理的形式。根据"大家的命运自己决定"的原则,公投就成为一个不错的选择。好了,那么就公投吧! 大家不是都想把自己想做而不愿意承担责任的事情推给某种所谓公平合理的形式吗?

出乎人们意外的是,公投的结果竟然是大多数人都同意转企而不同意退出。情况似乎也明朗了,既然大多数年轻人都同意转企,少数老员工希望退出,那么,就让"上帝的归上帝,恺撒的归恺撒"——希望转企的做好转企前的准备工作,希望并且符合退出条件的办手续不就完啦? 且慢,事情不但没有完,而且

---

① 参见《胡言》,广西师范大学出版社 2010 年版第 184 页。

好像变得更加复杂了:在希望转企的人员当中几乎没有出版社的领导,即原来的社领导都属于自愿退出的范围,上级单位总不能让一帮群龙无首的乌合之众到社会上丢人现眼吧!

无奈之中,上级单位只好组织了第二次"公投"——选举未来出版社转企之后的领导人——这在出版社的历史上可能是第一次。据消息灵通的人士介绍,当时出版社的情景就有点像大选前的台湾:有扫街拉票的,封官许愿的;特别是在第一"公投"中成功地阻止了"退出"的人员,更是一副志在必得的架势……不论怎样,毕竟是那家出版社的一个里程碑呀,在一个"碑上"人们要亲自刻上自己心目中"英雄"的名字!

那么,在某个平淡的下午,在那家出版社第二"公投"之后又发生了什么事情呢? 我们过两天再接着聊。

(原文地址 http://blog.sina.com.cn/s/blog_54b75c030100jk8s.html 成文时间 2010 - 07 - 05)

二

虽然天气炎热、琐事缠身,但是生活还在继续、改革还在继续,所以答应大家的"故事"还要讲下去——

话说那家希望通过"公投"改变自己和自己员工命运的出版社,在上级单位的支持下对未来的领导班子进行了选举。尽管大多数人都觉得"公投"的形势已经非常明朗,应该是那些"在第一'公投'中成功地阻止了'退出'的人员"胜出,但是,既然"公投"是一种上级支持、民众认同的好形式,大家还是走一走"形式"为好。

如果你把故事听到这儿,认为结果已知、可以退场的话,那就真的有点"半途而废"了——因为后面的事情绝对出乎你我的意料,据说连当时负责唱票的人都不敢相信这是真的——几个平时"名不见经传"的小伙子顺利当选,更出乎人们意料的是,这些"名不见经传"的家伙居然更加顺利地开始了出版社转企之前的筹备工作。

也许在所有人的潜意识里都有成为领导或者恶棍的成分,所以出版社的"影子内阁"工作起来是那样的得心应手:没过几日,未来的机构安排好了,人员安排好了,"领导"的分工当然早就安排好了……真是不比不知道,一比吓一跳——真不知道过去那帮老东西是怎么干的? 这么简单的事情居然让他们干得那样吃力?! 看来这个世界还真的是属于年轻人的。

　　既然内部的事务进行得如此顺利,那么下面的事情就是向"支持"过自己的上级讲明条件,获得正式的名头了。于是,"影子内阁"将自己的工作计划、未来打算,包括希望上级给予的条件形成了文字材料,报送了上级机关。在他们心里,这次恐怕又要印证那句老话,水到渠成了。不过,这次顺着渠道流过来的水着实让这些年轻人吃了一惊:上级无条件地否决他们的计划。至于否决的理由,非常对不起大家了,因为我也无从知晓。可话又说回来了,到了这个时候,大家知道不知道那些理由还有什么必要呢?

　　"影子内阁"就像影子一样"轻轻地去,就像它轻轻地来",似乎没有带走出版社的"一丝云彩"。出版社的"改革"就这样经过了两次"公投"之后又回到了原点,大家又回到了我们故事开始时所面临的问题,是转企还是退出?那么方法大家也不会再陌生了——为了体现"公平、公正甚至正义",再进行一次"公投"吧! 而"公投"的结果,我不说大家也可以猜得出来——出版社人员全票同意退出。

　　在"公投"结果出来之后,上级领导表示尊重出版社人员自己的选择。如果不出意外的话,猪也是这么想的!

　　(原文地址 http://blog. sina. com. cn/s/blog_54b75c030100jo91. html 成文时间 2010 - 07 - 09)

绝　版

近日当当网将我的那些长期属于"缺货登记"状态的图书删除了,其中包括《中国档案学的理念与模式》。也就是说,网站无法从出版社得到用于补充的货源,更可以理解为出版社不会再次印刷这本书。这本书绝版了。

作为作者,在表示遗憾的同时,也对出版社的行为表示理解。因为从实际情况上看,我国的任何出版单位都不是慈善机构,特别是在文化产业推行全面转企改革的今天,绝大多数出版社所关注的是经济效益。这不是像一些学者议论的"高尚和低俗"的问题,更不是什么作者的出版权利问题。道理非常简单,作者的任何所谓"权利"都必须通过向出版单位的授予才可以实现,而出版单位必须以生存为第一要务。借用作家浩然在《艳阳天》中的一句话,那就是"没有了肚子,哪儿还会有脸呀!"——学术著作既不是教材,也不是畅销小说,在没有赔本的情况下见好就收,当然是一个非常明智的选择。

不过还好,今年我的《化腐朽为神奇——中国档案学评析》由世界图书出版公司出版了。有网友认为,这本书就是《中国档案学的理念与模式》"升级版",应该说是有一定道理的。在我自己看来,这本"升级版"与"绝版"相比,书名更加直白——开宗明义就是对中国档案学进行"评析"。至于读者从这个"评析"中看到了"理念与模式",还是"腐朽和神奇",那只能是一个见仁见智的事情了。当然,"升级版"之所以是升级版,还在于它的内容比"绝版"增加了四分之一,主要包括我在"绝版"出版之后考虑的一些问题。比如,电子文件、濒危学科、职业走向等等。也算是弥补了当年写《中国档案学的理念与模式》一些遗憾吧。

在我的印象中,所谓学术著作没有几本是畅销的,更不要说档案学这个今天连一些著名档案学大师都羞于提起的学科。如果从传播的角度看,任何出版物都必须以它的发行数量为基础。没有了一定的发行数量,就很难说得上影响力和传播效果。从这个层面上看,目前档案学"传播"的最佳方式依然是教材。从某种意义上甚至可以说教材的那种"全面的肤浅"的特质更加符合档案学目前的实际状况。因此,一个明智的出版商才不会在乎什么学术含量,不然的话,就无法理解那么多的"低幼读物"是怎么占领"高端市场"的啦!

　　顺便说一句,据广西师范大学出版社发行部门的人员透露,第一次印刷的《胡言》已经售完,但愿我的这本书不会如此短命而成为下一个绝版。

　　(原文地址 http://blog. sina. com. cn/s/blog_54b75c030100l75o. html 成文时间 2010 - 09 - 22)

路 在 何 方

10 月 25 日至 30 日,我到江苏南京参加第 22 次全国档案期刊研讨会。如果我没有记错的话,我国出现档案期刊会议这种形式应该在 1985 年——在黑龙江哈尔滨召开的第一次,也可以说,从 1985 年到 2010 年这种会议有了 25 年的光景,是一个生存了四分之一世纪的事物。

我是 1986 年在湖南长沙第 2 次档案期刊会议加入这个"阵营"的。当时我刚刚结束了中央讲师团的生活、从国家档案局教育处调到档案出版社,由于我们出版社的老总参加了第一次档案期刊会议的"创办",所以此后的会议我们出版社一般都会被邀请参加。虽然我没能"有幸"参加每一次的档案期刊会议,但却可以说是一个参加时间最早、身份变化最多的代表。

所谓"参加时间最早",是指现在出席第 22 次全国档案期刊研讨会的代表中已经没有了"参加第一次档案期刊会议"的元老级人物。这些前辈或者已经退休、或者已经"作古",因此,曾经参加过第 2 次档案期刊会议的人应该算得上"凤毛麟角"。所谓"身份变化最多",是指我出现在档案期刊会议上的身份从档案出版社的编辑到《办公室业务》杂志的主编,再从《办公室业务》杂志的主编到《档案学通讯》的总编辑,而其他代表的角色最多也就是从编辑变为××长,或者退休了事。想想也是,谁又能够像我这样 25 年还混在这个行当里面没有什么长进呢?

闲话少提,言归正传。这次档案期刊会议的重要议题是"文化体制改革背景下的档案期刊的生存与发展",或者可以说也就是这个题目才吸引我参加这次会议的。因为在此之前,我国的文化体制改革在中央的认真部署之下已经全面展开。其中出版社的改革按照计划要在今年、也就是 2010 年底完成,从 2011 年开始就要进行报刊的"文化体制改革"。从出版社改革的结果和报刊改革的试点情况看,这次改革的基本思路是"转企",即图书、报纸、杂志等出版机构不再是隶属于某行政主管机关的事业单位,而是进入某一个出版集团成为自主经营、自负盈亏的企业。这样一来,不仅可以实现"政企分开"、"小政府大社会",还可以使出版机构"做大做强"、"优胜劣汰",形成一定的国际竞争力。应该是一项利国利民的好事。

现在的关键问题在于，"利国利民的好事"对于档案出版机构而言是不是"好事"——就在出版社的"文化体制改革"中，我所工作过的那家出版社就以"退出"方式被"改革"掉了。这不仅成为全国出版和档案人员的"谈资"，也必然使得今后某些领导忽悠档案事业"世界第一"的时候有所顾虑。然后呢？今后呢？如果我们这个在世界上拥有"第一多"的档案期刊群体，在"文化体制改革"中再有什么不测，我们的领导同志在"总结'十一五'、展望'十二五'"的时候又将如何发挥呢？会不会有被愚弄、成为"二百五"的感觉呢？

当然，上面这些问题我没有、也不可能在第22次全国档案期刊研讨会上得到答案。但我们面临的现实是，当我们这些"代表"走出会场的时候，我们则将自觉或者不自觉地走上"文化体制改革"之路——再说什么"路在何方"已经没有什么意义，因为路就在我们脚下。只是我们尚不知道我们脚下的路将把我们带向何方而已。

（原文地址 http://blog.sina.com.cn/s/blog_54b75c030100m4am.html 成文时间 2010 - 10 - 31）

未 定 稿

前些日子参加一个专业研讨会议,听到了一位业界知名学者的发言。发言的内容暂且不论,仅是发言的表达总给人一种不太连贯的感觉。好在是这位学者还算诚实,在结束的时候特别说明了一下,这个发言的文本是学生帮助准备的,错别字太多,对不起大家了。

其实像这位学者"表达歉意"的事情,即便是在我们档案学界也已经是见怪不怪的常识了。仅以《档案学通讯》上发表的文章为例,细心的读者一定不难发现师生"共同创作"的文章。这些文章的共同特点一般表现为多作者、质量一般和文字稚嫩,上述那个学者的发言就是一个有力的佐证。作为一名编辑,我倒不是认为多作者的文章就一定质量低下,或者只要是师生"共同创作"的文章就一定文字稚嫩,而是觉得其中反映出的档案学术研究和档案学术论文中的一些问题值得业界同仁思考。

一

我目前没有掌握学术界对档案学研究的系统评价,因此尚不能肯定档案学论文普遍学术水平不高或者在学风和学术伦理方面存在问题,只是就一些"表象"谈谈观感。

在 2010 年第一期的《档案学通讯》上,《山西档案》主编赵跃飞发表了题为《学术的路径是存同求异》的卷首语。赵师在文章中指出:"……发现'基于××视角下的×××——以×××为例'的稿件很多,翻阅了一下期刊,原来这两年如此'选题'在大学校园很是盛行,学士、硕士、博士都酷爱上'基于某视角'了。这样也好,如同 1958 年出生的叫'跃进',1964 年生人的叫'四清'、'文革'出生的叫'红卫'、'永红'一样,再过若干年,只要看一下你的毕业论文的题目,就知道你是哪个时期毕业的学生了。可爱的趋同思维。可怕的趋同思维。"

按照我的理解,赵师是想说档案学术论文具有相当的时代特征,不然的话,就不会有学者将档案学往"××记忆"上拽了。然而,如果大家从这些被赵师列举文章题目的语法上分析,就会发现这些文章题目的"创新"或者"时代特征"

都表现在"状语"方面。如果将这种"研究方法"上升一个高度,不妨统称它们为"状语研究"。如果按照"状语研究"的模式和思路对档案学术论文进行"检索",一定会发现一个庞大的家族——有血缘关系的群体——它们毫无例外把一些"潮语"放在经典档案学问题的前面进行了"前端控制",并作为了嫁接后的文章题目。

平心而论,包括档案学论文写作在内的任何学术研究都不能离开特定的时代背景和社会氛围。但是,如果一定要将这些"时代背景和社会氛围"反映在论文的题目上以显示研究的与时俱进似乎过于牵强,也完全没有必要。比如,著名的《湖南农民运动考察报告》,如果按照"基于×××视角下的×××——以×××为例"进行修改,一定显得非常滑稽。从这个意义上讲,凡是经典文献(当然包括学术论文),都毫无例外的是以内容优异见长的。至于这些经典文献的题目则大多比较简单和朴素,这样的好处是减少了读者对于题目的过度关注和纠缠,直接进入正文,用内容表达作者的真正意图。

相对于一些经典文献而言,反倒是那些不太讲究内容的文章特别关注自己的题目,这种情况发生最多的地方是报纸杂志、新闻媒体等广义信息资源领域。这样做的好处显而易见——为了吸引读者的眼球,实现文化快餐的目的,时下社会上流行的"标题党"就是这种做法的集大成者。不过这些挑战人们眼球的文章看得多了以后,大家就会产生一种共识,即这些文章也就是标题还可以读一下——言外之意再明显不过了——这些文章没有什么内容。说得再难听一些,就像某种动物的排泄物,只是表面光鲜而已。

当然,在档案学术论文中所出现的如赵师指出的问题,还不能与"广义信息资源领域"的"标题党"简单类比,毕竟我们的教学、科研单位还没有完全堕落到街头八卦小报的地步,我们的教师、学者也还没有将自己的职业划归狗仔队的范畴,大家还有一些作为特定物种的尊严需要维护。那么,大家就要十分小心地让自己的行为和行为的结果在一定程度上区别于那些我们所不齿的"八卦小报"和"狗仔队员",让我们所写的文章重新回到重视内容而不仅仅装饰标题的经典轨道上来。因为从长远的角度看问题,那些仅仅在文章标题上动了一些脑筋、文章内容里还是"陈词滥调"的作品,恐怕很难对得起读者、历史甚至是作者的良心。

二

2010 年 11 月 21 日 07:47:44,我收到了新浪网友上谷小默对《未定稿(一)》

的评论。上谷小默在评论中说:"档案学研究正在嫁接方法论,'基于'不稀奇,'模式'也不少。'基于'想以小见大,'模式'想以大见小。善意地想,也许作者是想告诉读者:你别不信我的结论,我是讲究方法的,言而有据的。但是,我总觉得据而不实,不知道是不是错觉? 有些'基于'其实没有基础,有些'模式'貌似讲实践却往往只是臆想分类。另外,'基于''模式'满天飞,也有撇清文责的含意在里面,这倒是挺有时代特征的。"

读到这个评论,我有一种"久旱逢甘雨,他乡遇故知"的感觉——说得更加确切一些,就有点像相声演员的搭档——说了半天终于有人可以接住"话茬"了!

作为"状语研究"的"基于"和文本意义上的"模式"的确有着某种"方法论"联系:仅就档案学术论文而言,如果说"基于"是"标题党"的一种学术创意的话,那么"模式"则是文章正文一种"讨巧和偷懒"的规范。上海大学于英香博士在 2007 年《档案学通讯》第 5 期上发表了《档案学术研究"麦当劳化"置疑——从研究程序规范的视角考察》一文,她在介绍社会学研究的"麦当劳化"现象时,谈到了美国社会学家乔治·瑞泽(George·Ritzer)的一个观点:"实际上所有研究论文都有一个可预测的形式——文献评价,假设,结果,图表,解析,结论,脚注,和参考资料。读典型的美国研究文章给人以吃大汉堡一样的感觉。……如果你喜欢把汉堡拆开来吃的话,你就会发现这一切的要素。知道汉堡包里有些什么和知道研究论文有什么货色一样,都给人一种虚假的满足感。因为两者都是高度理性化的……汉堡和研究论文给人的东西一点不少,挺好;给人的优一点不多,太糟!"当然,按照于师 2007 年的观点,她是认为"我国档案学术研究还没有'麦当劳化'"的。

三年的时光过去了,包括档案学在内的我国学术界已经在 SCI 的"学术规范"引领下取得了长足的进步。仅以《档案学通讯》为例,从 2010 年起我刊就积极响应上级主管机关的号召,顺应学术发展的潮流"规范化""模式化"和"麦当劳化"了——至于个中缘由,我在 2009 年底的《改版启事》中已经说清楚了:"……在新的一年,我们杂志改变了已经沿用多年的版面'结构',加入了英文文摘、英文关键词和分类号,并且遵从 GB/T7714—2005 对文章的'参考文献'进行了规范。这样做的原因主要有两点:其一就是'入乡随俗',现在的所谓'核心期刊'都是这个长相,如果我们偏偏与人家不一样,就有了顽固不化之嫌;弄得不好,还会成为鲁迅笔下的那一只站起来的猴子,所以必须'弃恶从善'。其二就是希望落得'耳根清净',有关方面和读者、作者不断的'三令五申',让我们办刊人觉得如果再不'标准化'就真的'对不起观众',所以既然大家都喜欢'双眼皮',我们也就只好去'美容'一下。"而当时我没有说清楚或者还没有搞清楚的是,国际通行的学术"规范"真正的是这个样子吗?

为了证明我国现在的"麦当劳化"是与国际接轨后的正确选择,我先后查阅一些地道的国外论文。限于篇幅,我只想列举其中两例与大家分享。其一是黄仁宇的博士论文《明代的漕运》,在论文的扉页上写着"撰写此文,部分原因是为了申请密歇根大学的哲学博士学位(1964 年)。"下面附有"博士学位答辩委员会主席及成员(名单):主席费维恺教授,成员赵刚副教授、雅各布·M·普里斯副教授、余英时副教授"。这篇论文无论是申请答辩人还是博士学位答辩委员会都可以说是"国际一流"的,但非常遗憾的是,我没有在论文的章节结构方面发现任何"麦当劳化"的痕迹,就是大家经常见到的"前言、第一章……"等一般论文和图书的"模式"。该论文由新星出版社 2005 年出版,在"译后记"中北京师范大学的两位学者谈到了一些翻译和出版中需要说明的问题,没有提到对"国际学术规范"的更改和破坏。

如果说黄仁宇的博士论文"过时"了,那么我刊刚刚收到的一篇来自加拿大不列颠哥伦比亚大学图书、档案和信息学院兼职教授的投稿应该算非常"时令"。考虑到作者的"隐私",我不便提前公布论文的内容,但是却可以毫不保留地告诉大家——这篇论文由于不符合我校"国际一流"期刊的用稿标准(主要是"麦当劳化"),如果没有认真、脱胎换骨地修改是不能达到发稿要求的。当然,如果是那样,作为一名编辑,我只能表示遗憾了——谁让你生在"轨道"上却没有与"国际接轨"呢?!

不过在这里我倒要为"过气"的黄仁宇和有可能被"退稿"的加拿大不列颠哥伦比亚大学教授表示由衷的感谢,正是由于你们的"牺牲"才换来了我们对"国际"的认识,才使得大家认清了鲁迅笔下的"假洋鬼子"的真实面目,也更加深刻地领会了乔治·瑞泽(George Ritzer)教授在若干年之前对大家的提醒——"知道汉堡包里有些什么和知道研究论文有什么货色一样,都给人一种虚假的满足感"!

行文至此,还是请大家不要产生误会——我始终认为,好的论文格式是完全必要的——正像"有关方面和读者、作者不断的'三令五申'"的一样,但是,"好的论文格式"必须服务于好的论文内容。如果放弃了"好的论文内容"而刻意追求所谓的"与国际接轨"和"模式",那么这些"论文"能够给大家留下的只能是光鲜的"某种动物排泄物"。

三

无论是乔治·瑞泽指出的"麦当劳化"还是新浪网友上谷小默所说的"模式",其实都不过是对论文形式的描述和概括,而论文真正能够成为一种自立于学术之林的文体,是因为每篇具体论文的内容。如果用一句网络媒体的流行语,那就是内容为王。因此,相对于形式而言,论文的内容才是更加重要的问题。那么,我们档案学界论文的"内容"又是一种什么状况呢?

由于目前我国的档案媒体形式存在很大的差异,即便是同一类型的档案媒体也会因为主办方的不同有着自己的不同定位,如果笼统地说档案学界论文的"内容"如何如何未免有些"大话西游",没有什么实际的意义。因此,我只想根据《档案学通讯》及其所在院校的论文内容谈一点粗浅的看法,以求抛砖引玉。

2008 年 04 月 14 日,我曾经写过一篇题为《四月的心情》文章,列举了学术文章的状况。[①] 我现在依然认为,上述情况是在校学生学术论文的真实写照。学生学术论文的情况在一定程度上反映了他们师长的学术水平和治学态度,而我现在想反思的,就是我们这些做教师的人所写文章在内容方面给自己的学生们起到了什么样的示范作用。为了更好地说明问题,还是请大家分享一个真实的故事。

若干年前,我参加了一个学校召集的科研会议。会上学校的主要领导在分析了我们学校学术论文在 SCI 等国际学术引文中的排名问题后,希望有关学院的领导重视这个问题。并且建议学校可以组织力量,将一些学科好的中文作品翻译成英文拿到国外发表。在这个建议被全场经久不息掌声打断之后,我悄悄地对我身边的学院领导说:"校领导的这个想法很好,只是可惜我们档案学不行——因为我们的论文刚刚从国外翻译过来,现在再翻译回去,弄得不好再给翻译错了!"

我之所以这样说,是因为在我们期刊上发表的论文,有相当的一部分"从观点到内容"几乎都是舶来品。说得好听一些,是西方的理论与中国的具体实践相"嫁接";说得难听一点,就是贩卖一些"洋垃圾",而且不厌其烦地坚持了若

---

① 参见《胡言》,广西师范大学出版社 2010 年版,第 63 页。

干年。这样做的"好处"是文章做起来比较省力,如果恰好作者外语水平出众,又掌握一些大家暂时都不太知道的文献,这样的文章一定会如滔滔江水奔流不息。实事求是地说,无论是学科发展的早期还是中期,向包括"先进国度"在内的其他国家学习理论、汲取经验,都是不容置疑的。而问题在于,档案学论文除了这些舶来的理论之外,究竟还有哪些是我们自己的东西?是不是可以认为外国的学者完全有资格代替中国学者思考?或者可以理解为他们比我们更加了解中国的实际情况?如果答案是否定的,那么是否可以理解为这是我们中国学者的一种思维懒惰呢?如果我们这些做师长的把这些"懒惰"传染给自己的学生,那么我"四月的心情"将永远不会好了!

我始终认为,我们所研究的学科是中国档案学,这个学科同其他学科一样有着自己特定的研究对象和逻辑起点。不论研究者有怎样的研究视角,都不可能离开"中国"与"档案学"这两个最基本的立足点。作为一门在中国发展了七十多年的学科,档案学不是非常完善、无事可做,也不是一无是处、到了必须由西方的所谓学者来"救济"的程度。只是我们的有些学者或者是文章作者存在一些自我认知方面在障碍。有关这个议题,我已经在《再论中国档案学的学术尊严》①一文中讲清楚了,在此不想过多赘述。但还是想强调一点,即"去档案化"后的任何研究成果可能会非常光鲜,或者可以"浴火重生",然而这些结果却不可能是档案学;任何大无当的论述可能非常"哲学",或者很"一级学科",然而这些结果不可能逃脱"外延越大,内涵越小"的逻辑悖论,更不可能创建一些真正属于自己学科的"模式"。

其实,在上谷小默评论中所称的那种"想以大见小"的"模式"也不是我们档案学研究中的特有现象,比如前一段时间人们常常见到、听到的所谓"中国模式"。撇开其中的政治和社会因素,我倒是觉得称其为"中国案例"比较妥帖——因为这些所谓的"模式"大多刚刚起步,并没有定型或者还处于不断发展之中,说不好将来还会出现什么奇迹。如果采用了"模式说",反倒限制了自己,使本来有生命力的东西"僵化"掉了。当然,在档案学的学术论文中出现的"模式"还没有达到"中国模式"那样的境界,不过就是将一些国外的做法说成了"××堡模式"而已。细细想来,这种手法自己也玩过,比如我的博士论文就叫《理念与模式——中国档案学论》。在论文的自序中我也交代得很清楚了:"我

---

① 参见《档案学通讯》2009 年第 5 期。

认为,理念实际上不过就是一种'想法'。比如,中国档案学的理念就是这一学科在制作时的基本观念,而中国档案学的模式则是在其理念作用下形成的一整套行为方式。"也就是说,我并没有打算去与"康德们"一起去纠缠"理念与模式"的概念,而想"通过"这些概念去总结中国档案学的理论成就。我由此篇论文得出的结论是,中国档案学是在中国政府提高管理效率"理念"引导下产生的一门学科,其基本"模式"或者"理论贡献"在于"管理程序的系统分析"和"管理资源的重新整合"。进而言之,我这里采用的"模式"主要是想避免论文题目中"中国档案学论"的不确定性,是从一个学科七十余年的理论体系中归纳出的、想"以大见小"的"行为方式"。

我至今不敢妄言自己的研究思路和结论千真万确,但却可以肯定没有与时下的主流学者同病相怜。

(原文地址 http://blog.sina.com.cn/s/blog_54b75c030100mnil.html 成文时间 2010 - 11 - 20 至 2010 - 11 - 27)

被 培 训

一

在做了二十五六年的编辑、先后主持过两个不尽相同的杂志之后,我终于有机会以总编辑的身份参加新闻出版总署举办的"全国地市报社长总编辑学术类社科期刊主编岗位培训班"了。这个培训班开办的地点在国家教育行政学院,位于中国·北京·大兴,就是经常被人们戏称的"CBD"。

我之所以说"被培训",是因为按照期刊出版管理办法的有关规定,期刊的社长总编必须经过出版主管机关五年一个轮次的岗位培训,否则期刊年检的时候就会遇到麻烦。在我的印象中,我们的刊物就因此多次给主管机关写"检查"才得以通过年检的。说来也有些无奈,我们这些学校的教师其实并不是期刊的专职人员,特别是学校的领导从来就没有打算把我们看作"专职人员",我的职业岗位是教师。但是,出版管理机关根本不会理会这个问题——理由非常简单:因为你就是在他们那里注册的"社长总编",就是天经地义的"专职人员"。既然是专职人员,就必须按照政府的规章参加岗位培训!

记得我在某一次给出版主管机关的检查中写到,由于我们期刊的社长是由学校领导兼任的,而学校领导又都是公务非常繁忙的,所以不可能参加你们的培训;我虽然是总编辑,但是学校是按照教师的要求进行考核的,况且我还真的在 20 世纪 80 年代参加过有关的培训云云。可能是那次负责期刊年检的人员当时心情比较愉快,也可能是我们的检查的确实事求是,反正最终的结果是我们一次又一次地混过了年检。然而,现在的形势不同以往了——明年(2011年)新闻出版总署就要启动报刊的体制改革,其中重要的一个举措就是通过年检淘汰那些"不合格"的期刊。尽管谁都知道"要奋斗就会有牺牲,死人的事是经常发生的",但是谁也不愿意像我们业界的那家出版社一样成为别人的谈资。

总而言之,言而总之,我这次绝对是"在劫难逃"——如果不"被培训"一下,恐怕连自己都觉得有点过意不去!因此,我就来到 CBD、这个相对于学校来说比较"遥远的地方"接受岗位培训。不过说句心里话,我还是真的希望"被培训"的:至少在这里可以多知道一些出版界的那些事,不至于天天被一些外行支使得基本上不知道怎样办刊！从这两天的实际效果来看,也基本证实了我的观点——通过学习和交流,作为一名编辑还是可以从中获得一些在校园里永远无法获得的东西。

但愿我这次真的可以不虚此行。

(原文地址 http://blog.sina.com.cn/s/blog_54b75c030100n5fn.html 成文时间 2010-12-11)

二

时间过得真快呀！转眼间我已经在"CBD"学习一周了,也就是说再有两三天,如果不出什么意外的话,我可以顺利结业、拿到主管机关颁发的主编证书了。其实,在当今这个证书满天飞的年代,抽屉里多上一两个证书,与个人的能力没有太大的关系。真正重要的,是自己能否经过几天的学习、获得一些有用的东西。

作为一个教师或者说教育工作者,能否使自己在一个有限时间中获得有用的东西,必须取决于两个条件——好的问题和好的答案。

学习者是否具有"问题意识",说白了就是他是不是带着问题来的。如果没有了这个首要的针对性,像瞎猫碰到死耗子那样去碰运气,往往会"运气"不佳。那么,具体到我自己,这次究竟是带着什么问题来 CBD 的呢？简单地说,我的问题有两个:其一是"有关部委推行 CSSCI 的合法性？"即教育部及其下属机关有没有权力确定所谓的"核心期刊"。其二是"我们的刊物路在何方？"即在文化及出版体制改革的大环境下,我们的学术期刊将来是一个什么下场。

虽然培训还没有结束,还有几个重要的讲座和交流活动没有进行,但是,我已经初步获得了上述两个问题的答案。首先,新闻出版总署,也就是我国新闻出版领域的最高职能机关,并不认同那个所谓的"核心期刊"。新闻出版总署认为"核心期刊"只是从国外引进并在我国图书馆界实施的一种图书资料采购的方式,不能构成评价期刊的重要指标。在今后新闻出版主管部门对期刊进行的各种"检查、评估、考核"中,"核心期刊"的权重将不会太高,甚至会低于期刊的校对质量。新闻出版总署至今仍然认为,所谓"核心期刊"不过是一些"社会人员"搞的一个东西,应该与教育部无关。这后一条认识,显然犯了"官僚主义"的错误。

我国出版体制改革"正在顺利推进"。按照新闻出版总署的计划,2010 年底完成所有出版社的转企、改制,2012年完成所有报刊的转企、改制。出版体制改革的基本做法是"三分一转",即管办、政企分离,公益与企业分离,内部(报刊的出版与下属的经营活动)要分离,凡是能够推向市场的推向市场。具体的"分类改革"拟将报刊分为两大类和五种情况:第一类是时政类,指党报党刊(包括人大、政协……),保留公益事业单位的身份;第二类是非时政类:即"非此即彼"——不是第一的都是第二类,实行"三分一转";其中除了上面的两类之外,还特别列出了三种情况(2+3=5):(1)参照时政类的;(2)学术类(转企,但由基金支持);(3)没有独立法人的单位,因功能而定。

按照新闻出版总署领导的说法,报刊的改革要分轻重缓急、先分类后改革,时间要求是在两年内完成(2012年底),政策参照出版社的改革。并且强调,在包括报刊改革在内的文化体制改革中,应该始终做到"前进方向不迷失,领导权力不丢失,价值观念不丧失,文化阵地不消失,国有资产不流失,职工利益不损失"。按照我的理解,就是车到山前必有路,老天爷饿不死瞎家雀,大家骑着毛驴看账本——走着瞧吧。

当然,在后面的两三天里,还会有一些重要的讲座和交流活动,我可能还会明白一些原来不明白的问题。

(原文地址 http://blog.sina.com.cn/s/blog_54b75c030100n8pe.html 成文时间 2010-12-15)

培 训 成 果

我于 12 月 17 日完成了在 CBD 的培训之后,连续给本科生和研究生班讲了三天课,又参加了由北京联合大学应用文理学院举办的,有关档案工作职业能力培养的"档案学专业第四届产学研讨会",并应邀做了主题发言,因此只能拖到今日才对自己的 CBD 培训进行小结。

此次新闻出版总署举办"全国地市报社长总编辑学术类社科期刊主编岗位培训班"除了履行对报刊社长总编的定期轮训之外,更重要的目的是传达国家包括新闻出版在内的文化体制改革的精神和部署。根据有关负责人员介绍,中央自"十六大"起就确定了文化体制改革的基本方针。中央领导同志认为,文化是一个国家软实力的重要标志,而我国的文化走不出的主要原因是体制问题。这些问题主要表现在:(1)按照行政体系和行业分配资源;(2)业务分离(不是全媒体,报、刊、书分离,国外一般都是单独经营);(3)方式落后,固守在纸质和传统的编辑方式;(4)普遍规模比较小;(5)多数经营不善。因此,影响力、传播力竞争力比较弱。

在我国出版业过去一段时间内实行的所谓"事业单位企业化管理"其实是一个假命题,因为事业单位应该是公共财政、阳光可以照到的非赢利机构,而企业则是独立经营、自负盈亏的市场主体。由此造成的后果是,出版单位成为主管单位的行政附庸,纳入行政管理,成为宣传工具,形成单一的媒体经营和贸易堡垒、市场封锁,最终劣胜优汰。因此,是体制和结构性弊端弱化了我们国家的文化传播和影响力。

按照新闻出版总署"十二五"发展规划(未来五到十年,传统媒体仍然是主力军):首先要提高新闻出版特别是报刊的影响力、传播和引导能力,树立主流媒体;中央媒体打造国际影响力,鼓励报业做区域性发展,支持跨地区、跨行业、跨部门、跨媒体的整合,打造国际期刊——学术期刊的工程。其次要转变报刊的发展方式(新媒体),优化结构,优胜劣汰;采取国家扶持、退出和整合等方式,通过兼并和重组打造报刊出版集团实现传统的媒体升级改造。

目前我国已经有约有一千多家报刊转为了企业,《读者》、《知音》、《家庭》

已经成为出版集团,其他一些单位正在准备和筹备,新闻出版出版总署负责中央单位改革的方案已经报上级批准,将来还会有一个对地方的指导意见。其原则是"分类改革",时政类原则上可以实行事业体制,而面向大众的都是经营性媒体,要在完成注销事业编制、工商登记、社会保险、全员劳动合同等工作的基础上实现报刊体制改革。此外,新闻出版总署还准备争取增设学术期刊的出版基金(原来有国家图书出版基金),对转企之后的学术期刊进行扶持。

当然,我的培训成果除了这些精神上的之外,还有一个物质上的"证明"。我上一次被学校派出去培训是八年前的事情,如果八年是一个"被培训"的周期的话,我可能不会再一次"被培训"了——因为再过八年,我大概可以光荣退休了。

(原文地址 http://blog.sina.com.cn/s/blog_54b75c030100nd72.html 成文时间 2010 - 12 - 21)

写在学问边上

手　稿

　　拜××时代所赐,作为编辑的我已经记不清楚有多长时间没有见过手写的书稿了。虽然我们编辑的结果与过去没有多少区别,但是我们的工作过程已经完全告别了"手稿时代"——从电子邮件中下载文章,在机器上面修改"电子文件",然后通过电子的方式发排、制片。好在目前的纸质出版物还在与我们这些"手稿时代"的编辑一起苟延残喘,使大家不至于一下子进入第250宇宙速度而魂飞魄散。即便如此,大家还是觉得有些"时光"看来是一去永不回了,多少往事恐怕也只能回味了。

　　我们的生活在有的时候就像是一部传奇:在大家基本上已经忘掉孔老二的时候,孔子被拍成电影了;在人们期盼幸福的时候,报纸上说我们已然"在数字上"幸福了……在"我已经记不清楚有多长时间没有见过手写的书稿"而以为手稿将要灭绝的时候,我居然"发现"了一部真正的手稿——

　　最近,我受一家出版单位的委托,准备搞一个"档案学经典理论书目"。在一次查阅资料的过程中,资料室的工作人员听说我的工作与出版有关,便随口说到他们这里有一部"作者已经不在了"的手稿。有关领导曾经表示如果学校经济条件好转,就找个出版单位把"手稿"出版了。现在时过境迁,"学校经济条件"虽然"好转"了,可是"有关领导"注意力已经不在了"手稿时代",而是沿着"××时代"的大马路猛跑,估计早就把这件事情忘干净了。

　　虽然我们这些人也已经"信息资源"了,但骨子里的那点"档案意识"还没有完全流失,遇到什么天阴下雨总会有点反映,更何况是一部书稿呢! 我赶紧让资料室的工作人员把那包手稿找了出来,打了个借条带回了家。经过我的初步观察,这部手稿应该完成于上个世纪70年代,其中记录的内容是关于明清档案的整理。由于年代久远,加上保管条件等原因,手稿上的一些字迹已经模糊不清,但基本脉络还是比较明白的。在手稿的"叙例"中,作者写道:

　　"……我从事明清档案工作虽已也四十多年,但近几年不掌握全面情况,而我写的这个回忆录又是全面性的。在1964年完成初稿时,名为'×××××××××',文化大革命以后,又加修改,改成这本回忆录式的,名为"整理明清档案记"。实际本能写到四十年(原稿如此——编者注)……本书主要依据旧日出版的工作报告、个人著述、汇编资料或其他刊物及油印文件等。另外也有根据个人工作日记或记忆得来,或调查档案目录实际情况得来。对档案馆本身档案惜(?)未能系统搜集利用。凡有根据的,均记明出处,以备查考。……"

手稿的作者是一位叫张德泽的先生,据说与我国明清史专家单氏兄弟生活于同一时期,还很有可能是同事。因此,这部手稿极有可能打开一段尘封的历史,待我与大家细细品来!

（原文地址 http://blog.sina.com.cn/s/blog_54b75c030100nsxr.html 成文时间 2011 - 01 - 11）

Lost in Translation

Lost in Translation 是 2004 年奥斯卡最佳原创剧本奖《迷失东京》的英文名称。影片讲的是在东京寂寞的夜空下,两个失眠的美国人在酒吧里相遇了。或许是眼底那份不自觉外泄的孤独令这对陌生男女悄然走到一起,他们在绝望中又若有所盼,暗自期待一次奇遇来改变一切……

如果从字面上讲,Lost in Translation 似乎应该为"翻译的缺失"或者"迷失在翻译里"更加妥帖。但是如果按照信达雅的思路,再结合故事情节——《迷失东京》则更容易被国人接受:本来么,在 3 000 万人的东京,在喧嚣繁杂的闹市,这样一对男女,在异国他乡,千里迢迢撞见另一个相似的灵魂,如何不颤抖,如何不惊悸? 所以"迷失"是自然的,"东京"也是准确的。而在迷失之后,男女主人公没有波澜壮阔的情景,没有排山倒海的表白。对于辨识同类和异己,他们有着天生的本领。仅仅用几个眼神和寥寥数语,他和她完成了识别,抵达了领悟。因此像这样的影片如果没有获得奖项,那就简直是没有天理了。

同样是翻译的问题,也会在我们这个寂寞的学界掀起波澜、发生故事吗? 答案也许是肯定的——《档案学研究》杂志连续三年发表了国家档案局王岚博士的《文件还是档案? ——为 records 正名》、《文件管理还是档案管理? ——Records Management 正义》和《法律与学术中的"文件"与"档案"——Documents 与 Records 关系正理》,以及李音翻译的《Document, Record, Archive(s) 的原语境释义》,文章看似是一些类似"迷失在翻译里"的问题,而实际上所涉及的是我们学界的主要学科和核心概念。大家不妨设想一下,如果这些问题发生了偏差,那么对学科的基础将会产生什么影响? 可以肯定的是,这种影响一定不会比"一对男女,在异国他乡,千里迢迢撞见另一个相似的灵魂"轻松多少。

至于由这些文章及其涉及的问题,当然应该由相关领域的专家、学者进行讨论,学术期刊的使命不过是密切关注、及时报道而已,更无意成为故事的主角。正像节目的主持人不宜过多地参与讨论、球场的裁判不能直接参与比赛一样,任何职业都应该有自己的操守。有鉴于此,与其说我们期待一场学术争论的发生,倒不如说我们是期待一种学术研究的氛围——学者能够秉承"独立之精神,自由之思想",进行"百家争鸣,各抒己见"的学术研究氛围,而不在意提出这些问题的国别、门第和表述者。通过对一些有价值的学科基本问题的探讨甚至争论,推动学科的成熟和健康发展。

平心而论,这样的学术研究氛围与《迷失东京》等感人的电影一样已经非常鲜见于社会了。于是,人们可以感叹、可以埋怨甚至诅咒,但这些都不能阻止"失去的东西将会失去"。人们在感慨的同时似乎忘记了自己可能就是那种被自己诅咒事物的受益者,忘记了是我们自己漠视最后一只知更鸟的死亡……当这些"埋怨甚至诅咒"成为常态,我们可能还会为自己找到一些能够平静生活的理由——这就是堕落,一个人、一个族群乃至一个社会的堕落。我们的学界当然也在其中,不能幸免!

常言道"病来如山倒,病去如抽丝",挽救堕落的方式可能仅仅在于"不以善小而不为"。就像《迷失东京》的感人之处也许是"只有一个深深的拥抱,一个肃穆的吻,一句无言的呢喃",而没有落入好莱坞凶杀和床戏的俗套一样,我们也在期待一次,甚至是一次次学术争鸣、讨论的到来。也许这些作为根本无法根治顽疾,但在这些"建构"中却可以彰显学术的本意,可以荡涤学者的灵魂。至少,可以在一定程度上挽救我们自己。

What do you do?

I'm not sure yet, actually.

Time and time again you ask me . Time and time again I askmy self!

(原文地址:http://blog. sina. com. cn/s/blog_54b75c03010124li. html 成文时间 2012 - 02 - 06 15)

少 见 多 怪

在汉语的语境中,少见多怪一定不是一个褒义词。它可以指见闻少的人遇到不常见的事物就觉得奇怪,进而嘲笑人见识浅陋。因此就有了《牟子》中的"少所见,多所怪,睹橐驼,谓马肿背"之说。不过,我最近略有感悟,觉得少见多怪可能有一些积极的意义。

比如,大家都会知道在一些边远的地区交通非常不便,以至于治病救人的医生也必须"溜索"过河——在几十年甚至更长的时间里,那里的百姓就是这么过来的——习惯成自然,习以为常。但是,有那么一天,这件事情被少见多怪的记者"发现"了,并且被更加少见多怪的电视台编导和领导知道了,于是医生"溜索"过河成了新闻热点。最后的结果是,中央的主管部委的领导坐不住了,亲自跑到了那个医生"溜索"的河边,握着那位溜了几十年索的医生的手表示慰问,称中央领导也非常惦记着这个事,我们一定要把这个问题解决好云云。由此可见,少见多怪至少不一定是一件坏事。

再有我们这些做编辑的,在一个或者一类出版物上做久了,就会对一些专业问题缺乏敏感,对一些重要的"发现"或者"发明"熟视无睹。这样一来,很可能就会埋没人才,阻碍科学进步。因此,有的业内人士不无幽默地说,一些学术期刊必须过一段时间就换掉"老总"。言外之意,换掉熟视无睹的"老总",换上一些少见多怪的"菜鸟",我们出版物的面貌就一定会焕然一新……

从上述的事例中可以发现,在某种意义上说,少见多怪是一种保持职业敏感和工作热情的重要方法。许多社会问题的发现和解决,很可能必须仰仗少见多怪的手段和策略。也就是说,除了真的少见多怪之外,作为策略层面的少见多怪也是必需的。在我看来,类似于装傻、扮嫩等工作方法都无疑例外的属于策略层面的少见多怪。这种形态的少见多怪与原生态的少见多怪结合起来,"我们的明天一定会变得更加美好"。

当然,大家千万不要说出类似于"这些事情连智障人士都明白,难道你们这些当领导的就不知道"这样的话,更不要像吴趼人《二十年目睹之怪现状》第八十六回里"人家说少见多怪,你多见了还是那么多怪"的那样去点破他人、揭露事实真相——因为揣着明白装糊涂,这是一种道德修养。

　　(原文地址 http://blog. sina. com. cn/s/blog_54b75c030100or12. html 成文时间 2011 - 02 - 24)

学术不端一面观

包括学术腐败在内的学术不端行为,已经成为街谈巷议的"热门"话题。令人略感遗憾的是,在其他社会不端行为不断升级换代和被高科技之后,学术不端行为还处于比较原始的抄袭、剽窃和不良引用的状态,以至于那些学术打假的精英都不忍心对其下手,也让我们这些业界人士五味杂陈——在怒其不端的同时,也多少有些哀其不争吧!

当然,说到出现这些学术不端的社会原因,恐怕就连一些业外人士都可以罗列上一大箩筐。比如,学术评价机制不健全、部分学者道德失衡、社会经济因素影响等等,不论其中的哪一条都是言之凿凿、顺理成章,甚至可以成就一篇博士论文。也就是说,道理大家似乎都非常明白,也认为应该清理和整肃,而现实中的类似状况却屡禁不止、愈演愈烈。这就让人不得不怀疑,是问题的关键没有找准还是打击的力度不够? 抑或其他? 又是谁纵容和包庇了这些学术不端行为?

在弄清楚这些问题之前,大家不妨共同"欣赏"《档案学通讯》AMLC 的一次检测情况:检测对象 2009 年 1~4 期,检测出"文字复制比"分别为 84%、73%、69%、66%、50%、46%、45%、41% 和 31% 的文章 9 篇,内容涉及政府信息公开、信息民主、电子文件、档案立法、少数民族文献、档案史料和档案整理等研究领域。其中,"信息学科"的文章有 4 篇,几乎占据了这次被查出"文字复制比"过高文章的半壁江山。这里的所谓"文字复制比",其实是一种相对客气的提法,说白了就是这些文章中抄袭其他已经发表文章内容所占的篇幅比例。比如,"文字复制比"84% 即这篇文章中有绝大多数文字是"别人"的。

如果再进一步地分析这些文章,还会发现这样一个非常有趣的现象,即在这 9 篇文章中有 4 篇文章属于多作者,就像大家在刊物上通常看到的"一个老师带几个学生"的类型。在一般情况下,这种文章都是由第一作者提出观点,由下面的作者将其发扬光大。由于这些"下家"的水平参差不齐,再加上第一作者日理万机,所以文章的质量很难保证。另外,如果文章恰好又是一个类似于"政府信息公开"这种原创性较差,谁都可以说上几句无关痛痒话的文章,那么"文字复制比"自然会居高不下。当然，在 AMLC 的检测者眼里，《档案学通讯》的编辑毫无疑问的是这些较高"文字复制比"文章的共犯，是实现学术不端行为的实现者……

为了照顾业界学者的光辉形象，这里隐去了文章及其作者的名字，但是大家依然可以看到这种学术不端行为，即便是档案学这个相对边缘的学科中的严重程度。如果按照中国人民大学研究生院的有关规定，学位论文"文字复制比"达到 30% 者直接取消其答辩资格，那么上面被 AMLC 检测到的作者应该庆幸自己被检测的文章不是学位论文，更没有落到那些没有人文情怀的学校管理者手里。同时似乎也应该感谢《档案学通讯》独立忍受了来自 AMLC 检测的"羞辱"，而没有向这些文章作者提出"赔偿"——因为在我们编辑眼里，这些问题的发生的确有自己无法开脱的责任。也可以说，是我们自己"纵容和包庇了这些学术不端行为"。

行文至此，开头那些宏大叙事、似乎与我们学界无关的社会话题还真的与我们有关。甚至不是仅仅存在理论的相关，而在是事实上与我们自己、我们学界、我们刊物密切相关。既然大家"围观但不能幸免"，就不如尽早采取一些自救措施。比如，作为办刊人，目前容易操作的无外乎尽量减少或者严格审读多作者的文章，尽量不去涉及那些似懂非懂的问题。更重要的，就是在发稿之前先用 AMLC 检测一遍——从源头上挽救我们的学者和我们自己。

（原文地址 http://blog. sina. com. cn/s/blog_54b75c030100pybu. html 成文时间 2011 - 04 - 05）

台北·518

来到台湾两天了,终于等到"正事"——参加研讨会。

5月18日中国期刊协会代表团全天参加"两岸数位出版创新研讨会",这也是我们此次来台的主题活动。会议在李敖大师的母校台湾大学集思会馆的苏格拉底厅举行,共有五位主讲人。

第一位是来自大陆家庭期刊集团的董事长文建明先生,他就"数字化时代大陆传统期刊面临的挑战和机遇"讲述了中规中矩的观点。比如,面临的问题啦、有何挑战啦、对策一二啦,连最后的话也没有什么新意——谢谢各位了!

第二位发言的是新周刊杂志执行主编、网络达人封新城,讲的是比较新潮的微博话题。其闪光点是他推荐的"微博法":早安体、整合体、调查体、公益体、小栏目、虚拟非人类(即他们杂志微博里的"新闻猫")。他自己号称在微博上办公,未来纸媒是@的赠品。

第三位主讲的是猫头鹰出版社社长陈颖青,他认为应该从作者和读者之间的环节来分析传统媒体和新媒体的功能、状态。由于网络的出现,过去出版社的工作被边缘化、变得不重要了,甚至未来人人都可能是出版家,作家的独立性被伸张,并且说国外的数据表明数字出版呈现上升势头。结论是出版产业已经在改变,我们的应对只能是"自我取代",完成从内容为王到网络服务的转变。

第四位发言的是台北市杂志商业公会的理事长俞国定先生。他除了放"案例宣传片"之外,还为大家传递了这样一种信息,即"为过去服务还是为未来服务?"在比较了新旧媒体的情况后,他提出我们是卖酒不是卖酒瓶的观点,并认为今后纸的东西不会消失,但必须完成从贩卖内容向贩卖服务转变。他自我调侃的一句话耐人寻味:"读书不必太认真,所以今天做出版"。这难道不是说我吗?

最后一位发言为新媒达人林之晨,据称他几乎从事过全部主流类型的新媒。其发言的线索为:虽然内容为王,但大家需要"内容"而不打算付钱。由于内容过剩和边际成本为零,根据经济学的原理,"内容的价值"=两者的积,也应该为零。因此,内容的固有价值(聚众、建立品牌和影响力)实现的商业模式,即为电子商务、实体活动、游戏、CPA/CPS(读书—写书评—连接书店—分成)和 A 级娱乐(服务)。成功的媒体并不是 iPhone、iPad 和纽约时报模式等,而是需要建立一种即时(快捷性)、资讯(独特性)、社群媒体、双向(激发讨论)、科学(有分析和反馈,符合大家胃口)、社会化(使读者值得谁在什么地方读什么)、情景地点(当地新闻)、装置、方便和云端同步的全新媒体。他最后建议大家关掉纸质媒体。

我对他的提问则讲了"我的信心"——既然大家都必须关门,那像我们刊物这样的"古董"终于可以与那些前卫的纸媒一样了,但接下来的问题是,我们如何让那些比较贫困的、连看纸媒习惯都没有的人群接受"全新媒体"呢?难道是用大家"关掉纸质媒体"节省下来的钱为他们配置一些新设备吗?

大家没有答案。

(原文地址 http://blog. sina. com. cn/s/blog_54b75c030100rm1l. html 成文时间 2011 - 05 - 18)

第五部分　闲日漫谈

学者的背影

今年暑假之前,南方某著名大学的一位知名教授到北京来参加一个会议。无意之间谈到,他现在的主要精力都是在做"项目"。我觉得,所谓"做项目",不过是一个冠冕堂皇的说法,其真实的内容大家都心知肚明——就是在"做生意"。

平心而论,这位教授及其他所在的那所大学还是在国内有相当知名度的。给我印象深刻的是,在上个世纪 80 年代末,那所大学的一位学者曾经写出过一篇叫做《理性的呼唤》的文章。到目前为止,这篇文章与《黄土地 高围墙》一起,堪称新中国档案学界的"并蒂莲花"和"压卷之作",使当今的学者难以望其项背。可惜的是,当时的学术环境,包括一些所谓的"前辈",并没有给予那位学者"生存的空间"。据说那位很有才华、当时也很年轻的学者,在重压之下弃学从商——用现在的话说,就是做生意或者"做项目"去了——给学界留下了一个"学者的背影",使大家欷歔不已。

历史学界的先知曾经不知道多少次告诉世上的凡人,历史总是惊人的相似,甚至七八年就可以再来一次轮回。现在那所大学的另外一位学者又紧步前辈的后尘,去践行"先知"们的科学预言。能够亲眼看到这种现象发生,对于我等凡夫俗子而言,真的说不清是一种"三生有幸",还是一种不幸——也许这些都不重要,重要的是在一所房屋倒塌之前及时逃脱,从客观上看,应该算作不幸中的万幸。

其实,我国的档案学界能够让大家欣赏到成功地弃学从商的"学者背影"并不多。目力所及,更多的是一些弃学从政或者希望弃学从政的"学者背影"。除了兢兢业业地在自己的"一亩三分地"里经营的以外,还有不惜跨越地域的限制,到其他人的"一亩三分地"里谋求发展的教授学者。我实在无法猜测,在这些学者的内心深处,究竟是希望自己过去的"学术成果"成为今后弃学从政的"垫脚石",还是希望弃学从政并谋取了更多的"资源"之后,用自己的"衣锦"去滋养那块"黄土地"呢?

然而,无论今后发生的事情是个什么样子,这些学者还是曾经为档案学界留下了美丽的"背影",大家确实没有必要非得绕到开屏孔雀的背后——去看个究竟。

（原文地址 http://blog. sina. com. cn/s/blog_54b75c030100es9y. html 成文时间 2009 - 09 - 12）

“国内一流”

　　俗话说“不想当将军的士兵不是好士兵”，而我却在参加“高考”的当天欣赏过一个叫做“好兵帅克”的影片，在我已经非常模糊的记忆中，那位“世界知名”的“好兵”似乎从来就没有“当将军”的想法。之所以“唤起”这段遥远的“记忆”，是因为有关方面又一次把创办“国内一流”期刊的“想法”，摆在了我这个“老兵”的面前。

　　我在以往的文章中不止一次地表达着这样一个观点，那就是如果从办刊人的角度，恐怕没有谁是不想“自己的孩子”成为“国内一流”甚至“国际一流”的。但是，问题的关键有时候并不取决于自己有什么“远大的理想”和“崇高的追求”，而是在于自己孩子的遗传基因和成长的环境。打一个不太恰当的比喻，我们就是把一头小猪崽送往中国大熊猫培养基地，它恐怕最终也无法“国内一流”；当然，如果是在野外救助一只熊猫幼崽到中国大熊猫培养基地，那就另当别论了。

　　不过最近“学习”的机会多了，我倒是从一些“高人”那里听出了一些“曲线救国”的门道——据说不久以前，一家宠物店的老板突发奇想，将自己养的一只松狮狗打扮成了熊猫的模样。你别说这一招还真灵，不但吸引了公众的眼球，最终还“惊动”了野生动物管理部门，好一个“国内一流”了得！这个“熊猫事件”给我们办刊人的最大“启示”，就是可以通过“改变”外形的方式，使“自己的孩子”貌似“国内一流”——现在那些推广“XC”、“XI”的“专家们”其实就是在“教唆”大家把松狮狗打扮成了熊猫。

　　如果从专业的角度看，“把松狮狗打扮成了熊猫”不存在任何技术上的障碍。特别是在出版印刷“事业”飞速发展的时代，把一本没有什么内容的出版物从形式上“做成”“世界经典”不过是“举手之劳”，唯一需要“付出”的就是费用——用老百姓的话说：“砸钱就是了！”然而，我所担心的是，当读者拿到了如此形式的“世界经典”之后，心里当时乃至今后是怎样看待包括出版物在内的“精神产品”的？他们会不会“片面”地认为，我们这些出版人和自己的出版物一样，是“金玉其外，败絮其中”呢？如果真是那样，那我们制造的不过是又一个“国内一流”的笑话。

　　（原文地址 http://blog. sina. com. cn/s/blog_54b75c030100fzkw. html 成文时间 2009－12－10）

共 同 创 作

我早就说过，媒体的编辑不宜"工作"过长时间，必须经常"替换"，否则许多"新闻"就无法再成为新闻了。这不，此话又一次被应验——最近被媒体曝光，吉林省文联摄影家协会常务副主席桑玉柱的四幅照片，涉嫌冒用他人作品。经组委会慎重研究，决定取消桑玉柱第八届中国摄影金像奖获奖资格。桑玉柱对处理依据不满，称"共同创作"是潜规则。

其实，这种情况在包括学术界在内的其他领域，已经属于见怪不怪、可以造成人们充分审美疲劳的"常识"了。之所以"常识"还可以成为新闻，恐怕多少有一些少见多怪的媒体及其从业人员的因素。没办法，我们总得让人家吃饭不是，在金融危机还没有完全过去的当口，"救人一命，胜造七级浮屠"，得饶人处且饶人吧！

然而，对于"共同创作"本身，至少我的"容忍程度"是有限的。因为根据自己的写作经验，"合作作品"是一件非常困难的事情。既然"非常困难"，就不应该非常普遍；反之，如果"非常普遍"，就说明非常不"困难"——在我们所谓的学术界，目前这种"非常不困难"的现象几乎比比皆是——有的时候，是学生写了文章在自己名字的前面署上导师名，时间久了，导师就成为了这个学生文章署名的"定冠词"；有的时候，先生比较"厚道"，学生就将其署在自己名字之后，时间久了，先生的名字就成为学生文章署名的"后缀"。如果有人问到这些文章的作者，他们都会非常谦虚地说，是自己的"导师"或者"先生"为自己的文章提供了思路、框架、润色和发表渠道，所以理所当然地应该有这些"定冠词"和"后缀"。

但是，根据我"孤陋"的"寡闻"，在我国《著作权法》中，上述说法都不是作品署名的依据，或者说得再明确一些，那些"定冠词"和"后缀"都涉嫌违法。当然，鉴于我国各级监狱的紧张状况，这些"涉嫌违法"的家伙，就不一定亲自光临"狱所"了。这就像并不是所有的小偷都被警察抓住而受到应有的处罚一样，并不能因此改变小偷的违法现实，至少他们应该受到社会舆论和道德的谴责。

我也不知道为什么，每当自己看到或者听到这些"共同创作"的节目时，就会想到一种叫做"三句半"的大众娱乐形式——有四个家伙往台上一站，然后前三位各说一句囫囵话，留下半句给最后那个人。于是，就有了类似下面的"台词"——

学术成果大家干，老板在前我后垫，世界一流咱创造，扯淡！

（原文地址 http://blog. sina. com. cn/s/blog_54b75c030100ggnb. html 成文时间 2010－01－18）

秘书的学问

近一段时间,由于听老米"口述历史"和整理"录音"的缘故①,使我联想到一个容易发生"歧义"的概念,就是"秘书的学问"。如果"世事洞名皆学问,人间练达即文章"的说法成立,那么,"秘书的学问"登堂入室也没有什么值得可以大惊小怪的。

在所谓的学术领域,自1980年代李欣等老先生不断发表"学术见解"、创办学术期刊和奔走呼吁"成立秘书专业"的时候算起,"秘书的学问"这门新兴学科已经"发生"二三十年了;如果追溯我国历朝历代的"官宦之学",那"秘书的学问"应该称得上历史悠久、学渊深厚了。至于有多少人直接或者间接地得益于"秘书的学问",恐怕连统计局的官员都无法算得清楚——保守地说,有个成百上千亿可能不算过分吧!

在社会生活中,将"秘书的学问"视为洪水猛兽的人有之,把"秘书的学问"看作"秘籍宝典"的人有之。但是,不论人们爱也好、恨也罢,在为人处世方面多少都受到一些"秘书的学问"的影响——因为这门学问根植于我国传统文化太深了,所以决不是"爱、恨"这样的非理性因素可以左右得了的。因此,大家往往会看到一些刚刚"痛斥""秘书的学问"的人,闭上嘴之后活得怎么看怎么像秘书。

其实,至少我是这么认为的:秘书不过是一个"管理职位",通俗地说可以将秘书看作一个"行政助理";他们的存在,主要就是为了对处于领导职位的人提供服务或者帮助的。也就是说,如果没有"领导",就一定无所谓"秘书"。至于处于秘书职位的具体分子是否"尽忠报国"还是"以权谋私",应该与这个职位没有直接的关系。不然的话,人们就不会看到那些"出身贫寒"的贪官和"品学兼优"的暴君了——我想没有谁会愚蠢到为了杜绝性犯罪而为每一个有可以出现此种可能的人做绝育手术的程度。

当然,谁也不能否认有些人"利用职务之便"去做一些见不得人的坏事。然

---

① 见本书"没有告别"部分的《老米》和《健桥听风》。

而至少我认为,这些问题大多数是属于制度、体制和机制的问题,只能通过"制度、体制和机制"的方法去解决,而不能将孩子与洗澡水一起倒掉。因此,"秘书的学问"应当是一门当之无愧的学问,秘书职位也应该是一个需要人们尊重的职位。

（原文地址 http://blog.sina.com.cn/s/blog_54b75c030100gqjp.html 成文时间 2010－02－07）

又见"集成"

在新编发的文章中，又有一篇涉及"集成"的论文。在一些业界的作者看来，只要一"集成"，所表述的理论和方法似乎就"上了一个台阶"，至少又可以将"老酒"在"新瓶"中晃荡几下了。

我在上高中的时候，有一项物理课的"实验"是分组安装半导体收音机。最初的线路设计大多是由实验者（学生）自己搞的，因此虽然大家用的二极管、三极管、电阻、电容什么的基本一样，但是结果却大不相同——有的组安装的收音机可以"发声"，有的组的收音机则干脆就是一堆废元件。后来老师将实验条件升级，每个组都配发了一块"集成线路板"，大家不必在"线路的设计"上再费周章，只需要按图索骥，将元件们焊到指定的位置就可以了。这样一来，"实验"的成功率大大提高——如果套用现代作者的"理论"，这个功劳非"集成"莫属。

21世纪初，我跟着一位美国先生学习项目管理，在 PMI（美国项目管理协会）推荐的《项目管理知识体系指南》(*A Guide to The Project Management Body of Knowledge*)中，就有"项目集成管理"(project integration management)一章。其基本界定为"确保各种项目工作和项目的成功要素能够很好地协调与配合，以及相应的管理理论、方法、工具"，具体包括项目计划制定、项目计划执行和综合变更控制。说白了，就是要求项目的管理者能够从项目的整体上去考虑管理的问题，因此在项目管理的不同版本中"项目集成管理"又被翻译成"项目整体管理"或者"项目综合管理"。

可能由于多年从事管理学研究和教学的缘故，我始终认为所谓的"项目集成管理"是项目管理九大领域中最没有特色的一块。道理十分简单，因为任何管理，如果还可以称其为管理的话，都必须从计划、执行和控制三个方面"综合考虑"。说得极端一点，如果没有这种"综合考虑"，管理学基本上就被颠覆了！再说得极端一点，这种"综合考虑"理论或者"思想"在管理学中基本上可以算做"常识"，如果今天有人把常识当作学科"创新"，一定不要让管理学界"知道"！不然的话，这岂不是又一个"无知而无不知"的大笑话！

（原文地址 http://blog.sina.com.cn/s/blog_54b75c030100gv7j.html 成文时间 2010-02-21）

写在学问边上

152

《PMBOK》

一

《PMBOK》是 *A Guide to the Project Management Body of Knowledge*（《项目管理知识体系指南》）的简称，它的制定者为美国项目管理协会（Project Management Institute—PMI）。PMI 从 1984 年开始研究、编写《PMBOK》，1996 年推出并投入使用，其后每四年进行新版修订。

在以《PMBOK》为蓝本制订了 ISO10006 标准的一整套项目管理的程序、技术、工具和方法中，包括了项目集成管理、项目范围管理、项目时间管理、项目成本管理、项目质量管理、项目人力资源管理、项目沟通管理、项目风险管理和项目采购管理九大领域，几乎涵盖现代管理学科的所有方面。与国内一些管理学经典"大而无当"不同的是，《PMBOK》的内容以实用和操作为主，基本上可以被当作项目管理的操作手册或者使用说明书。令人匪夷所思的是，这样一个"使用说明书"居然可以在世界上大行其道，成为被各国认同的项目管理"行业标准"。仅以我们国家的情况为例，每年在 PMI 注册参加 Project Management Professional（即 PMP）考试的人就数以千计，尽管通过者寥寥，但是大家还是有点趋之若鹜，使一些以此为生的"买办机构"也趁机赚得盆满钵满。

另外，自从《PMBOK》传入中国以后，有关项目管理的书籍就在我们这个古老的文明国度遍地开花——国人似乎一夜之间从项目管理中得到"创作"的灵感。在如火如荼的项目管理出版大潮中，既有经典之作，也不乏平庸之书。但是，从根本上讲，却都是市场经济使然。也就是说，是市场的需要成就了项目管理图书的盛行：想想身边那些"项目不离口，经费不离手"的大师，再看看那些满世界找食吃的"项目经理"，书商们是决不会放弃这种"搭车"机会的。

然而，《PMBOK》毕竟仅仅是一本美国的"考试指南"，不可能也不会立即变为国人的"致富手册"。在我看来，《PMBOK》的编写者极有可能是在传递一种管理文化，一种实实在在做事的生活态度和工作习惯，因此，是属于需要静下心来读一读的东西——着急吃不了热豆腐！

（原文地址 http://blog.sina.com.cn/s/blog_54b75c030100gy5y.html 成文时间 2010－02－27）

二

实事求是地说,与许多热销的管理学书籍和在火车站、飞机场可以"见到"的管理大师相比较,《PMBOK》只能算作一种过气的东西,甚至在众多的项目管理读物中它的知名度也不算高,这也许与目前国人或者学人的心态有关——想想也是,现在谁还会关心"猴变人"的问题。

正是在上述氛围和心态的作用下,一些所谓的管理大师便应运而生:仿佛谁的话新潮、谁的话"雷人"、谁的话带着一点儿洋味,谁就可以在学术界"风骚"一下。于是乎"集成"到处是、"范式"满天飞,如果你的文章中没有了这些玩意,好像连自己都不好意思投给"核心期刊"。大家千万不要产生误解,我并没有说"集成"、"范式"不可以登大雅之堂,更没有说文章中有"集成"、"范式"的人都是傻瓜,而是希望大家在装饰自己"嘴巴"之前多少做一些功课,不要再闹出某员外"七月流火"的笑话。

具体地讲,大家在引述一些新潮概念的时候,一定要事先弄清楚这个东西是什么人在什么语境中说的,它的本来意思是什么,然后再进行发挥、继承、创新也不迟。比如在《PMBOK》中就有对项目管理的"九大领域"的基本界定,甚至包括"逐步细化"的操作程序,都可以成为管理学界共同交流的基础。你可以对此提出质疑,但是在"质疑"之前最好读一读"原著";你可以对此不屑一顾,但是在"不屑一顾"之前最好把自己的裤裆缝结实,以免发生不测。

此外,我向大家推荐《PMBOK》另一个理由,在于它"无意"之中传递了一种管理人员的养成方式。也就是说,《PMBOK》在为"应试者"提供方便的同时,似乎在"训练"未来的管理者养成一种习惯,即每当遇到一个管理事件或者项目的时候,你便可以着眼于"输入—转化—输出"。这不是跟大家开笑话,而是在《PMBOK》中被赋予了具体内容的东西:所谓"输入"就是你"干活"的条件和依据,所谓"转化"就是你"干活"的技术和方法,所谓"输出"当然就是你"干活"的结果。

大家可以设想一下,如果自己经过这样的反复训练——九大领域、若干模块,你再遇到一个管理事件或者项目的时候,你的意识行为就已经被内化为一种反应行为和习惯行为;当一个人可以用"反应行为和习惯行为"去应对管理事件或者项目的时候,他的"管理效率"就会大大提高。

我个人认为,"传递了一种管理人员的养成方式"才是《PMBOK》的魅力所在!

(原文地址 http://blog.sina.com.cn/s/blog_54b75c030100gzwe.html 成文时间 2010-03-02)

写在学问边上

154

读 门 记

近半个月以来,我处于一种近乎疯狂的论文阅读状态。虽然还没有达到"疯狂死"的境界,但是用天昏地暗、头蒙眼花来形容一点也不过分。就在这不经意之间,外面的世界下雪了,刮风了,小草、小树要发芽了,有位局长陷入"日记门"了……

自然界也许就是这么"无情",它无情地告别了过去的时光,还无情地将公民韩寒和某市政协前主席所赞誉的韩峰局长诉诸了法律。当然,就在我"天昏地暗、头蒙眼花"期间,有关韩峰局长"日记门"的文字已经可以编写一部大百科全书了——没有你想不到的,只有你不知道的!因此,今后似乎任何关于"日记门"的文字都基本上属于"嚼人家吃过的馍",或者属于没话找话的范畴——说白了,现在大家也只剩下欣赏"日记"的权利了。

研究我们这个学科的人都知道,这个学科有一个光荣的学术传统,就是当别人说的时候我们慢半拍,当别人都不说了的时候我们还在说,而且大有"坚持基本路线 100 年不动摇"之势。这不,眼看着别人都撤了,剩下这么大的"门"如果我们不去"填补空白"真是有点辜负了上苍创造了 DAX——既然天降如此大任于我们的学科,我们再不说点什么,那就太对不起观众了——

"竹板这么一打呀,咱别的先不夸,单说说韩局长的日记是怎么'泄露'的。是怎么'泄露'的?怎么'泄露'的?上网那么一看,大家就知道啦!大姐您别笑,咱不是逗您呐;小妹你不信,回家问妈妈……"

好了咱们不开玩笑了,从"韩峰局长日记门"事件当中,按照我们学科的角度观察,恐怕有一个"电子文件的安全性和真实性问题"被人民群众和各级领导忽视了。如果我没有记错的话,原来负责央视读报节目的那个结结巴巴的主持人也是由于自己的什么照片被"不法分子"从电脑中弄走而"两败俱伤"的。同样是"电子文件",同样是在自己的"电脑"里,这难道是巧合吗?

看来我们这回真的是踩住了老鼠尾巴,下面要么让老鼠反咬一口溜走,要么置老鼠于死地——趁着专业灭鼠人员还没来,咱这回可要想好了,下次赶上这种机会,据说要 500 年之后啦!

(原文地址 http://blog. sina. com. cn/s/blog_54b75c030100h9tu. html 成文时间 2010 - 03 - 18)

树 大 招 风

最近汪晖先生一定比较郁闷,因为他的成名作《反抗绝望——鲁迅及其文学世界》被指涉嫌"学术腐败"——抄袭和剽窃问题。在国内一家很有名望的报纸上发表了王彬彬长达一万五千多字、题为《汪晖〈反抗绝望〉的学风问题》的文章,细致、周详地讲述了这件事情的"来龙去脉"。当然,这与有些报纸"发表"我的三四百字的文章还将名字写成别人相比,已经不能不说是"大手笔"和树大招风了。

据王彬彬文章介绍,《反抗绝望——鲁迅及其文学世界》这篇以博士论文为基础的出版物有四个版本:1990 年台湾久大文化股份有限公司繁体字版、1991年上海人民版、2000 年河北教育版和 2008 年北京三联版,而且被作者称为是自己"个人的学术生涯的起点"。但是,如此重要的学术作品却出现了"经常性的文理不通"和"刻意追求晦涩"等问题;更令人匪夷所思的是,文章少有作者自己独创性的观点,仅仅依靠"将一些常识性的观点,用晦涩的方式重说一遍"和不加说明地"借助他人的理论"写作而成。

凭借我浅陋的学识,如果汪晖仅仅是上述"两重罪"的话,那与当今的一些"学术大官"相比连"小巫"都算不上,充其量也不过是写作手法幼稚和文章不合乎"学术规范"而已。远的就不用说了,我们哪个"写文章的"在"入行"的时候没有临摹过前辈的作品,哪个敢说自己的文章字字句句都是"原创"?说句危言耸听的言论,如果汪晖可以依据上述"两重罪"判个三年五载,那么我们国家的所谓"学术论文"恐怕 99% 都必须枪毙。

然而,大家不要和我一样性急,王彬彬的文章在"常识"层面之外还抖出了另外一些"猛料",即《反抗绝望——鲁迅及其文学世界》存在"剽窃和抄袭的现象"。这些现象包括"搅拌式"、"组装式"、"掩耳盗铃式"和"老老实实式",并且在概括了四种方式的要点之后,分别详细地列举了《反抗绝望——鲁迅及其文学世界》与李泽厚《中国现代思想史论》(东方出版社 1987 年版)、李泽厚《中国近代思想史论》(人民出版社 1979 年版)、[美]勒文森《梁启超与中国近代思想》(四川人民出版社 1986 年版)、[美]林毓生《中国意识的危机》(贵州人民出版社 1988 年版) 和张汝伦《意义的探究——当代西方释义学》(辽宁人民出版社 1986 年版) 的相同和相通之处。

问题看来严重了！在公众心目中如此严谨的学者，却遇到了更加严谨的学者的如此严谨的批评，这似乎已经不能用幼稚、不规范来搪塞，而是需要有一个与此相匹配的讨论平台。但非常遗憾，我至今也没有想清楚那应该是一个什么样的"平台"，也许需要为这个事件建立一种假说，把这个"假说"放到瓶子里任其在大海中漂流，或者封在坛子里埋入地下——把问题留给未来吧。

(原文地址 http://blog.sina.com.cn/s/blog_54b75c030100hi1x.html 成文时间 2010 - 03 - 30)

摩 托 罗 拉

摩托罗拉公司成立于 1928 年,1947 年改名为 Motorola,世界财富百强企业之一,是全球芯片制造、电子通讯的领导者。该公司于 1987 年进入中国,首先在北京设立办事处,于 1992 年在天津注册成立摩托罗拉(中国)电子有限公司,目前主要产品有手机、对讲机、无线通信设备、汽车电子等,产品销售到中国和世界其他市场,是中国最大的外商投资企业之一……

虽然我的手机就是这个牌子的,但是,如果大家认为我将为这家公司写"软广告",那么我可以非常遗憾地说:"恭喜你答错了"——因为我们刊物目前还没有与摩托罗拉公司合作的计划。倒是若干年前,有一个未经证实的"广告文案",让我比较感兴趣——

[镜头 1]一辆飞驰的摩托车开进一望无际的沙漠,扬起直扑镜头的"烟尘";

[镜头 2]摩托车发生了故障,倒地,车手摘下头盔,望着无边的沙漠,一脸无奈;

[镜头 3]一位老农赶着一辆骡子拉的大车,车上"装着"车手和他的摩托车向沙漠的边缘走去……同时,画面外响起了一个深沉的男低音:再好的摩托,也要骡拉!

当然,我至今也不知道有哪个媒体发布了这个广告,更不知道这个广告对摩托罗拉公司各种品牌的产品是否真的可以起到促销的作用,可是我却隐隐约约觉得这个"广告"与我国某些社会现实非常接近,甚至可以为某些前卫领域"代言"。比如,在与上面这个"广告文案"同期的若干年前,一些政府机关热衷于引进国外知名品牌的电子设备,一窝蜂地效仿西方国家建立自己的网站,并美其名曰"电子政务"。在一些人的眼里,似乎只要解决了摩托这样的"硬件"问题,我们一夜之间就可以"现代化"的与国际接轨了。

若干年过去了,那些当时还算"领先"的硬件设备已经到了更新的时候,然而在"电子"下的"政务"依然是"躲猫猫"不断、"喝水死"经常,甚至还会时常发生因网络议论获罪的"跨省追捕"的情况。即便是那些没有出什么事的"电子政务",大多数也与路边的平面广告牌没有多大区别——除了自堵就是为别人添堵。也许在这个时候,当初忽悠别人和被别人忽悠的人应该觉醒了——在这个内容为王的时代,如果没有运行良好的"政务",再好的"电子"也是白搭。

就像上面这个"广告文案"中设计的那样,在一望无际的沙漠里,"再好的摩托,也要骡拉!"

(原文地址 http://blog.sina.com.cn/s/blog_54b75c030100i1zz.html 成文时间 2010 - 04 - 26)

WORD

想必今天大家对 WORD 都不会陌生,因为它已经成为文字处理的代名词——我现在"敲击"的文本就是在 WORD 中进行的,因此谁也不会怀疑这种"全盘西化"的东西在国人生活里的地位,更无法想象有一天 WORD 突然"离开"我们会是一种什么感觉。

可是就在十余年前,WORD 至少对于我来说还是一个十分前卫的概念。好像就是在上个世纪的最后几年吧,我参与了中国教育部考试中心与英国剑桥大学考试委员会共同设置的"剑桥办公管理国际职业认证"项目,在其中的核心课程里就有"文字处理"。当时这门课程对办公室人员的要求为:"有效使用打字机或文字处理机"和"WORD 的使用及商业文档的制作",主要包括:初识打字机及字处理机、正确使用键盘的鼠标、提高输入速度和精确度、文件的存档保管、选用合适的帮助资源,以及准确地生成 WORD 文档、校对和更正文本、商业信函的格式及其他文件的写作,负责这个科目培训的教师非常受人欢迎。

作为负责这个项目另外一门核心课程——办公室管理的我,当时对 WORD 基本上属于"七窍通了六窍",即便是必须提交 WORD 的文本,也需要先用手在纸上写好后再慢慢地录入规定的格式。不怕大家见笑,如果我一开始就在 WORD 环境中干活,那就不是提笔忘字的问题了,基本上是提笔忘意——我的大脑当时不能同时处理"录入方式"和"文章结构"两个问题,因此我当时对 WORD 也是心存敬畏的。不过还好,WORD 的发明者一定是在设计的时候就考虑到像我这样大脑能力和内存都有限的个体需要,很快就有了类似可以让白痴成为毕加索的"录入方式"。

当然,在 WORD 环境中还是存在一些"像我这样大脑能力和内存都有限的个体"需要不断克服的问题——就在昨天,我重装后的扫描仪突然显示计算机中没有安装 WORD、不能转化文字。经过一番试验,我惊奇地发现扫描仪所应用的 RTF 格式与计算机中的 WORD 是一回事——这回,我终于没有被洋鬼子再次忽悠了。

(原文地址 http://blog. sina. com. cn/s/blog_54b75c030100i4qn. html 成文时间 2010 - 04 - 30)

陈　词

我原来以为，一些诸如老观念、老想法的"陈词"是中老年人的专利，特别是在社会飞速发展的今天至少不应该与年轻人有什么瓜葛。但是，我的这种想法被最近的一次实践证明是不正确和错误的。

在前些天我与某学校研究生的座谈中，一些年轻学子所表达的想法使我对时间的概念产生了怀疑——因为这些想法及其表达，正是我在几十年前从一些更老的人员那里"听到的"。比如，认为档案馆的馆藏结构不够"优化"，认为档案应该收集老百姓喜闻乐见的东西，等等。这些想法能够存在几十年或者更长的时间，不能不说"它"有一定的"道理"：大家不妨设想一下，如果我们档案馆中保存的都是国家珍宝，档案人员就不会像现在这样没着没落了。

然而，这种"陈词"至少存在一些"立论"的缺陷——

首先，社会职业的存在，从根本上说是一种劳动分工使然。有工人农民就有士兵官员，有学生教师就有门卫保安，有国家政要就有凡夫俗子……每一类人或者一个职业背后都是一种特定的社会功能和资源，是一种经过千百次博弈形成的较为稳定的社会结构，一旦"捞过界"成为一种常态，社会就发生"动荡"。

其次，档案馆的馆藏是否需要"优化"，必须经过对现有资源进行科学的分析。即若干年来积存在档案馆中的"档案"究竟是一种什么资源？这种现实的资源究竟有什么用途？有没有数据可以支持这些档案在来源、构成、利用和保管成本之间的关系？在没有资源确认和数据分析的前提下，任何结论都不过是一种臆想。

最后，正确认识档案馆的功能比追求"时尚"更重要。从档案馆出现在世界上之后，这个机构似乎就不是一个"时尚"和"热点"机构——它更多的是以一种历史的沉重感出现在人们面前的。正像国际档案理事会前秘书长凯斯凯姆蒂博士所说的那样：如果一个国家的档案馆"非常热闹"，则说明这个国家处于"非常时期"；而在我看来，"非常时期"一定不是一个正常的时期，就像所有的"时尚"和"热点"都不可能长久一样。

当然,包括现实和未来档案人员在内的所有人,都有追求幸福的权利,都有提升自己职业社会地位的信心。而我所希望和表达的是,这些权利和信心的实现需要一种对过去清醒的认识和对未来建设性的思维,总依靠一些"旧词翻唱"恐怕很难达到理想的境界。

　　(原文地址 http://blog. sina. com. cn/s/blog_54b75c030100ib2v. html 成文时间 2010－05－10)

"沙龙"随想曲

5 月 23 日我院的 2009 级博士生举办了一次博士沙龙,由于"档期"等原因,我没有能够出席正式活动,但却参加了正式活动后的晚餐。从 DAX 上的消息看,这次沙龙围绕着跨学科意义及其悖论、档案学范式及其变革和文件与知识管理三个主题展开,除研究生外学院的几位教授也应邀参加了活动。

出于好奇,我在百度上搜索了一下,发现"沙龙"一词原来自法语 Salon,原指法国上层人物住宅中的豪华会客厅。在 17 世纪,巴黎的名人(多半是名媛贵妇)常把客厅变成著名的社交场所。进出者,多为戏剧家、小说家、诗人、音乐家、画家、评论家、哲学家和政治家等。他们志趣相投,聚会一堂,一边呷着饮料,欣赏典雅的音乐,一边就共同感兴趣的各种问题抱膝长谈,无拘无束。后来人们便把这种形式的聚会叫做"沙龙",并风靡于欧美各国文化界。

正宗的"沙龙"有如下特点:(1) 定期举行;(2) 时间为晚上(因为灯光常能营造出一种朦胧的、浪漫主义的美感,激起与会者的情趣、谈锋和灵感);(3) 人数不多,是个小圈子;(4) 自愿结合,三三两两,自由谈论,各抒己见。沙龙一般都有一个美丽的沙龙女主人。沙龙的话题很广泛,很雅致;常去沙龙的人都是些名流。大家在欧洲电影、小说和戏剧中经常会看见富丽堂皇或典雅精致的沙龙场面。20 世纪的二三十年代,中国也曾有过一个著名沙龙,女主人就是今天人们还经常提起的林徽因,可见这种社交方式早就传到了中国。

如此看来,我院这次沙龙不仅可以证明沙龙"传到了中国",还可以证明沙龙也"传到了中国档案学界",并且首次举办就暗合了经典沙龙的许多特质,比如"多半是名媛贵妇",其中当然也不缺乏"一个美丽的沙龙女主人"等等,应该说具备了一个很高的"起点"。但是,如果认真一下,我院的沙龙还是存在一些可以改进的地方:择其要点就是要创造一个"志趣相投,聚会一堂"和"自由谈论,各抒己见"环境。为此,有的专家提出的"去教师化"应该不失为一种理性的尝试——因为只有"去教师化",研究生们才可能"无拘无束,抱膝长谈"。

另外,我还听说这次沙龙由于"投资"的原因具有一定的"官方"背景,这可能会多少影响沙龙的气氛。特别是当沙龙也有了类似"致辞"、"总结"等程序的时候,可能就会落入"会海"的俗套。有鉴于此,我建议今后的沙龙不但要"去教师化",还要"去行政化",可以由一些民间组织或者民间人士"赞助"(费用可以向某网站申请),最好每季度"定期举行";至于是否制造"一种朦胧的、浪漫主义的美感,激起与会者的情趣、谈锋和灵感"则要看"美丽沙龙女主人"的风格。

顺便告诉大家,在查找与沙龙相关的语句时,我还发现了当年以色列总理住院时的一个学生造句:"沙龙大肠(长)今被切去半米",而当年国人眼中的"韩星"正是那位大长今——一位足够"美丽的女人"。

(原文地址 http://blog. sina. com. cn/s/blog_54b75c030100io46. html 成文时间 2010-05-26)

风 险 漫 谈

　　社会生活中存在着许多不确定性,其中有些"不确定性"会给人们带来一些麻烦,于是"风险管理"应运而生。当然,与其一起生出来的还包括它的"马甲"——危机、应急、突发事件管理等等,一时间"风险管理"的大师大有取代"风水管理"大师的派头,让我们这些"抱着金饭碗还在要饭吃"的人好生羡慕。

　　其实,在管理学的语境里"风险"不过就是自然状态出现的概率。所谓"自然状态"是指管理者可能会遇到、但自己不能左右的事件。比如,大家出门的时候可能会遇到刮风、下雨或者头顶烈日等"事件",这些事件是大家不能"左右"的,因此它们都属于"自然状态"。如果说大家应当有所作为的话,那就是"下雪就要穿棉袄,天晴别忘了戴草帽"——在管理学中,人们对应"自然状态"所采取策略的过程就叫做决策。

　　细心的人可能会发现上面的叙述中存在一个问题,那就是人们为什么选择"穿棉袄"和"戴草帽"? 准确地说,人们怎样在出门之前就知道会"下雪"或者"天晴"的呢? 这就是"风险"的管理学原意,即人们选择"穿棉袄"和"戴草帽"是根据"下雪"或者"天晴"出现的概率,这种概率既可以表现为人们的"经验",也可以表现为数据——在天气预报中,大家听到的就是"下雪"或者"天晴"的概率。

　　由于在人们的习惯中,一提到风险就会认为是"负面"或者"消极"事件,所以风险管理就成了消灾免祸的"预案"。特别是在一些大师的忽悠下,人们觉得既然"风险"无处不在,那么"风险管理"则铁定应该是多多益善了——从破财免灾的巫术到措辞严谨的论文,从铺天盖地的图书到庙堂大殿的法规,在人们的神经被一次又一次的紧绷之后"风险管理"几乎成为无孔不入的最大赢家。然而,大家遇到的"风险"并没有因为"风险管理"的存在有减缓或者消失,却是以"道高一尺魔高一丈"的态势发展,人们在"破财"之后未必能够"免灾",还可能会由于"破财"变得雪上加霜。

　　造成这种状况的原因有很多,但是,如果从风险管理本身来考量,它的确存在一个大小排序问题,也存在"性价之比"的问题。也就是说,不是所有的风险都需要"管理"的，任何的"管理"都意味着成本；不是所有的风险都可以"化解"，任何的"预案"除了规避之外还包括转移、缓解和接收。比如，如果你不能够"接受"坐在家里有被小行星撞击的"风险"，谁也不会反对你添置一些宇航员太空行走的装备；但在一般人看来，这种风险可以忽略不计，或者在我看来，如果真的"被撞击"的话，也是可以荣幸地"接受"的。

大家千万不要误会，我绝对没有让人刮风下雨连风雨衣都不要穿的意思，只是想表达"风险"与"管理"之间需要一种平衡，这才是风险管理的真正含义。

按照 PMI 的规范，风险管理一定要包括风险的识别、定性定量和对应等必要的"程序"，否则无法达到预想的结果。其中，所谓"风险的识别"按照国人的表述方式就是"找毛病"——这应该是大家的强项——根据头脑风暴法，我们几乎可以发现人类马上就要灭亡的所有"证据"。不过且慢，这些"毛病"并不一定是风险管理所需要解决的对象，真正属于风险管理的一定是经过"定性定量"的问题。也就是说，所有需要"管理"的"风险"必须进行风险评估，即概率的预估和得失量的测评——只有那些具有决定意义的"风险"才有必要进行"管理"。

如前所述，即便是需要"管理"的"风险"也不是统统采取"规避"的措施来对应的，"转移、缓解和接收"也属于风险管理的重要方法。于是，究竟选择什么方法对应风险，一定要根据"风险"的得失量和"管理"的成本进行综合测评。不然的话，就会出现"吃的不贵烧的贵"的奇特景观。打一个不太准确的比方，如果你认同"60 分"可以"万岁"的话，你还会为更高的分数付出代价吗？

当然，必要的"代价"是一定要付出的。比如，大家熟悉的高速公路上的应急车道，就是为了应对"具有决定意义的'风险'"而设置的。大家不妨想一想，一条与高速公路同等长度的应急车道是多么大的成本？那条除了我国之外的、平时不被占用的应急车道是多么大的代价？但是，根据国际惯例和风险管理的规范，应急车道却是必须存在和"平时不被占用"的。

如果大家所面临的"风险"处于"应急车道"和"60 分万岁"之间，那么应该属于正常的"风险管理"——用正常的程序解决正常的问题，既不应该"小题大做"，也不应该"大题小做"，更不要用一个"非常"的想法去解决"正常"的问题。因为在任何情况下，将"正常"视为"非常"的处理措施都意味着加大成本，而"加大成本"本身就是一种需要管理的风险。

记得若干年前，我参加一个硕士研究生的答辩，论文的题目好像是"政府的风险(危机)管理"。当答辩结束后,我私下请教那个学生:"政府在什么情况下就不'风险(危机)管理'"了? 那学生一时无语;我又进一步提问,如果没有"正常"和"非常"区别的话,是否可以认为所有的"政府"都处于"风雨飘摇"之中? 我自己的答案是否定的。除此之外我还坚定地认为,如果忽悠政府为自己的一些"臆想"埋单,就可以视为一种"犯罪"行为;任何的"犯罪"行为对于社会而言都是不折不扣的风险——这恰恰是需要大家警惕和进行"风险管理"的事情!

(原文地址 http://blog.sina.com.cn/s/blog_54b75c030100j8cr.html 成文时间 2010 - 06 - 21)

颠　倒

　　早年间上学的时候,老师总是教导我们这些后生,要把过去帝王将相、才子佳人"颠倒了的历史再颠倒过来"。现在每每想起这些"教导",我都有点觉得责任重大,想必当年轻气盛的我们初听此言,一定是热血沸腾的。

　　一晃几十年过去了,"颠倒了的历史"真的被"颠倒过来"了吗？近日读到两篇文章,似与这个命题有关:一则是在石兴泽先生著的《学林风景——傅斯年与他同时代的人》中记载,1940 年"中央研究院"拟设立民族研究所,院长朱家骅通过总干事傅斯年请李方桂担任所长。李方桂坚辞不就,不耐烦地对傅斯年说:"我认为,研究人员是一等人才,教学人员是二等人才,当所长做官的是三等人才。"傅斯年听后不恼,躬身作了一个长揖,边退边说:"谢谢先生,我是三等人才。"

　　二则是在张鸣的《王帽子与王》中讲到,1939 年 12 月 29 日,是梅贻琦 50 岁生日。为了对这位辛苦的"老板"表示敬意,西南联大的教授们给他开了一个生日会,梅贻琦拗不过,只好答应。在会上,人们纷纷赞扬这位劳苦功高的寿星,但他却说,我只是京剧(当时叫平戏)中的王帽子,看起来很尊荣,也很重要,其实无足轻重,有幸跟诸位名角儿在一起搭戏,大家演得好,我也与有荣焉。

　　张师接着讲到,现在的一些大学校长,即使自谦,也不会自称王帽子了。一来他们不知道王帽子是干吗的,二来他们变成了大学名副其实的王。如果本人脾气再大一点,名气再大的教授,也得蛰伏在校长的声威之下。校长即使原本就是官员,做了校长,也必须是学校级别最高的教授。当初学经济的,摇身一变,成为著名经济学家;原来学历史的,成为著名历史学家……当然,同时必须是著名教育家。有的校长,身兼四五个著名的"家"。

　　上述两个故事发生的时候,李方桂年方三十有八,傅斯年刚刚四十,最"年长"的梅贻琦是在过"50 岁生日",但是,他们都已经是"当时"国内公认的顶级学者了。如果这些故事是真的,那么不论是李方桂的"狂言",还是傅斯年的气度,甚至梅贻琦的谦虚,与当今学界的"王者"相比,都只能是一个被"颠倒了的历史"。至于这个被"颠倒了的历史"什么时候再被"颠倒过来",还真的不好说!

　　在大家生活的这个被"颠倒了的历史"中,除了被"颠倒过来"的人物自身的学养和素质以外,在很多情况下还有被"娇惯"的因素。如此看来,这个被"颠倒了的历史"就是被我们大家"颠倒过来"的。也许这些身兼"数家"的家伙,只有在回到自己家的时候,"颠倒了的历史"才能被"颠倒过来"。不过,我还是有一个疑问,这些身兼"数家"的人还知道或者回得了自己家吗?

　　(原文地址 http://blog.sina.com.cn/s/blog_54b75c030100jdq7.html 成文时间 2010 - 06 - 28)

夏 日 断 想

一

世界杯结束了,离下一期稿件的发排还有一段时间。为了把一些零星的想法记录下来,又不想为了"选题"劳神费力,所以顺手起了这个宽松的名字。

在近一段时间里,我总是选择《管理的境界》作为与学生交流的题目,并且将"管理的境界"概括为治学、谋事和立业,一来是因为我们学科的题目讲得太多、太滥了,大家已经产生了审美疲劳,再讲下去恐怕连自己都没有了"自信";二来是觉得有些问题似乎应该从较为基础、较为根本的地方入手,免得事倍功半又惹人笑话。因此,"管理的境界"就成了应运而生的"替代品"。

中国学术自王国维始就有了"三境"的说法。在我看来,所谓境界大体上相当于水平、层次,那么治学的"三境"自然就可以理解为治学的层次。而管理的问题与王国维说谈的学术存在差异的地方,就在于管理并不是一个单纯的学术问题,它的"水平"或者"层次"还应该包括一些可以物化的内容,比如谋事和立业。当然,作为一个学科,管理的境界还是应该发端于治学的。

有关管理的学术研究,已经有了一百多年的历史,一百多年的时间足以让其研究者总结出五彩缤纷的学说。如果大家不怕麻烦,可以去欣赏孔茨教授的"管理学的丛林",其中一定有许多令人回味的内容。但是,如果从目前基本成文的图书或者教育体系来看,大家基本上沿袭了泰罗和法约尔的思路。在泰罗那里,管理成为了一项可以独立于其他工作的活动,并且可以按照一定的"原则"进行;在法约尔那里,管理成为了企业六项基本活动之一,并且可以概括为计划、组织、指挥、协调和控制五个要素。自从法约尔将管理作为一个学科在大学讲授之后,管理学科的内容大体上保持了稳定性。

我曾经试图将管理通过三维空间来表达。管理除了上述基本内容之外,还应该包括资源和方式两个维度。任何一个管理现象、事件或者问题,必须是有内容、耗资源和用方式的,其中三个维度中的任何一个都不可能离开其他两个维度而独立存在。档案学的研究领域,其实更多的就是延续了文件管理方式的一种结果。因此,如果刻意按照方式——载体的思路进行研究,很可能无法取

写在学问边上

得令人满意的效果。

　　然而,不论怎样进行"研究",都不过是管理的一个境界。如果按照某位先哲的思路,管理的问题,可能不单纯在于"解释世界"而是在于"改造世界",那么"谋事和立业"则显得非常重要。

　　(原文地址 http://blog. sina. com. cn/s/blog_54b75c030100jru9. html 成文时间 2010－07－13)

二

　　不论管理学的研究怎样深入,都不能替代管理对实际生活的影响。我曾经在一本书的开头写到:"当你即将打开这本书的时候,也许你正在上班路上:忙碌的工作在等待你;也许你还在为求职奔波:未知的命运在等待你;也许你正在憧憬着未来:美好的事物在等待你……人生就是有许多事情,值得我们去追求、思考和向往。这些事情的诱人之处也许就在于存在许多的不确定因素。但是,其中有一件事情对于大家来说却是确定的,那就是我们都要为了生存去谋事:我们需要把想法变为现实,让现实产生效益,从效益中得到生存。而我们这本书就是试图与大家分享一种关于谋事的学问——项目管理。"简单地说,这就是管理对人们生活的一种介入。如果从学术的角度认识,这种介入就是管理的另外一个境界——管理真实的生活。

　　既然管理可以作为谋事的一种路径,那么必然包括这个路径的实施程序和方法。在项目管理中,通篇都是介绍谋事方法的内容。比如,如何选择一件独立于其他事情的事情(或者称为"项目"),怎样确定这件事情未来的结果,怎么排定完成这个事情的活动顺序,怎样制定一个完备的计划,以及如何实施、控制和收尾等等,似乎就是一部"成功宝典",基本上可以满足人们任何管理的欲望。

　　不过话又说回来,这样一种"通灵"谋事之学好像并没有给大家带来多少帮助。至少对于像我这样讲了 N 年项目管理的人来说,没有听到或者见到我的学生因此取得了"成功"。当然,也不排除学生们成功了之后怕那些穷酸的先生借钱,没好意思声张的可能。但是,总体上看,还没有一个敢于拿了"西大"的博士学位后写一本《我的成功可以复制》的家伙。这倒不是我的学生不具备唐骏先生的勇气,而是他们没有获得"谋事"的真谛。

　　在我看来,谋事之道固然重要,但比"谋事之道"更重要的却是谋事的资质。就拿谋事之学《项目管理》来说,许多国人都忽略了一个基本事实,那就是在"原创者"美国人那里,它原本不是一种"教材",而是一种认证职业经理的标准。也就是说,需要通过《项目管理》的人员,已经具备了项目经理的身份,获得了相应的资源,然后才是"学习"怎样谋事。换句话说,如果一个人根本没有这种管理资质,他下面的事情可能只会成为一个游戏。其实,这种游戏在我们身边是经常发生的,如在睡不着觉的时候考虑一下如果自己当了总统后第一事情应该怎么办? 等等。

2008 年 6 月 5 日,余秋雨发表了博文《含泪劝告请愿灾民》。余在文中含泪劝告要求惩处豆腐渣校舍责任人的请愿灾民,说他们在地震中死亡的孩子全都成了菩萨,已经安宁,不要因为请愿而横生枝节,被反华媒体利用来进行反华宣传。余秋雨的含泪劝告被许多网民批评为腐败的政治帮闲和谄媚的文化口红,余秋雨含泪也被形容为鳄鱼的眼泪。而在我看来,余秋雨所谋之事的根本错误就在于他不是"当局",并没有这种权力主体应该承担的义务,所以他的"谋事之道"只能被人们唾弃。大家不妨设想一下,如果余秋雨本身就是国家抗洪救灾的总指挥,那么大家还会有这么多的意见吗?

还是我的那句"老话",管理就是"权力与规则"。如果你根本没有"权力",你的"规则"最好的结果不过是"纸上谈兵"。

(原文地址 http://blog. sina. com. cn/s/blog_54b75c030100jtrw. html 成文时间 2010 - 07 - 15)

三

作为谋事的先决条件,管理者必须具备管理的资格。我国素有"学而优则仕"的传统。其实,所谓"学而优则仕"就是一个获取权力、从管理的研究者转变为管理的拥有者的过程,这也意味着从管理的一个境界"上升"到了另外一个境界。在人们生活过的世界上,"学而优则仕"的途径有很多。比如,可以通过血缘关系获得"管理的资格",可以通过"上天"旨意获得"管理的资格",可以通过上司或者"伯乐"赏识获得"管理的资格",当然也可以通过选举获得"管理的资格"。但是,不论获得"管理的资格"的方式和途径千差万别,都不能改变一个基本的事实,那就是权力的获取与行使保持着高度的一致性。也就是说,如果你的"管理的资格"是上帝给的,你一定会为上帝负责;如果你的"管理的资格"是上司给的,你一定会为上司负责;你的"管理的资格"是选民给的,你一定会为选民负责……

在日常生活中,大家经常听到这样一些抱怨,称某些具有"管理的资格"的人士并不为大家"办事"。其实分辨这个问题的方法非常简单,那就是看这位"管理资格"的拥有者的权力是从什么地方获得的。从主观上来讲,"管理的资格"拥有者一定是会为使其拥有了权力的群体或者个体"办事";从客观上看,"管理的资格"拥有者所办之事也许会使其他"搭车人"受益,但这并不是正常的情况。大家不妨设想一下,美国的公务员每天为中国人民服务的概率有多大? 咱家的牧羊犬为邻居看门的可能性有多大? 就可以明白这个道理。

因此,作为管理的"另外一个境界"——谋事要比"治学"复杂得多。它除了包括管理自身的一些要素和程序以外,更多的是有关"管理资格"的问题,而"管理的资格"又与获得这种资格存在很大的关联性。从某种意义上说,是"管理资格"的获得决定了"管理资格"的行使。

谋事较之于治学的另外一个"难点"就是它的"现场感"——这时的管理已经不再是"纸上谈兵",而是要付诸实践、与管理主体自身的利益相关联。比如,先生可以在课堂给学生讲授图书的选题有 N 种方法,甚至可以评价以往的选题存在这样和那样的问题,但是如果让他老人家压上自己的积蓄去"管理"一个他所推崇的选题,他未必敢于操作。其中一个关键的因素,就是管理往往是要依靠经验的,它与可以在课堂上讲授的哲学、文学和历史故事根本不是一回事。如果一个人没有一定的管理经历和经验的话,就不可能"把想法变为现实,让现实产生效益,从效益中得到生存";如果一个人没有一定的管理经历和经验而却希望让别人认为自己具有"管理经历和经验"的话,他一定存在道德缺陷——误人子弟,无异于谋财害命!

(原文地址 http://blog. sina. com. cn/s/blog_54b75c030100k0eu. html 成文时间 2010-07-21)

四

由此可见,谋事的关键在于解决实际问题。特别是当谋事成为管理的一个境界的时候,"解决实际问题"往往是通过"他人的工作"得以实现的,也就是说,管理者并不能单枪匹马地去"谋事"。在这种情况下,管理者通常采用讲授、倾听和商议,以及现场示范等方式进行管理。所谓管理者讲述,就是向被管理者传递管理意图,是一种信息自上而下单向传递的过程,因此必须选择一种被管理者容易接受的方式来进行。包括要用简单、明确的语言说明管理意图和基本要求,将管理意图同被管理者的职责和切身利益联系起来,提出对完成管理意图的建议等等。所谓倾听就是要了解被管理者对管理意图的见解和掌握情况,是一种信息双向传递的过程。作为管理者,要努力做到耐心地把对方的话听完、注意听话时的表情和自己的语言表现。而商议则是在管理者力所能及的情况下,帮助被管理者消除对管理意图的种种疑问:比如,要确定问题中的关键部分,重申解决问题的条件,提出(或商议)解决问题的可行方案和商定实施计划的细节等。在处理一些"技术问题"时,管理者如果可以"现场示范"则一定会起到事半功倍的效果。

如果说"谋事"可以使管理者具有自己真正意义的成就感的话,那么"立业"就是这种"成就感"的合理延伸和更高的境界。我一直以为,所谓"立业"就是以事为业。一个管理者将所谋之事做爽了,把它变成一个周而复始的活动,就是他的事业。比如,一个鞋匠的"事业"就是每天修鞋;一个木匠的"事业"自然是每天做自己的木工活。这与一个政客每天去游说没有什么根本的不同,仅仅是社会分工的差异。至于那些大而化之的"事业",其实并没有什么管理学上的意义,不过是虚张声势而已。较之于谋事,立业的最大特点除了活动的连续性之外,可能还在于它在大多情况下表现为功能和"岗位"的结合。也可以说它不再是一个有意义的、孤立存在的事件,而是一个可以安身立命行当。因此,把"立业"解释为确立职业要比将"立业"表达为成就事业要准确一些。

作为一个"确立"的职业,在一般情况下都表现可以通过这项活动可以获得经济报酬,能够稳定地从事有时间限度的非中断性工作,有模式化的一种人群关系及相应的行为规范,以及成为社会需要的、相对稳定的分工体系。"职业"还可以为社会创造财富、确立了人的社会地位和身份、体现着人生的价值,以及促进社会整合和稳定等。于是,"立业"无论的规模还是层次都要"高于"管理的另外两个境界,它无异于给了管理一个巨大的社会出口,使管理成为了真正意义的公共资源。

然而,实事求是地说,立业又是一个非常"发散"和不确定的领域,是许多路径都要通过或者达到的平台。因此,在这个炎热的夏天里最好还是不要急于表达一些结论性的东西。

(原文地址 http://blog.sina.com.cn/s/blog_54b75c030100k6by.html 成文时间 2010－07－26)

五

　　档案作为阶段性文件，无疑是一种管理现象。既然是管理现象，就可以采用"管理的境界"加以测定。在我国，对档案现象的进行系统地研究大约有七十多年的历史。在国民政府推动的"行政效率运动"中，出现了以"档案管理法"命名的档案管理研究成果。当然，那个时候的所谓"法"并不是现代意义的法律，更不是"以法制档"的开端，而是讲的一些档案管理的方法，是作为推动政府行政效率的一种方法。因此，可以肯定地说，应该将"档案管理法"归入谋事的范畴。

　　从当时的情况看，这些档案管理方法的操作主体应该是各级政府中的工作人员，这些方法的直接目的就是提高政府的工作效率。也就是说，我国系统研究档案管理现象的初衷，是为了谋求提高工作效率。比如，当初提出的"文书档案连锁法"就是要将两个机构合并为一个机构，将几个工作环节合并为一个工作环节。不论当时的研究者的主观愿望如何，这些"管理法"的客观效果都在于将"复杂问题简单化"，当然也暗合了"谋事"的基本原则，即复杂问题简单化，简单问题程序化……尽管这些研究的"理论水平"的今天看来可能还比较初级，但是，如果从"管理的境界"方面去考虑，应该说这些研究无论是"主体的确立"还是"客体的规划"都是比较"到位"的。

　　新中国成立之后，在苏联老大哥的帮助下，我国诞生了以"专门研究档案管理现象"为生的群体，早年间的"档案管理法"也升级成了"档案管理学"，使档案管理"回归"到治学的范畴。由于有了专司其职的人员，几十年来针对档案管理的治学领域有了最大限度的扩张：从单一的管理程序发展为对各个程序的深度发掘，从单一的载体发展为多载体的广泛研究，从单一的国度发展为世界范围的联合，从单一的领域发展为"左邻右舍"的通吃。如果用"成绩巨大，前途光明"来形容这种研究的状况，应该说并不怎么过分。

　　然而，在繁华的背后也存在着一些"深深的忧虑"。如果将这些忧虑归结到一点，则可以概括为这些"治学主体"并不满足于"治学"，而是希望对"谋事"进行干预。作为一种正常的心理状态，这种忧虑的合理性在于两个方面，一方面管理不可能仅仅停留在"治学"领域，就事论事、纸上谈兵都不可能让任何的"研究者"满足；另一方面管理又是一种有特定主体的行为，简单地说，没有主体资质的"谋事"都不可能产生实际效果。因此，当愿望与现实出现距离的时候，忧虑就成为一种再自然不过的事情了。

（原文地址 http://blog.sina.com.cn/s/blog_54b75c030100kc21.html 成文时间 2010 - 08 - 02）

六

如果将管理的基本问题概括为"谁来管、管什么、如何管和为什么管"的话，那么"谁来管"——管理的主体问题显然是基础的基础。在管理境界中，治学与谋事的不同也可以看做是"主体的差异"。简单地说，没有主体界定的谋事只能是一种自娱自乐式智力游戏。于是，已经回归为"治学"的档案管理面对"谋事"的种种诱惑，就难免出现忧虑。在我看来，解决这种忧虑的唯一途径就是通过"委托和授予"，即由谋事的主体将自己的部分职能委托治学主体承担，并且同时授予治学主体一定的权限，实现所谓的"产、学、研"相结合，满足治学主体"替天行道"的夙愿。

从档案管理的发展历史中不难发现，出现种种问题或者忧虑并不能简单地归结为某些个人的学识和经历，而是由管理现象本身的特质决定的。也就是说，管理的问题根本就不是一个单纯的"学术"问题，必须通过谋事去延伸，甚至需要通过立业去完善。没有了谋事和立业，管理就失去了提升自我的境界，治学只能面临无疾而终的困境。但是，如果通过"委托和授予"打通主体壁垒，也存在许多社会环境因素。最好的解决办法就是统一主体，让上帝的问题归上帝，恺撒的问题归恺撒。

如果档案管理的"治学"仅仅是一些方法、手段的问题，其实可以看作"谋事"的派生领域，是在特定情景中一种问题研究。对于这些所谓的"治学"或者"研究"，谋事主体是完全有资格和能力完成的。更重要的是，对于特定的管理情景而言，其方法和手段必然受到管理情景的制约，即有什么样的情景和任务则会产生什么样的方法和手段，通行的所谓"方法论"是不存在的。换句话说，如果失去了档案管理的情景和任务，单纯地研究所谓的方法、手段基本上是徒劳的。只有确定了"谁来管"，才能确定"管什么和如何管"；为了"如何管"，才能"有的放矢"地研究"方法和手段"。因此，档案管理的主体本身就应该处于治学和谋事境界之中。

至于档案管理如何成就一番事业，则要看不同人等对"事业"的解读。但至少它可以理解为"以事为业"，这样一来，我们大家就都"事业有成"了。

（原文地址 http://blog.sina.com.cn/s/blog_54b75c030100kdfr.html 成文时间 2010 - 08 - 04）

写在学问边上

老　二

据中新社 7 月 30 日报道,中国人民银行副行长、国家外汇管理局局长易纲在接受《中国改革》杂志执行总编辑胡舒立采访时说,今年上半年中国已超越日本成为世界第二大经济体。这是中国官员第一次对外宣称中国成为世界的"老二"。

有好事者继续"计算",今年中国的经济增长率为 11.6% ,美国为 3.1% ,今后中国的年平均经济增长率为 8% ,美国为 3% 。按照这个速度,中国只需要 9 年,即 2019 年就可以超过美国,成为世界第一。不管这个未来的第一是真是假,中国的这个"老二"已经是实至名归了。

如果按照国人"永远争第一"的想法,现在的第二应该是与第一不太遥远了。但是明眼人也会发现其中的问题,比如,按照人均收入计算,中国好像与非洲兄弟在一个水平线上;再比如,一个国家的经济实力可能不单单是总体数字,还要分析其基本结构。更要命的是,这种第二名的取得,是以怎样的消耗换来的。

说来也巧,美国能源机构 Poten & Partners 最新发表一份报告。报告中称,在过去十年里,中国在现货市场进口原油增加了 5 倍,期内承运的超大型油轮(VLCC)数量亦由 2000 年的 11 艘,上升至 2009 年的 55 艘,增长 4 倍。是庞大的消费促进了油轮运输的需求,中国已成为全球第二大能源消费国。

如果真的像一些环保人士所说的那样,中国是以大量的能源消耗,加上环境的破坏为代价,取得一个"老二"的名分,那就有点得不偿失了。

与老二相关的还有我们的学科。据有关机构 2007 年对全国高等院校中具有"博士一级"和"硕士一级"共 16 家授权单位的评估,中国人民大学以 87 分的成绩排在武汉大学(100 分)之后位居第二。从学科的角度看,我们的学校和我们的国家一样,具有一个老二的名分。

与我国成为老二不同的是,在我的印象里我们的学科一直以来都是被人家尊为第一,或者被忽悠成"母鸡"的。也就是说,我们的学科是被别人"超过"滑落为老二的。这就多少有些让人看不明白了,我们的"学科带头人"不能说不努力,我们的团队不能说不勤奋,我们的主管机关和评估机构不能说不实事求是,那么这个"老二"又是怎么回事呢?

也许根本原因还是在于学科的"老二"与国家的"老二"运动的方向存在差异,因此同样的"努力"可能会得到不同的结果。

（原文地址 http://blog. sina. com. cn/s/blog_54b75c030100kkoo. html 成文时间 2010 - 08 - 15）

殊 途 同 归

近一个时期,华中科技大学的新闻特别引人注意。在这些"引人注意"的新闻中,当属该学校附属医院泌尿外科主任、泌尿外科研究所所长、教授、主任医师、博士生导师、973 首席科学家,或者还可以像一些媒体所称的加上一个"准院士",肖传国买凶拍人一案最为震撼。其新闻价值在于旗帜鲜明地将高级知识分子"黑社会化"。

我想从今以后,如果再有媒体打算报道学者学术造假或者抄袭、剽窃,他们的老总可能都不好意思发排这样的东西。即便是有些"菜鸟"媒体发了这样的东西,在公众眼里也只能起到又一次说明类似"老太太是一个女的"那样少见多怪的问题。也就是说,相对于泰山而言,其他的山峰都只能在被"一览众×小"之列;相对于泌尿外科主任肖传国的手段而言,其他的医生只能去小儿科行走了。媒体再想深度报道知识分子中能够"出彩"的事,恐怕有点"难于上青天"了,真是苦了那帮跑学术口的新闻记者。

当初传出方舟子、方玄昌被打的时候,大家还觉得像这等在旧社会被称为"下三烂"的事情,非那些盲流和"暴发户"而不能为之。一来在于像肖教授这样的学者,素来"君子动口不动手",就是到了被"杀父、夺妻、破产"的地步,也会保持一份特有矜持和清高;二来在于如知名作家小说中描写的"又穷又累"的医生,一般没有财力和精力再图谋点别的。更何况医生是治病救人的,怎么会忍心向一两个穷书生下手呢?甚至有人觉得二方有炒作之嫌。谁料想"中秋前夜,该案的主要嫌犯肖传国在上海浦东机场被警方抓获"。

再说警察叔叔吧,也太不"以人为本"了。早不抓晚不抓,偏偏选在大过节的把肖教授抓进去了。肖教授如果有妻儿老小,恐怕今年中秋节也只能"千里共婵娟"了。如果我没有记错的话,上推一个或者上几个的"新闻明星"——中国足协的几位前副主席,现在这个时候应该与肖教授同属一个机构直接管辖,大家来自五湖四海,在看守所里做个伴,也可以算是殊途同归吧。

虽然肖教授和中国足协的几位前副主席暂时没有过去活动起来那么方便了,但是他们仍然代表着两大牵动国人神经的重要领域。其实我们这些平民百姓真的不在乎这些大人物中秋节住在哪儿,也不在乎他们是不是殊途同归。只要他们不要再给大家添堵,就非常感谢党和政府啦!

　　(原文地址 http://blog. sina. com. cn/s/blog_54b75c03010019qt. html 成文时间 2010－09－26)

不是学问的学问

最近发生的几件事情,使我对一些学问产生了怀疑。一个就是以红学家主导拍摄的新版《红楼梦》,另一个当然就是河南的曹操墓了。

先说由李少红导演、著名红学家担任"主持"的电视剧《红楼梦》。在我记忆里,从电视剧的筹备到开拍再到播放,主办单位都做足了功课,大有为当今影视界树立里程碑的感觉。谁料想刚刚试播就恶评如潮,如果没有一根结实的神经,主创人员恐怕很难不发生什么精神和肉体上的问题。结果大家都明白了,之所以出现这种状况,是因为导演不得不服从学术权威的缘故。这反倒让我就不太明白了,《红楼梦》本来就是曹雪芹写的一部小说,如果讲艺术手法还可以理解,如果变成后人必须遵守历史教条,那是多么令人恐怖的一件事情呀!幸好当年曹大师笔下留情,没有写出一些诸如剖腹开颅等惊险场面,不然的话还不知道有多少善男信女早早地在"学术权威"的指导离开这个他们只能来一次的世界。

实事求是地说,我虽然经过数次努力也没有能够读完《红楼梦》这部小说,更不能理解其中包含的学问。当然就"更不能理解"由此产生的、养育一代又一代的以此为生的人们。如果他们这些人自己研究也就罢了,如果非要用所谓"学术"的标准去要求其他人或者事物与小说保持一致,那简直就是荒唐之极!大家可以设想一下,如果再过上那么百八十年,社会上再出现一个以××小说为研究对象的什么学会,并且根据××小说情节去还原历史,还要求除了他们之外的人也必须相信这是真的,甚至必须按照××小说情节复制其他的艺术形式或者生活,那将是一件多么不靠谱的事情,那学科将是一个多么不靠谱的学科!

再说说河南的曹操墓。有关这个墓的真假我不好妄加评判,因为还有那么多的专家在那边候着呢!只想借此说说评判一个墓穴的标准或者依据。按照专家的观点,只要那个墓穴里出土了真正是曹操用过的东西,那么那个墓穴就可能是真的了。我当年高考的时候还真的在某个层次的志愿中报了考古专业,但是没有那个缘分,所以现在只能在门外闲扯了——假如这个东西是真的,有没有将别人赠予的心爱之物放在墓主人身边的可能呢？如果有，难道这个墓穴就非得是曹操的吗？即便是出土的那个东西可靠，就一定可以认定它上面写的内容是真实的吗？我看不一定。

比如，前一段时间中国足协就将其工作人员的"十个不准"言之凿凿地"刻"在了办公楼的墙上。如果几百年之后，这面墙"有幸"被那个时代的考古人员挖出来了，并且经过专家考证其墙体和上面的文字都是真的，是否就可以证明中国足协曾经是一个非常廉洁、清明的单位呢？当然不能。如果这件事情"不能"，那么"河南的曹操墓"以及类似的什么墓怎么就能了呢？看来，那个所谓的学科也不怎么靠谱。

虽然我质疑这些学科的科学成分，但是我依然十分敬仰那些学者"知其不可为而为之"的精神，并且真诚地希望他们做好那些不是学问的学问。

（原文地址 http://blog.sina.com.cn/s/blog_54b75c030100lavp.html 成文时间 2010-09-28）

尚能会否?

虽然新闻出版主管机关一直认为我的"会议趣谈"有调侃政治之嫌,并且将其删除出了《胡言》,但是仍然不能降低我对会议参加和研究的兴趣。因此,总是情不自禁地去参加一些会议,比如,在2010年10月8日至10日,就参加了由武汉大学与美国伊利诺伊大学、匹兹堡大学、美国图书馆与情报学教育协会联合会(ALISE)、iSchools领导小组(iCaucus)合作主办,武汉大学信息管理学院、武汉大学信息资源研究中心、武汉大学图书情报国际合作研究院承办的"第三届中美数字时代图书馆与情报学教育国际研讨会"(The Third International Symposium on Library and Information Science Education in the Digital Age)。

其实这次会议是庆祝武汉大学信息管理学院成立90周年的一部分。从会议设计上看,这种"庆典加研讨"的形式可能要比"开张加吃饭"的形式学术一些,自然也容易吸引附庸风雅之士前来捧场。我可是绝对没有"乌鸦站在猪背上只看见猪黑"的意思,因为自己就是这种会议的积极参加者。据说除了我之外,还有来自国内外数十所大学的图书情报学院院长(系主任)、图书馆馆长到这里共同探讨新环境下图书情报学(档案学)教育的发展方向。

尽管"第三届中美数字时代图书馆与情报学教育国际研讨会"及其发表的"倡议书"没有好意思将我们的学科放在题目里,但还是安排了大会发言和分组的研讨,照顾了DAX的"面子"。这对于我们这些比较看重面子的学科和国度来说,可能"意义大于本身"——即便从哲学高度去言说,也是没有了必要的形式(包括面子)内容就不复存在了。所以,中华民族自古就有"好死不如赖活着"的说法,人们大可不必为此大惊小怪。至于这次会议的详细内容,大家可以登陆http://www.sim.whu.edu.cn去浏览,我就不在这里废话了。

我更想表达的是,这次会议可能成为自己"对会议参加和研究"的一个里程碑,可能具有某种标志意义。具体地说,就是我今后可能尽量将对会议的兴趣放在"研究"而不是"参加"方面。因为在我看来,参加一些会议特别是一些所谓的学术会议,除了自身的体力和精力之外,是需要一定的学术背景的。就好比说我有一天一不小心走进了一个正在研究神舟250号发射的会议,并且还有幸或者不幸地被列为"发言者",那将是一件多么尴尬的事情呀!

当然,如果自己已经到了逐渐失去参加会议的"体力和精力",更没有参加会议的"学术背景"的时候,那还有参加会议的必要吗?

起码在我看来,最好的办法还是在家里"研究、研究"。

(原文地址 http://blog. sina. com. cn/s/blog_54b75c030100loyq. html 成文时间 2010 - 10 - 12)

业 界 掠 影

时间进入了 11 月份,转眼就到了年底写总结的时候,再加上"十一五"结束、"十二五"开始,各个单位的决策者们一定需要许多信息来整材料。我近来无事,信手收集了一些"业界掠影",不知可否解燃眉之急。

一

据传某城管人员在北京中关村"微服执法",见一抱小孩子的中年妇女,怯生生地问过路人,DVD 要吗? 男的(音 dì)和男的(音 dì),女的(音 dì)和女的(音 dì),男的(音 dì)和女的(音 dì),男的(音 dì)女的(音 dì)和小动物。听不明白的,肯定以为她在兜售的是土地革命,或者火牛进攻一类的古代战争故事——用这位在中关村底层的妇女的话……(参见:王小山专栏《一个又一个"时代"》。日期:[2010 年 11 月 3 日],版次:[RB13],版名:[每日专栏],稿源:[南方都市报])城管人员当然也没有听明白,为了慎重起见,将那抱小孩子的中年妇女带回单位细审——结果发现她所兜售的 DVD 居然可以算作一种电子文件! 于是,便将其人赃交档案局及其电子文件中心依照有关法规处理。如果情况属实,这将为"依法治档"提供一个新的则例。

二

我国作为文化遗产最丰厚的国家之一,理所当然地肩负起自己理应承担的重要而艰巨的使命——我国"抢救和保护中国人类口头和非物质遗产工程"已经启动,将参照联合国教科文组织规定的标准,着手制定"中国人类口头与非物质遗产登记认证体系"等,加大专项资金投入,在开展理论研究的同时,加快立法进程。

某局为了不让社会潮流落下,决定投入力量进行"人类非物质文化遗产"的申报。负责这项事情的人员调阅了已经成功的"申遗"材料,梳理了本领域的各项"技术性很强"的工作内容,发现很难找出与昆曲、古琴、剪纸、年画、皮影、格萨尔王传、纳西古乐、内蒙长调、民族绣品服饰等传统文化艺术可以"比肩"的、具有独特的文化特性和宝贵的艺术价值的"遗产"。当他们将这些情况向局长汇报后,局长指示说:"现在上级不是已经要求文件今后不再装订、立卷了吗?那么,我们过去装订、立卷的方法,比如'三孔一线'是不是可以算作'遗产'呢?!"大家恍然大悟——还是领导圣明。

（原文地址 http://blog.sina.com.cn/s/blog_54b75c030100mil9.html 成文时间 2010－11－16)

回归"常识"

1776年，潘恩出版了《常识》。这本不到50页的小册子，曾经颠覆整整一代美国人的思想、信念，催生出《独立宣言》，成为美国人制定宪法的基础。金刚先生在他的《说说托马斯·潘恩的〈常识〉》一文的开头便写了这样一段话："我曾经有一个想法，弄成了帖子发在BBS上，大略是说：'知识'不如'学识'；'学识'不如'才识'；'才识'不如'器识'；'器识'不如'胆识'；'胆识'不如'常识'。"可见，常识在人类的所有的识见中至为珍贵。

按照我们学界的毛病，下面似乎一定要说常识是什么了。如果用一些主流学者的研究方法，一定要引经据典，然后归纳出一二三，说不好还要加上中英文文摘和注释，恐怕没有万八（把）字下不来。其实，简单说常识就是真相，而真相不能与权力、金钱发生瓜葛，否则真相往往会扭曲，多数时候也肯定被扭曲。因此，为了真相，有的人可以违"规"；为了更接近真相，有的国家会不断修"法"。

人类在许多时刻，囿于种种偏见，已经将认识对象意识形态化了。欺骗性质的言说，教科书给定的认知模式，影响了一代又一代人；让"公认"的权威替大家思考，成为人们判断是非真伪的潜在依据，而且成为难于逾越的智障。因此，理解并说出"常识"的珍贵之处，就在于告诉世人：皇帝并没有穿着衣服。潘恩的《常识》之所以成为影响美国人的优秀读本，就是因为他所言说的常识令人蓦然惊醒：啊，原来是这样的啊。

……

长话短说。在当今的中国或者更加狭义的档案学界，大家需要从《常识》中吸收什么营养呢？我的基本看法在于，大家需要吸收什么营养，并不在于"营养"本身，而是在于大家本身缺乏什么营养——即所谓"缺什么补什么"。那么，我们这些所谓"知道分子"在酒足饭饱之后究竟还要缺少些什么呢？当然是缺少那些不缺少之外的东西——

比如，大家不缺少西方理论的支持。在"西学东渐"的春风里，大家有那么多的书籍可读，有那么多的经验可以借鉴。所以大家应该缺少将这些东西与我国实际加以比较的耐心,缺少一些说出我国真相的勇气。再比如,大家不缺少自说自话的时间。在一片学术泡沫之中,大家多少次将"档案"装扮成为自己喜欢的模样,唯独缺少对现存档案资源实际情况的认知,也大体忘记为什么不要"有文必档"的古训,更缺少能否"跨界涅槃"的自知之明!

因此,说出真相、回归"常识",才是大家需要解决的当务之急。

(原文地址 http://blog.sina.com.cn/s/blog_54b75c030100o2td.html 成文时间 2011 - 01 - 24)

兰 台 佳 丽

我 2010 年的最后一次学术讲座,使用了《我们的空间》这样一个题目。其中,我把这个所谓的"空间"概括为"一门学科"、"一种职业"和"一座舞台"。对于"一门学科"和"一种职业"大家不会陌生,因为这些不过是对档案学和档案职业一种包装后的说法,免得在"天天讲、月月讲"之后让受众产生审美疲劳。至于"一座舞台",则的确是自己 2010 年"创造"的一个新提法。

细心的网友可能还会记得,我曾经在目前已经被改叫"档案知(蛛)网"的网站发过一个准备举办"中华兰台佳丽大奖赛"(http://www. daxtx. cn/bbs/viewthread. php? tid = 15148)的帖子,向大家推荐我们自己业界的"选秀"活动。并且将活动"宗旨"概括为:"更好地加强精神文明建设,践行科学发展观,构建和谐社会,展现大中华地区档案、图书、博物以及秘书等领域女同胞健康阳光、爱岗敬业的良好精神风貌和美好职业形象,提升社会公众的文化素养和档案意识"。

根据我的调查(参见《档案职业状况与发展趋势研究》,中国言实出版社 2008 年版),我国档案职业领域中的女性占全体员工的 65% 至 80% ,在校学生中的女生也有相当高的比例。这将为举办这种活动奠定坚实的群众基础。此外,类似的评选活动在档案界从来没有搞过,如果进行一次尝试,应该可以算作"领风气之先"了。当然,也有朋友提出,在档案这个相对闭塞的领域,做这样一个"反差"太大的活动,可能不会有多少参与度。还有人指出,活动的"名字"也有待商榷。在我看来,不管是提出的理由还是反对的意见,都不能说没有一点道理,但相对一个"活动"而言,其最终的生命力则在于尝试。如果进行尝试,就一定有可能出现错误和失败,而这种"错误和失败"至少要比不去尝试的"坐而论道"更具有人类价值。

至于为什么要选择这个名目,正像有的网友考证出的那样,"兰台"自不必多言,"佳丽"本义是美好,是形容词。《战国策·中山策》中有"佳丽人之所出也"一句。周邦彦《西河·佳丽地》词:"佳丽地,南朝盛事谁记?"所以"美女"不是它的本义。自白居易《长恨歌》:"后宫佳丽三千人,三千宠爱在一身"开始,

"佳丽"一词以美女的含义出现。也就是说,如果这个活动一直做下去,并且有朝一日返璞归真的话,"兰台佳丽"可以涵盖档案业界的所有优秀分子,或者翻译成"兰台,让社会更美好!"纳入世博系列。

我曾经参加过我国档案学界的两次博士论坛。说句实在话,从活动的内容到活动的组织都"非常辛苦"。择其要点,就是"博士论坛"不太适合我国档案业界的实际情况。与其如此辛苦地论不出一个所以然,倒不如大家一起"兰台佳丽"一番,还真的说不好其中是不是另有乾坤呢?!

（原文地址 http://blog.sina.com.cn/s/blog_54b75c030100ogvg.html 成文时间 2011－02－11）

言 归 正 传

清致网友曾经发过一个叫做"盖楼：从明天起，做个有文化的人"（参见 http://www.daxtx.cn/forum.php?mod=viewthread&tid=16312）的帖子，大意是要"改邪归正、做点正事"了。当然，在我看来，清致在帖子中开始读的书是毫无疑问的"正事"，但在此之前的"写作"和"复习考研"也未必是"闲事"。只是作者想找个由头，做一些新的探索、开辟一些新的领域而已，绝对不属于"改邪归正"的范畴。

触景生情，将心比心，"盖楼：从明天起，做个有文化的人"的事情可以按下不表，我倒是觉得自己存在"改邪归正、做点正事"的必要——粗粗算起来，我已经陪伴一个学科三十多年的光景，在这个学科的衍生品中也混了三年多的时间。现在连像清致这样的后生都认为如果再如此地混下去对不起自己应该"感谢的××"，像我这样"枉活一把岁数"的家伙难道不应该幡然梦醒、做一点正事吗？答案当然是肯定的。

除了岁月和年龄不饶人以及后生可畏之外，另外一个原因是我在我们的网站上偶然发现一位网友在发布一些图书的同时，预告了一些"未出版"但言外之意是"将要出版"的图书。在后一种图书中，居然有我的《管理资源分析》——这无异于将我的一个想法或者"隐私"公之于众。虽然我赶紧做了一个"更正"，并且特别说明写这本书"需要时间"，但是仍然不想让有所期待的网友过于失望。因此，我决心仿照清致网友的做法"做点正事"。

由于一个人的时间有限，在特定的时间里像我这样只有较低智商的人只能做一些相对专一的事情。如果我启动《管理资源分析》这个对于自己来说好比是攀登珠穆朗玛的工程，那么其他一些事务恐怕就要"暂时"搁置一下。具体地说，我可能就不能随心所欲地去写一些八卦博客，不能对一些时事发表自己的见解。聊以自慰的是，到目前为止我的这类八卦博客已经有了相当的数量——除了 2009 年底之前的东西编入了《胡言》之外，大约还有不少于《胡言》文字的东西飘荡在新浪、凤凰和档案"蜘蛛网"上，算是对经常给我鼓励的网友一个交代。

第五部分 闲日漫谈

我准备把今后的大部分时间留给《管理资源分析》——管理学已经有了近百年的发展历史,现在国内靠管理学吃饭的人少说也有数百万计。然而,实事求是地讲,在管理学领域属于国人"原创"的东西并不多:择其原因恐怕至少包括过于相信洋人和忽视自己两个方面。因此,在管理及其学科中找到我们的立足空间就显得十分重要。而我打算解决的问题是,按照"有用即资源"的道理,将管理资源可以分为广义资源、特有资源和狭义资源三个层次,并且通过对管理资源的分析去说明管理实际上就是依靠其特定的资源即管理资源实现自身目标的过程。

好了,已经说得不少了,让我们言归正传吧!

(原文地址 http://blog. sina. com. cn/s/blog_54b75c030100p1jp. html 成文时间 2011 - 02 - 27)

管理资源分析

从现在开始,我将为自己的《管理资源分析》"盖楼"。

管理学已经有了近百年的发展历史,现在国内靠管理学吃饭的人少说也有数百万计。然而,实事求是地讲,在管理学领域属于国人"原创"的东西并不多:择其原因恐怕至少包括过于相信洋人和忽视自己两个方面。因此,在管理及其学科中找到我们的立足空间就显得十分重要。

在笔者看来,管理实际上是依靠其特定的资源即管理资源实现自身目标的过程。如果按照斯蒂芬·P·罗宾斯的说法,管理就是要使资源成本最小化。那么,管理的资源究竟是什么?这种资源的开发与利用究竟存在什么规律?恐怕可能成为未来管理学科的重要问题。

人们一般把资源视为一国或一定地区内拥有的物力、财力、人力等各种物质要素的总称。资源的来源及组成,不仅是自然资源,而且还包括人类劳动的社会、经济、技术等因素,还包括人力、人才、智力(信息、知识)等资源。因此,资源实际上是指一切可被人类开发和利用的物质、能量和信息的总称,它广泛地存在于自然界和人类社会中,是一种自然存在物或能够给人类带来财富的财富。也可以说,资源就是指自然界和人类社会中一种可以用以创造物质财富和精神财富的具有一定量的积累的客观存在形态,如土地资源、矿产资源、森林资源、海洋资源、石油资源、人力资源、信息资源等。一言而蔽之,"有用即资源"。依此道理,管理资源就可以简单地表述为直接或间接作用于管理并使其运行、增值以至于产生"结果"的东西。依笔者之见,管理资源可以分为广义资源、特有资源和狭义资源三个层次。

一

如果将管理界定为借助于资源及其增效实现自身目标的活动的话,那么广义的管理资源可以从"管理版图"或者可以从将其称为"管理活动的维度"中去寻找。管理活动维度,可以用管理维度的模型描述。

其中,X轴是实现管理的方式和方法,如现场、会议和文件等等,它是管理

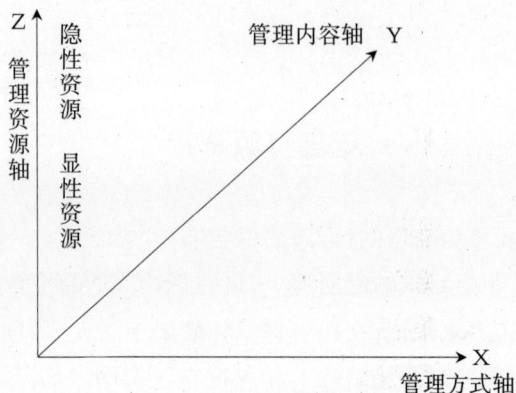

功能实现的基本手段。其中,现场的方式的优点在于管理的直接性,它可以在几乎没有中间环节的情况下实现有效的管理;但此种方式也有一个致命的弱点,就是它受到管理者数量的限制。随着管理范围的扩大,管理者几乎不可能出现在每一个角落,这就难免出现顾此失彼的情况,使有效的管理大打折扣。于是,就出现了第二种管理的方式,即会议的方式。这种管理方式一方面克服了管理者数量的不足;另一方面,又可以使管理思想(包括决策、想法等等)在更大的范围内传播;但会议也不能不受到召开的地域、时间和经费的影响,使有效的管理难以实施。这就为一种可以"突破管理活动的地域、层次和时间等因素限制"的管理方式的出现提供了可能。文件(公文)为代表的"书面"方式,更加准确、规范地传递管理指令及各种信息,可以克服现场方式和会议方式的时空限制,为管理活动营造了一个广阔的空间。

　　Y轴是管理活动的内容,也就是管理实施的要素,主要是由计划、组织、协调、沟通、控制等具体管理职能所组成,它是管理功能实现的基本状态。在这一"领域"中,现在流行的依然是"泰罗—法约尔"体系——不要说国内管理学界,就是世界管理"大师"也不过是在将其发展和完善。

　　Z轴是实现管理的物质基础,它是管理功能实现的保障条件。无论是人财物还是机器设备原材料,都不过是"管理资源"——作用于管理内容并使其产生结果的东西。其中,目前"如日中天"的人力资源管理、财政金融等学科就是"管理资源"类学科的代表。

　　这就是管理活动的三维空间,也就是说,任何一项"管理"必须存在于这个三维空间之中——即有内容、耗资源和用方式,而不可能"独立"存在。比如计划工作,是在占用一定技术资源条件下,采用会议的方式进行的等等。因此,作为管理的"广义资源",管理活动的维度决定着管理及其学科是否存在。其中的任何一项"资源"缺位或者滥用,都会导致管理的"无效"。比如,被人们痛贬的"文山会海"现象,就是较为经典的案例。

如上所述,无论是文件的方式还是会议的方式,都不过是一种"管理方式(资源)",这些"资源"的利用,必须以特定的管理内容(要素)为前提。换句话说,如果没有特定管理内容(要素)的"加入",单纯的"管理资源"不会产生任何效果。所谓"文山会海"现象,就是将"管理资源"当成了"管理内容(要素)",不仅造成了管理资源的浪费,还使管理的"声誉"备受质疑。而更为严重的是,我们的一些管理者并没有认识到问题的症结,制定了若干治理"文山会海"量化标准——其结果可想而知——一定是连"资源"带"内容"一起被"倒掉"。

二

如果延续上述思路,管理作为一种统领社会发展的现象,它所依附的资源极有可能是无所不包的,那么,管理资源的研究就势必失去其专指性——变为一个地道的假问题了。然而,如果从管理的基本问题出发,排除一般意义的普遍"资源",寻找关键、重要的管理"资源",似乎可以摆脱研究的困境,使研究呈现出"柳暗花明"的景色。所谓"关键、重要的管理资源",首先是指管理的"动力因素"。也就是说,如果没有这些因素,就不存在管理。因此,"关键、重要的管理资源"实际上是管理的命脉。

在上述对"文山会海"现象的分析中,笔者假定了一个"消极"的结果,即管理者采取了"连'资源'带'内容'一起""倒掉"的管理策略,或者是"不仅造成了管理资源的浪费,还使管理的'声誉'备受质疑"的管理行为。然而,无论管理者策略和行为合理与否,它都会导致"管理现象"的产生。其中的奥妙在于,它预示着管理的"动力因素"和"关键、重要的管理资源"。

在一次访欧途中,国家档案局代表团在用早餐时对方准备了煮鸡蛋及其食用的设备。恰巧我们团中有一位"海归"博士,他便自告奋勇地为大家讲授"设备"的用法。笔者觉得此法有"把简单问题复杂化"之嫌,就列举了几种"中国式吃法"——一时间早餐变成了"博士论坛"。正当大家说得兴起时,局长驾到。只见他老人家抓起一个鸡蛋,一边在餐桌上横向滚动,一边对大家说:"鸡蛋应该是这样吃的!"于是,讨论结束,大家纷纷践行"局长的方式",并向他老人家投去赞许的目光。

因此，"权力与规则"（获取权力，制定规则）就无需证明地成为管理的"特有资源"。在传统管理学的语境里，管理的"特有资源"被描述为"谁来管"和"如何管"等问题。实际上，所谓"谁来管"就是"权力"问题，所谓"如何管"就是"规则"问题——归根结底，就是管理的"特有资源"问题。

在管理的"特有资源"中，"权力"是一种单方面的影响力。肯尼斯·加尔布雷斯指出，权力的基础包括了人格、财产和组织。权力的基础有赖于强大的人格，权力的分配受制于财产，权力的掌握和运用则依赖于阶级、阶层、政党、社团等组织。而根据丹尼斯·朗的观点"权力是某些人对他人产生预期效果的能力"，他把权力基础分为财富、声望、专长等个人资源，以及集体资源。而更通行的观点则认为"权力是特定管理主体组织管理对象在实现组织既定目标的过程中对管理对象理念、行为的影响力和控制力"。作为一种影响力，权力的作用形式是"单方面"的。所谓"单方面"是指权力的"非对称性"。根据西方古典经济学的论断，"非对称性"的资源是"稀缺的或者具有潜在稀缺特征的资源"，因此，"权力"是"管理"的"稀缺资源"，甚至可以说无权力则无管理。在管理中，"权力"的主体是管理者及其所代表的组织。权力主体承担着管理职责的支配力量，表现为管理者所具有的一定职权。

规则是管理实施的方式和手段。规则的形态包括规章制度、道德法律、风俗习惯、社会结构等等，但规则的形成和行使，必须以特定的"权力诉求"为前提。不论是"明规则"还是"潜规则"，都不过是"权力诉求"的表现形式而已。如果没有明确的"权力诉求"，就不会形成特定的规则形态；如果没有正确的"权力诉求"，就不能正确地行使规则。同理，如果没有规则，"权力诉求"就失去了"载体"，管理活动就无法进行，管理目标的实现也自然成为一句空话。

在现实管理中往往会出现这样的情形，即虽然管理者根据某种管理目标"设计"了规则，但是，在"规则"的运行中却会出现管理者所"不能预料的结果"。还是以会议为例：任何会议都是为了特定的管理目标而设计的（这种情况在我国尤为明显），为了实现由管理目标就必须设计必要的会议规则（议程、日程等），而当人们按照既定的"规则"进行会议时，却可能产生不同于甚至有悖于"初衷"的结果。撇开其中的进化论理性主义或批判理性主义（evolutionary or critical rationalism）思潮不谈，仅就作为一种管理资源的规则而言，至少可以说明"规则"的相对独立性和可资研究的空间。

因此,相对于广义管理资源来说,"权力与规则"这对管理的"特有资源"具有更大的研究潜质。在可以预见的时间里,"权力与规则"——管理的"特有资源"将势必成为管理学的重要发展领域。

三

近一段时间,"信息资源"突然成为一个业界的专有名词。人们似乎在期待着这一专有名词的出现,能够拯救日渐势衰的学术研究,为管理学的发展注入"活力"。

信息是物质的一种表征,信息的功能仅仅在于消除不确定性。在社会语境中,需要"消除不确定性"的行为是选择;在管理语境中,需要"消除不确定性"的行为是决策。在西蒙看来,"管理就是决策"。因此,信息只有相对于管理及其成果而言才能构成资源。

在笔者推荐的"管理的维度"中,"信息资源"显然属于 Z 轴的范围。也就是说,"信息资源"影响"管理"的作用形式,是通过服从于管理(决策)需要得以实现的。在"管理(决策)需要"尚未形成的时候,独立存在的"信息资源"是不存在或者仅仅是"潜在"的。如果某一"信息资源"的拥有者,希望自己的拥有的"资源"成为"管理资源"的话,他唯一可以做的事情就是研究和分析管理(主体)的需求。通过这种"研究和分析",掌握管理"需求"要旨,然后根据管理需求整合自己的"信息资源",使之成为可以介入管理并且影响其目标的"资源"。

如上所述,仅仅拥有信息载体并不能说明拥有"资源",而掌握"管理需求"信息的主体才是"信息资源"的拥有者。因此,在现代的管理学理论中,不论是决策学派的"MIS"还是数量学派的"模型",从来都将"需求分析"作为信息管理之首。当然,信息管理的"链条"一定还会包括收集、整理、鉴定、检索、存储等环节,但是,这些"环节"的目的无非是要改善"信息"的质量,使其更加符合"管理需求"。如果将管理中信息的"管理"也看作"管理程序"和"管理规则"的话,那么这种"程序"和"规则"一定是"管理诉求"的结果,而不是形成"管理诉求"的原因。因此,不论"信息资源"的范围如何,也不论"信息资源"的状态怎样,"信息资源"成为管理资源的充分必要条件只能是"管理诉求",即以"管理的维度"中的 Y 轴为导向。

虽然也有学者认为,管理决策本身就可以被看做是一个"信息加工(处理)的过程",但"可以被看做"并不是"本身就是",其中的关键问题还是"决策(管理)的权力"问题。笔者认为,作为管理的"本质"内容,决策从来都是且仅仅是决策者的职权。不论这一"职权"行使过程多么复杂、曲折和"被参与",它终将溯及"拍板"的一刹那；任何程序或过程性环节都不是决策的本质,任何参与的因素也不能代替决策(管理)者的责任,任何决策的条件和依据都不是决策的结果。如果一定要将"信息加工与处理"与管理决策联系在一起的话,那只能是说在明确了"管理诉求"之后,"信息资源"的状况还是存在被"管理"的空间的。比如,确定某一特定信息的来源的可靠性、数据的准确性和有效性等因素；把输入的信息和数据加以编选、缩减和编制索引,以便向管理者提供只与他们的特定任务有关的信息；为信息的存储和提供设计路径和容器等等。根据信息不对称理论,在管理活动中,获得的信息往往是非对称的。信息不对称,会使决策过程以及管理活动产生很多缺陷。而作为辅助决策的"信息资源管理",其基本价值在于,通过信息资源的合理配置和开发利用尽可能地消除信息不对称的现象,提高管理决策的科学程度。

由此可见,信息资源管理的核心内容就是信息资源的合理配置,信息资源的充分开发和有效利用则是信息资源管理的基本目标。"信息资源"的管理过程,实际上是建立"信息"与"决策"关系的过程；这一过程的基本特征就是"具体化",使"具体"信息作用于"具体"的决策。从这个意义上说,世界上没有"抽象意义"的信息资源,只存在被"决策"利用的"具体意义"的信息资源。因此,相对于其他管理资源而言,信息资源是管理的"狭义资源"。

需要说明的是,与"信息资源"同属 Z 轴其他管理资源,它们影响管理内容的方式和途径可能千差万别,但是,只要是"管理资源",其作用于管理的原理必然是相同的。人们不能因为管理环境、管理需求变化而认为"管理资源"存在本质的不同,也不能因为某些"管理资源"的一时显赫而忽视其他"管理资源"的存在,更不能因为自己的职业、学科等"外在因素"而不顾所用有"管理资源"的真实状况。面对代表"权力"的"管理内容及其诉求",人们能够做事情只能是,认真分析、积极调整和提高所拥有"管理资源"的质量。

随着社会的发展和科学的进步,管理资源的分析和研究已经逐步进入管理决策者的视野。在本届政府的历次工作报告中,都将"整合社会管理资源"作为解决诸多社会和管理问题的"突破口"。在这种强大的"管理需求"拉动下,管理学界一定会有所动作。能否抓住学科发展的机遇,整合自身学科和专业的优势,化腐朽为神奇,正是笔者拭目以待的结果。

（原文地址 http://blog. sina. com. cn/s/blog_54b75c030100p4lc. html 成文时间 2011 - 03 - 02）

第六部分　凡客偶得

跟"老大"学点什么？

美国华尔街的"次贷"危机就像蝴蝶的翅膀搅动了全球的金融市场。于是，"救市"、"风暴"等声音不绝于耳，上演了"多事之秋，方显英雄本色"的嘉年华。出乎人们意料的是，一向敏感的 DAX 界却异常平静，有点像一位酒足饭饱的老汉，安眠于大树之下，全然不顾妇孺的吵闹。

是成熟使然？还是麻木使然？也许是这次"动静"离我们的专业确实太远了，也许是我们还沉浸在领导关怀的幸福之中。然而，我们也不应该忘记海明威的名言："不要问丧钟为谁而鸣，丧钟为你而鸣"。在业界言必称西学的当今，"老大"这次伤风就真的与我们没关系吗？就算我们已经打了免费疫苗，难道不应该查查疫苗的保质期吗？

我们千万不要忘记，"老大"这次生病的原因——门槛太低和过度虚拟，多么像我们业界的述职报告啊！实事求是地讲，我们职业资源接收的门槛并不高，因此使用效率不高，管理成本巨大；在借鉴其他信息资源输出方式的时候，没有充分考虑资源的差异及其使用效率，将一种古老的资源绑在了高科技的战舰上，几乎走上了追求"虚拟空间"的风险航程——我们所面临的不是严重的问题，而是我们根本不知道问题有多严重！

眼下，"老大"已病，秋日渐凉，也许我们会真的冷静下来。

（原文地址 http://blog.sina.com.cn/s/blog_54b75c030100aji4.html 成文时间 2008 - 10 - 03）

溥天之下

溥天之下的许多物种都有很强的相似性,特别是一些门科相近的"亲戚"。比如,喜鹊和乌鸦。在人们的传统思维中,往往把前者当作一种吉兆,而将后者描写得十分不堪。其实它们是非常近似的动物,就连某些生活习性都很相近——落脚在树枝的部位,发声的音部等等。我就曾经见过一只喜鹊啄杀一只麻雀,其凶残程度绝不亚于它的亲戚享用腐尸。

在人们的思维定式中包括一些不尽合理的成分。这些"成分"或者来自生活习惯,或者来自传说。如果是来自于生活,那么这种"思维定式"就会带有一些经验的色彩——强调百闻不如一见和事实胜于雄辩。如果是来自于传说,那么这种"思维定式"就会有一些理论的色彩——强调历史会惊人的相似和先贤效应。但是,不论哪种"思维定式"都不过是在为自己的行动找一个依据,为自己的活法寻一个由头。这从根本上讲,与喜鹊和乌鸦的关系没有什么质的不同。

前两天遇到一位来自国家机关的专家,他毫不掩饰地对我说:"现在国家机关招录和引进了很多'人才',但是基本上都没有什么用处,几乎所有问题最后还是由'引进'他们的领导决定。大家天长日久都明白了一个'国家机密'——那就是'领导是傻瓜'。"他看到我没有明确的态度,马上接着说"还是你们学校好啊,起码时间上比较自由。"我只好点点头,以表示礼貌。当时我对这位"专家"的高论基本上没有过脑子,更没有仔细品味,而事后闲下来的时候再想想他的话,似乎也挺有意思的,至少他揭露了一个"国家机密"。

我曾经在所谓的国家机关工作过相当长的时间,应该说那里的"情况"还是比较了解的。谈到国家机关工作人员的"感觉",其实都是见仁见智,只有是否适合自己生存,没有"高低贵贱之分"。说到学校的"情况",我想可能已经超出那位专家的研究领域——他无论是"感觉"还是"听说",都可以归入"传统思维"的"定式"之中,或者干脆就是一种"误解"——因为从我国的实际情况看,许多"学校"也是一种"国家机关"或者是准"国家机关",其活动的准则与名副其实的"国家机关"非常相近。如果非要找学校与"国家机关"的不同,就是在学校中有一些"国家机关"已经"玩剩下的事情"在这里刚刚开始实行,或者可以称为保留着"国家机关"的"传统基因"。因此,有些学者戏言——我国只有一所大学,其余的不过是这所大学的"分校"。比如,中国传媒大学就应该叫"定福庄大学分校",简称"定大"。

既然溥天之下的喜鹊和乌鸦本来就是"亲戚",那么学校的所谓"自由"就只能是某些人"思想上的自由",或者是用"时间"换来的"空间"上的自由。

(原文地址 http://blog.sina.com.cn/s/blog_54b75c030100fcw4.html 成文时间 2009 - 10 - 21)

汽油涨价的"好处"

昨天下午给 MPA 们上完课,自己已经口干舌燥、眼冒金星,而老天爷也非常不给面子:整得"首善之区"像刚刚被火烧过的赤壁。无奈之下决定打车回家——尽量减少那些不必要的牺牲。

说来也巧,我刚到西门,就有一辆出租车停在了面前。当然,它不是专门接我的,而是一位老人家带着自己的孙女在这里下车——其实效果都一样,我"顺便"上了车。可能是刚才那一老一小太缺乏沟通技巧,使这位具有"中央政治局水平"的司机大哥"闲置"时间过长——他在问清我的去处之后,就开始了"施政演说"——

"您说政府不知道是怎么想的,一边说汽油价格与国际接轨,一面却光升不降?您知道人家美国的汽油才多少钱一吨?"虽然我们家也有辆车,但我早就说过那不过是妇孺之物——是给老伴和儿子玩的——我连中国的油价都不知道,哪还管得了美国的事情。可是,听这位司机大哥的口气,说不定人家真的比我们便宜。因此,我就顺口说了一句"好像比我们便宜"。"一看您就是行家!"司机大哥马上把话接了过去,"您说这叫什么事呀?车份不能变,车费不让涨,油价却不停涨。私家车可以嫌油贵,大不了不开了,在家里忍两天,自己坐公交了。可我们开出租的,还要靠这个吃饭呢!"我连忙称是,以防"事态"扩大。司机大哥却以为找到了"知音"。于是,继续发表"讲演"——"看来还是有明白人。您说那钱都让谁赚了?还不是那些政府官员,中石油、中石化其实都是帮收钱的。"这时汽车的收音机里恰好传出了某专家对我国汽油价格问题的分析,又引起了司机大哥的共鸣。"政府也不知道是怎么决策的?"这位司机大哥的确有"中央政治局委员"的范儿——还知道汽油涨价是政府决策的结果。"放着明白人不用,也不听听媒体和老百姓的呼声,就知道自己在那瞎琢磨……"

"师傅,我家前边就到了","呵,记着呢!不就是万寿路北口吗?!""对"——"您看光顾着聊了,我还没打表呢——您就给 10 块吧!""这怎么好意思?""没关系,改日再聊!"

谁说汽油涨价没有"好处"呀!

(原文地址 http://www.daxtx.cn/home.php? mod = space&uid = 5&do = blog&id = 4442 成文时间 2009 - 7 - 15)

感谢"天狗"

今天是一个非常特殊的日子——"日全食"在 500 年之后又一次光顾了我们这个伟大的国度。因此,人们从几天前就开始忙活起来——有前往最佳观测地点的、有恶补天文知识的、有购买相关设备的——据 DAX 网站测算,仅此一项活动,就可以拉动 GDP0.05 个百分点,多好的一件事呀! 用老年间的话讲,天狗又要吃太阳啦!

在媒体的大力推介下,全国人民的注意力都集中在这次与"天狗"的亲密接触上面。于是,想与上司理论的人少了,想集中上访的人少了,想空谈政治体制改革的人少了……总之,"天狗"的光顾,不仅带来了数百年一遇的自然景观,还可能带来国泰民安的人文景观。真是天道酬勤,老太爷饿不死瞎家雀,好日子终于让咱们赶上了。

也许是心情的缘故,今天的天气好像也没有和前几天那样与老百姓过不去了——起码没有太阳的暴晒了。嗨,你看我这脑子,太阳正与"天狗"叫劲呢,哪还顾得上地下的物件呀。看来,还是那句老话说的好——"好死不如赖活着",这不,活着活着就等到了好光景。如果用一句流行歌词表达这种心情,那没有比"我还再想活五百年"更恰当了。再想活 500 年,就是说明已经活了 500 年,两者相加正好 1 000 年——到时候,再来看"日全食"。

（原文地址 http://www.daxtx.cn/home.php? mod = space&uid = 5&do = blog&id =4483 成文时间 2009 - 7 - 22）

也谈"排名"

在各种"排名"泛滥成灾的今天,可能没有人会在意一种"排名"的真伪,而往往是把这种"排名"作为茶余饭后的谈资。"谈资"自然也有"谈资"的价值,它至少可以让人们记住一些事实——

2009年6～7月,《小康》杂志联合新浪网,会同有关专家及机构,对我国"信用小康"进行了调查。在调查结果中,农民、宗教职业者、性工作者、军人和学生被选为本年度最讲诚信的5个群体;房地产老板、秘书、经纪人、演艺明星和导演排在末位,成为诚信最差的5个群体。更令人意外的是,原本在社会中拥有较高社会声望的职业群体,如科学家、教师,在本次诚信调查中的信用度都很低,不及性工作者。有专家甚至指出,大学教师群体的诚信危机带给社会和未来的危害,丝毫不亚于向来最受网友关注的政府官员群体。

由于对相关职业缺乏了解,无法知道那些职业"赢得"较高社会声望的原因。但是,根据我的"知识储备",职业声望是人们对不同职业的价值评价,它是社会成员对各种职业主观态度的综合。从社会总体看,在一定时期和一定区域内,存在相对共通的基本职业价值标准,并形成职业社会中特定的名次系列和职业声望尺度。职业声望不仅体现了职业相对地位的等级层次,而且还影响着人们对职业的选择,影响着社会的职业流动。

因为不同年龄、性别、经历、家庭、地区的人们,会出于不同的需要和使用各有侧重的职业价值尺度,所以,形成上述"排名"的因素比较复杂,不能统而论之。但是,调查结果至少可以说明,排名比较低的"职业"似乎应该比排名比较高的"职业"在"信用度"方面存在"软肋"。这也应当是事实——

据人民网8月17日的消息,中央音乐学院一位年近70岁的知名博士生导师与一名准备考取该校博士研究生的女学生发生肉体关系,并收受该生10万元贿赂,以便帮助其顺利考博。最终因女学生没有通过考试,而造成"事情败露"。如果"信用小康"的调查在这个"事件"之后进行,我想一定不会给教师职业加分。

在大家生活的高等院校中,也许不会存在像中央音乐学院知名教授那样

"雷人"的经历。然而，"不诚信"的例子却比比皆是。比如，新到任的"教授＋官员"会说"我自己一直认为，我没有什么过人之处，当然更不适合当领导。但是，组织上却一直非要委我以重任。所以，我只不过是一个'过渡'，主要是来向大家学习的……"；当这些著名教授出国"考察"回来之后，他们会说"那个鬼地方，今后除了'解放'它，再也不要去了"；而每当他们动员大家不要关注"名誉和地位"之后，大家会惊奇地发现他们就是所有"名誉和地位"的获得者……

如果"信用小康"的调查操作科学的话，一定是将上述这些教师职业中的"代表性"人物与"性工作者"进行了比较而得到了"信用度很低"的排名——出卖灵魂自然比出卖肉体更能够瓦解职业群体，更容易降低职业的社会声望。

根据劳动社会学的原理，排名比较低的"职业"就存在向排名比较高的"职业"流动的可能。想想古时候"十丐九儒"的"排名"，也许现在的结果还不算太差。

（原文地址 http://www. daxtx. cn/home. php？mod＝space&uid＝5&do＝blog&id＝4639 成文时间 2009－8－19）

会 议 趣 谈

　　尽管人们对会议的"非议"多于赞扬、贬损多于欣赏,但是,我依然觉得那都是人们的"心态"所致——只要大家心态平和、包容万方,其实"会议"还是非常有趣的。这就有点像去看一些"艺术家"表演的小品,其观赏效果更多地取决于观赏者的欣赏态度。不然的话,海派清口大腕周立波早就哭着喊着要求上"春晚"了。

　　会议在更多的"情况"下也可以被看作一种"节目",其中有演员、灯光、道具,当然也有编剧和导演。大戏开锣,全看观众如何欣赏了——

　　我曾经参加过一次某专业委员会的"换届"会议,和其他会议一样,主席台上"依旧"坐着会议举办地的领导和主管部委的官员。按照惯例首先是"地主"致辞,他除了介绍一些会议举办地的"人文、地理"情况外,无非是说会议在他们这里召开真选对了地方,以及祝会议圆满成功之类的废话。然后是主管部委的官员致辞——按照一般情况,他也只需要说一些"礼仪"性的废话,开幕式就可以结束——大家照相,领导退席,会议进入正常议程。但是,不知道是什么原因,那天主管部委的官员非常亢奋,他不但讲了"'礼仪'性的废话",还讲到了单位的发展远景和内部的政治学习,俨然把会议的致辞变成了自己的"施政演说"。如此一来,会议的议程"延迟"自不必说,最可怜的是那位会议举办地的领导——不但被主管部委官员的"废话"带入梦乡,还被一次又一次的掌声一次又一次地"惊醒",成为了主席台上当之无愧的"看点"。更为有趣的是,当大家终于熬到开幕式结束、"正常议程"开始的时候,大会的主持人延续了"亢奋"状态——突然非常自信地宣布:"××专业委员会的'换届'会议现在开始!"啊?原来这个会议到了这个时候才算开始呀!那么刚才大家都干什么来着?总不能是看"猴戏"吧。

　　会议自然不都是"滑稽",有时候还有那么一点"惊险"——在我曾经工作过的一个单位,为了庆祝自己的十周年"生日",准备在人民大会堂举办一次庆典。当各项准备活动基本完成的时候,不知道是什么"高人"向领导建议"最好能够将这个会议在中央电视台播一下",更为可悲的是我们的领导居然采纳了这个建议。我们这几个负责"办会"的一打听，只有党和国家领导人参加的会议才有可能在"中央电视台播一下"，而需要"党和国家领导人参加的会议"必须按照隶属关系写"请示"。不要说我们那个单位，就是我们单位的"上家"要想写这种"请示"也需要有充足的理由和胆量……可是，领导的指示精神又不能不落实。正在我们左右为难的时候，又有"高人"出现了——经过"高人"指点，我们知道全国人大的副委员长和政协的副主席也是"党和国家领导人"，而且可以通过"关系"请到。于是，我们就抓紧了有限的时间和有限的"关系"去请，但是由于这些领导人一般年事已高，所以我们并没有得到"准确的答案"。

就在我们冒着辜负领导重托的风险开始会议的前 5 分钟，有三位领导人翩然而至。我记得非常清楚，在第二天中央电视台晚间新闻中有这样一则"消息"："××单位十周年庆祝大会在人民大会堂举行。全国人大的副委员长×××、×××，政协的副主席×××出席了会议。程思远副主席发表了热情洋溢的讲话……"

哈哈，现在大家是不是和我一样，觉得会议在有的时候还是挺有趣的?!

（原文地址 http://blog.sina.com.cn/s/blog_54b75c030100fqos.html 成文时间 2009 - 11 - 17）

第六部分　凡客偶得

新 年 献 词

昨天,准确地说应该是 2009 年,我读到了北大中文系陈平原教授的一篇名为《同一个中国……》的文章。文章中谈到了国人"迎新"时的一些文化现象,非常值得进入新年的人们分享。陈教授如是说——

"蓦然间,想起了梁启超 1902 年刊于《新小说》上的《新中国未来记》。那篇未完的政治小说,开篇部分设想维新变法成功,60 年后的中国成为世界强国,万邦来朝,上海举行'大博览会',黄浦江两岸到处都是演说,而孔子后裔、全国教育会会长、文学大博士孔觉民则专门演讲'维新史'"。

"30 年后,准确说是 1933 年 1 月,《东方杂志》推出'新年特大号',……这期杂志最吸引人的,莫过于长达 83 页的'新年的梦想'。面对 142 则五彩缤纷的答案,很容易触摸到那个时代'梦想的中国'以及'梦想的个人生活'。"

"距离《东方杂志》的'说梦'25 年后,神州大地掀起了'大跃进'浪潮。今人看来是'梦话'的,当初却信以为真。……作为乌托邦思想史上的'活化石',大跃进及其文学表现,值得今人认真清理与回味。"

"事隔 30 年,《文汇报》再次发起'梦想未来'征文,据说有五千多文化人及普通读者参与。在 1993 年 4 月 14 日的《文汇报》上,刊登了许多'梦话'"。

"说到梦想,最有名的,莫过于 1963 年 8 月 28 日美国黑人民权领袖马丁·路德金(Martin Luther King, Jr.,1929—1968)在林肯纪念堂前发表的演说《我有一个梦》。后知后觉的我,是上大学后才阅读此重要文献的。不过,关于'梦想'可以改变世界,我始终深信不疑。问题在于,是什么样的'梦想',将把世界带向'何处',这考验一代人的智慧。"

陈教授在他的文章最后是这样说的:"重温 76 年前《东方杂志》上那些'新年的梦想',记得打头阵的,是'中央监察委员'柳亚子:'我梦想中的未来世界,是一个社会主义的大同世界,打破一切民族和阶级的区别,全世界成为一个大联邦……'时光流逝,经历'大跃进'等惨痛实践的我辈,很难再进入'世界大同'的语境,可又不甘心只谈'抽水马桶'问题,于是,灵机一动,将去年北京奥运会的口号,改造成新世纪的'梦话'——'同一个中国,同一个梦想'"。

写在学问边上

读完这篇文章,本来自以为头脑还算清楚的我,一下子觉得无话可说。我唯一感到应该做的,就是今后在每一个"新年"将陈氏的文章再读一遍,至少这样可以比读到或者听到现在大家正在读到或者听到的那些"新年献词"更接近人类的本体。

（原文地址 http://blog.sina.com.cn/s/blog_54b75c030100g9nx.html 成文时间 2010 − 01 − 01）

"球　市"

　　近两天,我国的球市异常火爆。倒不是因为"舅舅不疼、姥姥不爱"的国足亚洲杯出线,而是在"打击商业贿赂操纵比赛和赌球违法犯罪的行动"中牵出了"大鲨鱼"。

　　在昨天国家体育总局召开新闻发布会上,副局长崔大林宣布:原水上运动管理中心主任韦迪接替南勇,担任足球管理中心主任兼党委书记,同时免去南勇足管中心主任、党委书记等职,免去杨一民足管中心副主任一职。虽然崔大林还措辞谨慎地称南勇和杨一民为"同志",并且从法律角度来讲并不能认定二人一定涉嫌犯罪,不排除两人是纯粹"协助调查"的可能,但是,明眼人心里都清楚"涉及高层"的好戏就要开始了。

　　正像郭德纲在一次"检查"中说的那样,他做对不起全国人民的事,就是在"换台"的时候一不小心又看中国男足比赛了——为了"避免"犯类似"郭德纲式"的错误,我已经好久没有欣赏那种体育活动了。只是与郭德纲先生略微不同,我主要是因为弄不懂、欣赏不了"足球"才不看足球比赛的。在我的印象中,我国的"足坛"并不是一个出成绩、出竞技水平的地方,而是一个"出新闻"的地方。因此,如果是谁家的"小报"开不了张,在中国足协门口蹲上那么一半天,保准生意兴隆。可惜我们的杂志在"业务分工"里上级主管机关不让登这个,不然的话,我早就披件棉大衣、搬个小板凳到那个地方"刨食"去了。

　　世界上吃不到葡萄的人并不一定不知道葡萄的味道,没有搬个小板凳到那个地方"刨食"的人也并不一定不知道"那里边"发生和将要发生的事情。在这个资讯发达的今天,有的时候想不知道一些事情、希望落得"耳根清净"都是一件奢侈的享受。真是没有办法,只好跟着那些"搬个小板凳"的人一起被动欣赏一下我国的"球市"——从目前的情况来看,在此次公安机关依法打击商业贿赂操纵比赛和赌球违法犯罪的行动中,南勇和杨一民应该有着举足轻重的地位,就算没有直接参与犯罪,也应当知道不少的内情,并掌握了其中相关的一些证据。作为足管中心的领导,没能在任职期

间对所有可能构成足坛犯罪的行为进行揭发和查处,这本身就是一种不作
为……

哈哈,足球本来就是个球,由于"球"的滚动而带来的就一定是"球事"
或者"球市"。至于这个"球事"或者"球市"的好与不好,大家就只能等着
瞧了。

(原文地址 http://blog. sina. com. cn/s/blog_54b75c030100giqr. html 成文时
间 2010 - 01 - 23)

回 家 过 年

　　刚才查了一下新浪微博，2 月 10 日发送成功的信息是："回家过年：我发现了一条春运期间的规律，那就是'新闻'中越是报道 N 种新举措正在顺利实施，车票就越是难于买到——反正我托人买的票，据说明天中午才能拿到！"

　　现在我的情况是——已经顺利地拿到了朋友帮助买的车票，并且更加顺利地回到"家"中。这无疑可以被认为是"又一次"政府惠民政策的伟大胜利，是中华民族伟大"迁徙史"中的一个插曲，是×××的一小步、人类文明的一大步……诸如此类大家耳熟能详的新闻语言，我还可以继续罗列下去，但是，"罗列"的结果仍然无法改变存在的事实，那就是我仅仅是在一个非常的交通运输时段，有幸地买到了火车票回家了，仅此而已。

　　当"回家过年"已经变为现实以后，当我再次看到电视新闻中那些还在为"回家过年"而奔波的人们，突然产生了一种观看和欣赏的心态，好像自己就是在看一个出现在电视画面里的节目，至于这个节目后面的"教育意义"则会随着节目的消失而更快的消失。然后呢？然后就是明年的这个时辰，大家还会义无反顾地投入到"回家过年"的"洪流"中去，然后又在家欣赏"出现在电视画面里的节目"。

　　当然，社会学家们也会对被称为"春运"的现象进行解读，并且从中发现一些社会历史规律。比如，一个国家的发展阶段，一个民族的生存状况，一个政府的应急能力，一些公共知识分子的"痴心妄想"……这些东西也许是重要的，它的重要性在于为那些需要显示自己重要的人提供了显示自己的机会，为广大民众提供了接收信息的资源，为各种媒体提供了消遣自己、娱乐他人的武器。而如此这般地热闹一番之后，大家唯一可以等待的就是下一个"如此这般的热闹"。

　　其实，过年的真正意味可能在于，让忙碌了一年的人们歇一歇脚、换一种活法，好投入下一个忙碌的一年——就像一个过山车回到了车站，等待着下一次的"过山"。

　　（原文地址 http://blog. sina. com. cn/s/blog_54b75c030100gsbg. html 成文时间 2010-02-12）

"阿 凡 达"

　　我总是在一部大片就要下线的时候有机会一睹"芳容"：比如《2012》，再比如《阿凡达》。当然，这次能够看上《阿凡达》还要感谢中直机关党委对其员工及其家属的照应，也算是领导春节期间的慰问活动。但不论怎么样，还是让我看到了这个被媒体和它的"枪手"吹翻了天的大片。

　　遗憾的是，与《2012》让我稍许有些感动不同，《阿凡达》给我带来的除了震惊还是震惊，一种跌破眼镜的震惊。我只能认为，我真的与"阿凡达"所处的不是一个星球，也与吹捧《阿凡达》的媒体和它的"枪手"所处的不是一个星球，不然的话，怎么能面对同样的事物和一边倒的声音，感觉就是那么不一样呢？痛定思痛，我还得在自己身上找原因——

　　首先，中直机关党委用于慰问大家的不是3D片，没有传说中的那种感动人的效果，用我儿子的话说，干脆就是一个"山寨版"的《阿凡达》。这也难怪，在技术至上的年代，一个没有了技术这块"遮羞布"的产品当然就会没有什么尊严——老套的故事、老套的表现手法，再加上"走了形"的演员面孔，如果没有"钱使鬼推磨"，真难想像还会有哪位媒体的大爷会喝这碗刷锅水！

　　其次，中直机关党委用于慰问大家的场所——一个部队礼堂显然也不够档次，从音响到灯光，从银幕到座位，甚至就连看电影的观众都没有任何现代气息可言。"阿凡达"如果真的在潘多拉星球上有灵的话，也很难有什么精神在这个地方表演。说白了，这种地方也就是咱子弟兵搞个联欢，给部队首长弄个慰问演出什么的，充其量再请上级领导作个报告，怎么能用于放映像《阿凡达》这样的"西洋景"呢？

　　当然，如果说整个《阿凡达》的放映过程没有一丝亮点那也不是事实——正当银幕上人鬼过电的时候，礼堂里的灯光突然大亮，然后有工作人员在楼上、楼下分别大喊："谁打了120电话？"在询问无果的情况下，他们还不厌其烦地逐排查找。想想也是，如果真是哪位首长突发病故，耽误了治疗时机，这要比"阿凡达"们的"怪力乱神"重要不知道多少倍。有道是"工夫不负有心人"，这些工作人员不知借助了什么手段居然找到了"打120的人名"，并且顺藤摸瓜找到了

"打120的人"———一对中规中矩的老夫老妻,在他们跟着工作人员出去接受问讯之后,《阿凡达》继续进行。

经过这样动荡的人们,谁还会有心思去看"阿凡达"们那本来就十分拙劣的表演呢?我不知道其他观众的心情怎样,反正我的心里一直惦记着那对"打120的"老夫老妻:他们在离开礼堂后的命运如何呢?我希望他们至少比"阿凡达"们好一些!

（原文地址 http://blog. sina. com. cn/s/blog_54b75c030100gsp0. html 成文时间 2010 - 02 - 13）

"强权低能"

近一年来我国出现了一些令人匪夷所思的"公共管理"事件,比如"躲猫猫"和"喝水死"等。这些"公共管理"事件除了带给我们"网络风暴"外,还为每一个智力健全的人提供了难得的思考空间。在众多被人们热议的话题中,我比较感兴趣的是:为什么一些小学生都可以一眼识破的"猫腻",我们的一些公权力部门却屡试不爽?会不会真的像一些网友所说的那样,这些"公权力部门"的人员"脑子统统坏掉了"?

按照我国现行的有关规定,在国家"公权力部门"的人员是应该经过严格的"国考"和面试程序才被"公权力部门"录用的;在此之后,这些"公权力部门"的人员还会经历定期的业绩考核。虽然目前还没有听说对他们进行必要的"智力测验",但经过了上述"入口"和"过程"管理之后的人员,智商应该不至于太低。这样一来,从这些"智商应该不至于太低"的人嘴里说出类似"躲猫猫"和"喝水死"的低幼言论,仿佛根本无法解释。

在我看来,出现这种状况的原因可能是"强权低能"。也就是说,是"强权"导致了"低能"。长期生活在不受监督的、具有"强权"部门的人员,他们的主要精力都集中在如何获得、维护和"消费"自己手中的权力;只要"强权"稳固,其他方面的问题在他们看来都应该不是问题,即便出现了一些"小问题",也同样可以用手中的"强权"将其"摆平"。因此,"强权"部门的人员实际上并不太注重"执政能力"的培养和训练,而往往是手中的"强权"越大就越不注重"执政能力"的培养和训练。

这样一来二去、滴水穿石,"强权"部门人员的"执政能力"就会出现大幅度的降低和退化,长此以往,他们的"智商"也会随着"执政能力"的降低而降低。如果从出现"躲猫猫"和"喝水死"等"表面现象"上观察,他们"智商"下降的幅度与"执政能力"降低的幅度之比,应该呈现出负几何级数的关系(有关数据目前正在统计分析中)。如果计算模型科学,运算过程准确,那么,我国再次出现"躲猫猫"和"喝水死"等事件的概率应该大于等于零、小于等于一。

我准备以此"科研成果"去冲击明年的诺贝尔××奖,并期待着在那里升国旗、奏国歌!

(原文地址 http://blog.sina.com.cn/s/blog_54b75c030100h23k.html 成文时间 2010-03-06)

"奴才人才论"

"奴才人才论"不是我的原创,而是转述香港岭南大学中文系教授许子东先生在凤凰卫视中文台王牌节目《锵锵三人行》中经常说到的一个观点,即在新中国成立的初期,国家将一些诸如郭沫若、茅盾这样的"人才"放在了官员的岗位,类似于我国某些朝代的"奴才";而现如今一些专业主管部门又将自己的"官员"放到了本应该是"人才"担当的文化学术岗位上,成为了从"奴才"到"人才"在形式上的转化。

在我的印象中,奴才是清代宦官及清代满洲文武官员对皇帝的自称,本来应该没有什么特殊的含义,就同大家有时候见到一些学长和前辈自称"学生"没什么两样。可是,到了后来,清代旗籍家庭的奴仆对主人亦自称奴才,再后来人们逐渐把"奴才"指清廷的走狗,进而使"奴才"演化为"没有主见、见风使舵、溜须拍马的人"和"能心甘情愿地为权势者效忠以获取额外好处的人"。这就使一个原本中性的官员自称,变成了地地道道的贬义词,以至于谁再一说到"奴才"就有当街叫骂之嫌。

其实,"奴才"既然是"才"就起码在字面上与"人才"、"天才"存在相通之处,具备相当的"天赋",应该属于稀有的物种,至少他们在辅佐上司和为人处世方面还是有许多可圈可点之处的。不然的话,大家就不会在影视作品中看到那些"光彩照人"的和珅们,也不会读到那么多的"职场宝典",更不会在自己的内心深处"潜伏"着那样一个我不说大家心里也清楚的人物——一言而蔽之,奴才对社会和人们的"精神世界"还是有贡献的,大家不可以"卸磨杀驴"。

话一扯就有点远了,还是回到许子东先生的"命题"上来。在当今的社会上,的确有"人才"和"奴才"挂职交流的情况,其中的主要原因可能还是社会或者国家对各种人物的评估体系不够完善所致。打一个不太恰当的比喻,一个在部委工作了多年的"老司长",因为种种原因眼看着当不了副部长了;如果让他老人家就这么走(退休)了,将来谁还会为"革命事业"献了青春献子孙呢?!如果组织上安排这种人物到下属单位当个一官半职的有什么不可以呢?如果恰好这个"下属单位"又在一定的级别上,那不是两全其美吗?

因此,大家在自己"权利意识"觉醒的同时,也多为国家和领导想想,我们的社会不是就更加和谐了吗?!

（原文地址 http://blog.sina.com.cn/s/blog_54b75c030100h5s9.html 成文时间 2010 - 03 - 13）

第六部分　凡客偶得

民　怨

前几天在我家楼道的电梯间里出现了一张"紧急通知",称由于隔壁小区施工影响了我们小区的"生活",大家应该"组织起来"向施工单位索要"补贴"。很快就有了居委会的"补充通知",内容主要是说"施工单位采取'各个击破'的方式,向一些住户发放了'少于国家规定'的'补贴',大家不要上当,应该团结起来、统一口径,与施工单位交涉到底。"

从地理位置上看,我家应该是与"隔壁小区"距离最近的住户之一,从我家的阳台向南望去,就可以看到"工地"的每一个角落。但实事求是地讲,我真的没有感觉到这个"工地"对我这个"坐家者"有什么影响,如果与那些我们楼里的装修工程相比,隔壁小区的施工简直就是两个文明的典范。这事就多少有些奇怪了,人们放着身边的利益不去维护,却要向一墙之隔的"邻居"申明自己的权利?

这件事如果搁在 20 年前,大家一定会说贴各种"通知"的家伙要么神经不正常,要么就是背后有"坏人"指使,说不定"组织上"还真的要为这件事忙活一阵,最后还会总结出一些"阶级斗争"的"新动向",作为教育群众、警示后人、打击敌对分子的"精神原子弹"。这绝对不是天方夜谭。只不过当今的历史学家对皇帝和妃子被窝里的那点事还忙不过来,暂时没有精力去研究这些"凡人琐事"。

几十年过去了,不管说社会进步也好还是说政治清明也罢,反之现在老百姓敢于把自己当人看,知道自己的权利,甚至敢于主张自己的权利了。当然,从报纸的反映或者身边的情况看,这种"主张自己权利"的行为多少还有些原始、有些矫枉过正,但总的来说是向"好的方向"、向着"公民社会"的方向发展。在这个过程中,"民怨"、诉求、博弈等社会现象都是无法避免的"阵痛"——就像当妈的都知道,有些"阵痛"还是必须要经历的。

作为社会的一员,我真诚地希望我们的社会能够在自己可以看得到的时候越来越美好;作为小区的一员,我更加真诚地希望在居委会各位大爷、大妈的不懈努力下得到隔壁小区施工单位甚至楼内装修扰民住户的"补贴",并且越多越好!

（原文地址 http://blog. sina. com. cn/s/blog_54b75c030100hkr7. html 成文时间 2010－04－04）

蜂　蝇

今天在网上浏览,偶然发现了在中国寓言网里有一篇张鹤鸣写于 2007 年 2 月 8 日 11:01:06 的文章,题目叫做"蜂蝇",觉得非常有趣,因此抄录如下——

春暖花开,阳光灿烂。蜜蜂们成群结队忙忙碌碌采集花粉。

一只苍蝇漫无头绪地在花丛中飞来飞去,它很羡慕蜜蜂们温馨欢愉的群体生活,拦住匆匆飞过的一只小蜜蜂问道:"好妹妹,你们忙些什么呢?"

"趁这春光明媚的大好时节,我们在采集花粉,酿造甜蜜的事业!"小蜜蜂自豪地说。

"我也想参加你们的甜蜜事业,行吗?"

"不行,我们大腿内侧有两个凹陷的地方,是专门用来装花粉的篮子,你们苍蝇没有篮子,怎么采集花粉呀?"

于是苍蝇向造物主苦苦哀求,终于得到了同样的两只篮子,因而这只苍蝇便自己改名叫蜂蝇。

蜂蝇找到那只小蜜蜂,说:"好妹妹,我也有两只篮子,你带我去采集花粉吧!"

小蜜蜂看了一眼蜂蝇,说:"好吧,你等着!"

一会儿,几只寻找蜜源的侦察兵从不同方向回来了,它们不停地舞蹈。小蜜蜂告诉蜂蝇:"这是我们蜜蜂家族的舞蹈语汇:圆形舞表示蜜源较近,'8'字舞表示蜜源在远处;舞者头朝上,表示在向阳方向,头朝下则表示在背着太阳处。"

"哦,你们蜜蜂真聪明啊!"蜂蝇赞叹道。

"您就跟我到近地去采花吧。"小蜜蜂说,"您第一次参加劳动,挺辛苦的。"

"好的,好的,多蒙妹妹关照!"蜂蝇连声道谢,跃跃欲试。

蜂群得到了侦察兵的讯息,立即倾巢而出,唱着欢快的采花曲匆匆上路了。

开始时,蜂蝇跟着小蜜蜂飞行。才几分钟,蜂蝇便有些体力不支,渐渐掉队了。

春风暖洋洋地拂面而来,缕缕腐臭的气息悠悠飘荡。蜂蝇发现,原来臭水沟里有好几只腐烂了的死老鼠。那腐臭气味对蜂蝇来说真是一种挡不住的诱惑。蜂蝇一头扑上去,拼命吮吸起来,早把采集花粉的事抛到了九霄云外了。

小蜜蜂飞到了目的地,发现丢了蜂蝇。它从原路返回,在臭水沟中找到了蜂蝇,只见它正从死老鼠身上将腐肉一点一滴小心翼翼地装进篮子里。

小蜜蜂越看越恶心。它想:尽管这只蜂蝇有了花粉篮子,外表有点像蜜蜂,但骨子里仍然是一只香臭不辨的苍蝇,肯定与甜蜜的事业无缘的。

仔细想来,我也是"认识"蜂蝇这种昆虫的。在百度百科中,蜂蝇(Eristalomyia tenax)属于节肢动物门、昆虫纲、双翅目、食蚜蝇科,在北方俗名"臭蜜蜂",常在尿、粪缸、污水和阴沟等处产卵。但是,由于蜂蝇的外貌酷似蜜蜂,因此经常会出现上面那篇寓言中的情景。

其实,在我们身边,甚至包括所谓的"学术界",也是存在许多类似蜂蝇这样的个体和群体的:它们有着迷惑性很强的外表,假装蜜蜂们的行为,而归根结底不过是一只形似"小蜜蜂"的苍蝇,只要机会成熟,它们一定不会放弃自己最擅长的觅食方式,人们更不能期望它们可以在善良愿望的感召下从良。

不过,据说蜂蝇还是有一些"药用价值"的:煎汤干燥蜂蝇幼虫全体,可以健脾消食,用于治疗脾胃虚弱、食积不化、脘腹胀满、食少纳呆、呕吐、泄泻、嗳腐呕逆、体倦无力等病症。大家不妨一试!

(原文地址 http://blog. sina. com. cn/s/blog_54b75c030100huho. html 成文时间 2010 - 04 - 17)

科学的敬畏

近一段时间我们生存的地球好像到了活跃期,包括地震、海啸在内的各种地壳运动形式频繁发生,这不能不引起人们的疑虑。在疑虑的人群中,一些被称为环保人士的公共知识分子表现非常突出。在他们看来,有95%的灾难都可能直接或者间接地与人类不良行为有关——"中华民族到了最危险的时候……"

从自身的感觉上,我比较认同环保人士提倡的改变人类某些恶习的主张,毕竟穷奢极欲自古就不是我们民族的优良传统。但是,如果从科学的角度去分析,我也不能不承认环保人士的某些主张多少有些过分。之所以出现这种情况,可能与许多环保人士的非"科学背景"有关,甚至可能因为公共知识分子的身份而致使他们认为自己"无知而无不知"。其实,他们也常常与我们这些老百姓一样"从自身的感觉上"去认识身边的世界,并没有真正对科学怀有敬畏。

据科学研究表明,人类对地球的影响至多不会超过目前环境变化的5%,也就是说有95%的环境变化可能是由于地球自身的原因造成的,其中的许多因素是目前的科学还没有认知和不能解决的。比如,现在地球正在经历一次最长的非冰河期,因此,从总的趋势上看地球将逐渐变冷,这与环保人士和大家的感觉存在很大差异,但是感觉毕竟是感觉,它不能代替科学。

细细想来,我上高中的时候所在的"物理班"倒是接触过一些"科学"。给我留下深刻印象的"科学事件"主要是维修学校的室内电路和进行电动机的组装。根据弗莱明左手定则,由于切割磁力线会产生电流(因闭合电路中部分导体作切割磁感线运动,产生感应电流),并且知道这种东西达到一定强度的时候足以使人毙命,即便在做实验的时候老师都嘱咐我们要格外小心。尽管当时我的成绩还算突出,实验也很少失误,但是从那时起我就对带"电"的东西心存疑虑,甚至敬而远之,大概算是一种对科学的敬畏吧。

不过现在我还是十分佩服那些见"电"就上的、即将成为公共知识分子的同事们,在他们身上大家可以看到那种存在于远古时期的人类气息。

(原文地址 http://blog. sina. com. cn/s/blog_54b75c030100i04q. html 成文时间 2010 - 04 - 23)

世 博 一 日

一

昨天我们一行人终于可以在结束了"公务"之后去参观"世博会"了——没有了繁文缛节，没有了推杯交盏，"世博会"当然是一次"非常成功"的会议。

由于上海大学的周密安排，我们"世博会"的第一站是中国馆。虽然也在展馆外排了近一个小时的队，但是比起那些没有"预约"上的人们，还是幸运得一塌糊涂。上午11:40，陆川导演的片子《历程》成为了我在中国馆看到的第一个节目：影片在开头，一对年轻男女告别了自己的黄土地上的父辈，和一些同龄人一起奔跑；然后他们跑进了一个很像上海的城市，做起了建筑工人（或者农民工），新的城市在他们的手下飞速成长，我们的国家在他们的身边飞速发展，其中有成功的喜悦，也有灾难的经历，但是这些都没有"阻挡"中国成长的步伐……最后，片头中的年轻男女已经不再年轻，一个象征着更加"年轻"的生命从天而降——10分钟的时间，准环幕的立体效果，还是给观众留下了一些震撼。

在中国馆中，还有许多可以"给观众留下了一些震撼"的节目，择其要者应该非图画莫属：几十幅（或者上百幅）色彩鲜明的儿童画，加上画中的构图和讲述的故事，绝对可以称得上视觉盛宴，而清明上河图的"动画版"和真迹又仿佛让人们回到过去，回味先人曾经的繁荣……当然，作为"世博会"的主办国，中国也没有忘记向人们介绍自己的传统和宣传低碳的理念，在历史和未来之间展示人类的文明。使我唯一感到"遗憾"的是，自己在进入中国馆之前没有买到"世博护照"，因此没有留下"历史的记录"。

为了不让这个"遗憾"继续，"离开中国"后我就赶紧弄了个"护照"，之后所到的"国家"都在"护照"上得以体现——尼泊尔、印度、斯里兰卡、柬埔寨、印度尼西亚、菲律宾、新西兰、文莱，在对购物和照相充分"鄙视"的同时，办理"签证"就成为了自己在"世博会"中的重要任务……因为我们的团队要在16:30返回住地，所以我的"世博一日"略显仓促。不过，当我坐在大巴座位上的时候，我还是感觉到了什么是"生活更美好"；当看到"世博会"外的一些店铺门前都不需要排队和预约的时候，我又一次感觉到了什么是"生活更美好"。

写在学问边上

224

顺便说一句，今天我还是要去"世博会"的，主要是想领略一下"西方文明"。

（原文地址 http://blog.sina.com.cn/s/blog_54b75c030100ihl1.html 成文时间 2010 - 05 - 18）

二

昨天也就是 5 月 18 日，我上午 10 点左右进入"世博会"园区，晚上 11:15 离开，几乎在园区生活了 13 个小时，是名副其实的"世博一日"。由于时间宽裕，所以体验也比前一天"充分"一些。

我在上一个"帖子"中已经说到，我的第二个"世博一日"主要以西方国家为主。因此，我们一行人的第一站就是美国馆——在等候了与另外一个世界大国"中国馆"大体相当的时间之后，一个叫"美国精神"节目展现在我们眼前。说白了，就是美国在向世界输出军火和战争之外，还在推销自己国家的价值观念：在一些美国"路人"及其政要忽悠了一通之后，一个小女孩用自己无声的行动引领大家建设自己家园的故事，应该算得上"精品"。其中既包含了执著又不缺乏包容，既有善良的愿望又有理解和行动，最终这些都使一个废弃角落变成了美丽的花园。怎么样，美国看来还是有点文化的吧。

在此后的行程中，我们先后去了英国、法国、意大利、卢森堡、秘鲁、加勒比地区和包括航空、通讯、主题案例在内的一些位于浦西的"世博会"园区。即便是没有到过"世博会"的人，也会从字面上发现这些场馆的不同，而我们这些"行走族"就更是感同身受——简单地说，法国、意大利主打的是文化，英国、卢森堡玩的是别致，加勒比地区占的是"摊位"，秘鲁（等馆）要的是门前排队，而浦西的"世博会"园区在被人们冷落的同时也有着自己的"韵味"……

一天走下来，其实主要是在挑战我们的眼睛、下肢和意志品质。单就"意志品质"而言，如果没有强健的神经，没有门前排队的决心，没有牺牲"双脚"的奔波，你的"眼福"就只能是一个梦想。另外，我用"双脚"在两天中走出来的经验是，千万不要把参加"世博会"当成一项政治任务，那不过是自己的一次休闲、一种体验、一趟漫无目的的奔走。

（原文地址 http://blog.sina.com.cn/s/blog_54b75c030100iict.html 成文时间 2010 - 05 - 19）

第六部分 凡客偶得

等　待

等待是我过去一段时间中的关键词,它并不是哲学意义上的今天等待明天,而是为了一个特定目标的超时限延续。比如,等待飞机起飞。

在我看来,人们选择乘坐飞机的主要理由一定是为了快捷,而不是为了等待。如果等待成为乘机者的常态,那么这种交通工具的存在价值就会大打折扣。然而,就在近 10 天的时间里,我超过规定时限的等待至少在 15 小时以上,主要包括在首都机场等待去杭州的 4 个多小时和在上海虹桥机场等待去深圳的 10 多个小时,其他中转期间个把小时的等待可以忽略不计。

由于时间宽裕,我特别注意了一下"等待"中两种主要构成者的状态。第一就是像我这样的乘客。一般地说,飞机延误最着急的应该是乘客,乘客们的状态基本上可以用坐立不安来概括。其中一些人会反复询问机场工作人员拟乘坐航班的状况,个别情绪急躁者还会就有关问题"讨个说法"。另外一些人,比如像我这样的"被延误"常客则一般不与那些机场人员交往,只是在候机厅座位上"保存体力";如果实在觉得无聊,可以选择使用电子设备消遣,或者在机场里忙中偷闲地散散步,或者浏览一下"人间春色"。之所以选择这种态度,是因为经验告诉他们,与机场工作人员"讨个说法"基本上属于"陪聊"。

我为什么认为"与机场工作人员'讨个说法'基本上属于'陪聊'"呢?是因为这种交流和沟通除了可以排遣机场工作人员的寂寞之外不会有任何结果。如果大家不相信,我现在就可以告诉所有希望"讨个说法"的人们,在任何机场、任何航班延误的理由——飞机机械故障、空中管制、气候原因……如果你还想继续听下去的话,还会得到类似于"我们也在积极与有关方面联系"、"请您耐心等待"、"我将在第一时间通知您"等等说了基本上等于没说的话。我认为,这些有问必答的机场工作人员,如果他们没有学会打发乘客的本领,有关方面一定不会让他们出现在候机厅的乘客面前。

曾经有公共知识分子断言,目前我国最稀缺的资源就是诚信,这是维系国运的底线。我自然没有公共知识分子那样的思想觉悟,不会感悟到"维系国运"那样的宏大叙事,但是,我至少感觉到像上述机场误机那样的情况,机场工作人员应该把实话告诉乘客,如果可能的话,还应该向乘客提出包括"是等待还是转签"在内的建议,而不是把乘客看作自己的"陪聊对象"。

我之所以使用了"如果",是因为我仅仅是一种假设——如果机场工作人员真的把实话告诉了乘客,就会导致下岗和其他工作上的不便,那么,我的建议就算是没说。

(原文地址 http://blog. sina. com. cn/s/blog_54b75c030100ilme. html 成文时间 2010 − 05 − 23)

老丈人协会

我一位同事的女儿结婚了,这位同事就从单纯意义的爹升级为"老丈人"。在为他高兴的同时,我惊奇地发现周围的一些朋友和同事也具有这种潜质,在可以预见的将来升级为老丈人。如此一来,"老丈人"就会成为一个相当的群体,就会逐渐形成一定的群体利益,很有"组织起来"的必要。

考虑到我国的传统文化和现实情况,这个由老丈人组织起来的团队应该叫"老丈人协会"。这样的称谓既可以体现组织的内涵,又具有 NGO 的某些特征,更重要的是它有着非常广阔的发展空间,是一支不折不扣的潜力股——

据一些官方和半官方的数据表明,我国的男女比例已经到了危及社会安定的程度,完全颠覆了"生男勿喜女勿悲,君今看女作门楣"的传统观念——在不远的将来,会有相当数量的男生找不到自己的媳妇。除了媒体和那些公共知识分子鼓噪的问题之外,这些"找不到自己媳妇"的家伙还有可能危及已婚女生的安全。由于这些"已婚女生"的丈夫们工作繁忙和业务生疏,所以"老丈人"及其组织就有可能成为保卫"已婚女生"乃至社会安定的可以信赖的力量。

至于"老丈人协会"的规模大家也没有必要担心,因为它同样有着广泛的社会基础。虽然官方和半官方的数据表明"未来的女生会少一些",但是社会学家李强的一次调查却有些耐人寻味——李师在一次上课的时候讲到,他有一次去农村做人口调查,确实发现男生要比女生多一些;可是根据他的经验,又对这种"结果"将信将疑。因此,在调查结束的时候他对被调查的人们讲"我们不再数数了,大家一起照张相吧!"于是,一个在情理之中、意料之外的场面发生了——许多女生从房顶上、柴火垛里和土炕下面跑出来照了一张真正意义的"全家福"。

我没有试图颠覆"官方和半官方数据"的意思,只是想说明根据李师的"调查","老丈人协会"的组成人员绝不会像"官方和半官方数据"表达的那么悲观。从常识上讲,如果在一定的时间和空间里,如果不采取一些非人道的手段,在自然状态下的女生一定会比男生多一些,甚至有科学家预言"男生将来会成为濒危物种"。但是,不论是常识还是科学,都为"老丈人协会"的存在提供了自然和社会的基础。

社会主义社会的建立,为我国女生"理想状态"的发展创造了可能性,而"理想状态"的实现,一定还要仰仗包括"老丈人协会"在内的社会力量的不懈努力。

(原文地址 http://blog. sina. com. cn/s/blog_54b75c030100iuji. html 成文时间 2010 - 06 - 03)

难 辨 雄 雌

当世界的目光集中到南非的时候,其实那里的体育界值得关注的事情不仅仅是可以缩写为 WC 的世界杯,至少还应该包括南非田径选手塞门娅——据法新社报道,经过国际田联长达近一年时间的检查之后,饱受性别争议的南非田径选手塞门娅确定将以女性的身份重回田径场。

事情要从 2009 年 8 月的柏林田径世锦赛说起:当时 19 岁的塞门娅因夺得了女子 800 米的冠军而一举成名,但由于其身材与外貌等特征都和男性有点相似,因此她的性别问题引起了很大的争议。为此,国际田联组特意成立了专家小组为其进行性别鉴定,曾经有消息称"她是一位双性人",这件事让包括塞门娅及其教练在内的南非民众和政府感到非常气愤。

如果从塞门娅 2009 年 8 月夺取女子 800 米冠军的成绩看,只能说是一个当年比较好的成绩——即不是女子 800 米的世界纪录,也与"男子 800 米"的水平相去甚远。人们对塞门娅的怀疑主要来自她的外貌和其他运动员的"回忆",比如称"塞门娅像风一样赢下了比赛"、"塞门娅在赛场上击败了我们,但我真的不能确定她是否是一名女子"等等,使得一个再平常不过的体育比赛"带上"了"性别大战"的光环。

平心而论,凡是体育赛事就一定会产生冠军,就一定意味着输赢。在一般情况下,体育比赛不同于职场的地方就在于它起码看上去是公平的——大家同时听枪发令,在同一块场地上奔跑……如果按照体育比赛发明者的原意,这些活动不过就是一个游戏,大家在一起玩玩,因此即便存在输赢,也没有必要争个你死我活,更没有必要吃兴奋剂伤了身子。当然,在过去的时候,这种游戏都是男人玩的,自然也不存在"难辨雄雌"的问题。

根据我的了解,现在除了个别射击项目之外,在竞技体育项目及其比赛中基本上没有男女同场竞技的。这主要倒不是什么性别歧视,而是因为男女的生理方面的确存在着很大的差异,将存在"很大差异"的个体放在一起比赛反倒是非常不公平的。因此,"性别大战"不具有普遍意义,更不会有男运动员输了比赛向主办方申诉"冠军是个女的"、"好男不与女斗"等类似的情况。

虽然到目前为止,塞门娅教练表示还没有收到国际田联的正式通知,但种种迹象表明,这场有关"难辨雄雌"的争论可以暂时告一段落了。况且由于世界杯的开幕,大家也很少有精力去关心那个一年前的女子800米冠军了。可是又有谁可以保证在"世界杯"的时空之外不会出现类似的"难辨雄雌"的问题呢?

我不敢肯定。

(原文地址 http://blog.sina.com.cn/s/blog_54b75c030100j2x2.html 成文时间 2010 - 06 - 14)

世　界　杯

　　世界杯已经开始整整一周了,说句实在话,其中关于比赛的"信息"只能用乏善可陈来形容——真正精彩的球没有几场,倒是比赛之外的事情不断地成为世界杯的"主角"。比如,某位来自与中国同样的文明古国的足球明星在场边"方便",某国家"激励"球员取胜的措施居然是去挖煤……为此,八卦媒体当之无愧地成为了世界杯上、除了国际足联之外的最大赢家。

　　根据我的观察,把世界杯当作体育赛事的世界人口数量一定低于不"把世界杯当作体育赛事的世界人口数量",包括到比赛现场的"观众"在内,真正是为了看比赛的人可能已经少得无法统计。大家要么是为了去看帅哥球员,要么是为了去看足球宝贝;要么是为了找个地方宣泄,要么是为了证明自己的"品位";要么是为了和朋友欢聚,要么是为了吃一些平常无法连续食用的物品……反正与足球比赛没有直接的关系。

　　如此一来,所谓世界杯不过就是人们生活中的一个"借口"——天上掉下来"世界杯"这样一个平时费尽心思都不太好发掘的、既可以欺骗自己又可以说服别人的借口,如果大家再抓不住机遇,那就只能去怨《2012》中的飞船现在没有研制成功了。于是,世界所有的真球迷和伪球迷达成了空前的一致:为了"世界杯",大家不分真伪地狂欢一个月吧! 然后,大家再在回味和盘点中度过 4 年,然后……

　　看着眼前的盛况,不由地让我想起了另外一件与世界杯相似而又有所不同的事情,那就是"春游"和"秋游"。可能是学校里的老师平时很难见面的缘故,工会总是喜欢组织一些类似"春游"和"秋游"这样的活动,大家一起带上自己的亲朋好友到北京郊区的某个山、某个沟转转,放松心情、增进友谊,应该是好处良多。不过我惊奇地发现,一些老师其实对祖国的大好山河根本不感兴趣,他们主要的活动就是利用"春游"和"秋游"凑到一起打牌(或者可以戏称为"聚赌")。其实在我看来,如果大家真的想"聚赌",倒不如在学校租一间教室,起码可以省下来回往返的时间和劳顿。

　　当然,"世界杯"也好,"春游"和"秋游"也罢,都不过是人们生活中的一个

"借口"。能够参透其中奥秘的就是"真球迷",没有弄清楚里面玄机的则非"伪球迷"莫属——大家还是好好看球吧!

（原文地址 http://blog. sina. com. cn/s/blog_54b75c030100j58g. html 成文时间 2010 - 06 - 17）

还乡团

我一直以为，所谓"还乡团"至少应该是一个中性词。比如，几位老先生衣锦还乡、荣归故里且结伴而行，不是一个很好的"团"吗？各地乡以下的政府恐怕巴不得有这样一些"还乡团"来拉动自己辖区的经济和文化呢！

然而，在以往的影视作品中，"还乡团"却成了一个很贬义的东西，多指国民党统治时期的地方反动武装，由从解放区逃亡出来的地主、恶霸组成。他们在国民党反动派支持下，随国民党军队进攻解放区，到处反攻倒算，烧杀抢掠，无恶不做。新中国成立后，这些"还乡团"除了逃到台湾去的，其余的全部被押解回乡，根据罪恶情形进行了清算。

就像刚看到一个精彩的世界杯进球，还没来得及爽出余味却被迎头浇了一盆冷水，个中滋味真是无以言表。虽然是无以言表，但绝对不是不能表达——如果从身心健康的角度出发，有些事情还是"表达"充分为好。就拿"还乡团"来说，它其实已经成为大家身边包括职场内一种普遍现象，有些人"跳来跳去又跳回来"了。至少从字面上理解，也应该算做"还乡团"的。

那么作为一个用人单位出于什么考虑或者是文化习惯接纳"还乡团"呢？我没有做过 HR 经理，所以不好妄加推断。但是如果按照国家提出的"来去自由，爱国不分先后"的思路，似乎是让这些曾经"炒了老板"的家伙到了"他乡"，遭受了种种磨难之后，才"比较出见解"，才更加爱国，所以凡"还乡团"成员一定具备"用人单位"期望的素质——据说这些团员回来后都"听话、好用"。

现在还是存在一个问题，那就是当初义无反顾地"炒了老板"、现在又义无反顾"爱国不分先后"的"还乡团"成员在个体心理上是否存在过人之处？俗话说"好马不吃回头草"，虽然人不能完全等同马那些动物，但"吃回头草"必定是需要充足的勇气和稳定的心理素质的。不过，根据"两害相权取其轻"经济学原理，与其在外面像孔夫子那样"若丧家之犬"，倒不如回来为主人看家。

当然，这些都是一些"隔岸"所观之"火"，至于"还乡团"成员究竟是一种什么心态，还是留给将来某些人员自己去"揭秘"吧。而我仅仅想说的是，为了告别万恶的旧社会，为了还千百万还乡团员清白，还是从字典里和人们的头脑中将"还乡团"的贬义删去吧——阿门。

（原文地址 http://blog.sina.com.cn/s/blog_54b75c030100jh3l.html 成文时间 2010-07-02）

写在学问边上

浑　水

在"虎年大吉"的祝福还没有从人们的记忆中完全抹去的时候,我国从南到北的许多地方已经同某位高官的姓名一样——"汪洋"了。然而大家有理由相信,尽管这样的大水可以毁坏人们的家园,但是在英雄的军民面前一定会化浑浊为清净、被彻底驯服的。

同自然界多少有些相关的是,在过去的大半年时间里,社会上的"浑水"也绵绵不断——

先是著名学者汪晖被人指出其早期的成名作品涉嫌抄袭。在汪晖本人没有发表任何声音的情况下,一些人趁热打铁继续"深挖"其他人和其他作品的种种问题,一些人则忙着为被"深挖"人开脱;最后干脆发展到众多的国内学者共同声明,希望有关主管部门表态、公断,而另外一些国内外学者则"联名"为汪晖"担保"的盛况。

抄袭门的热闹还没有结果,方舟子又爆出"打工皇帝唐骏"的博士学位存在问题。唐骏在坚持了几天之后拿出了他获得的美国西太平洋大学的博士学位证书,反倒弄巧成拙地被人们发现了这个"西大"种种劣迹,并且引发了一些唐骏的"校友和同学"纷纷上网修改自己的学历。真是应了那句老话,"城门失火,殃及池鱼"。

大家的耳朵还没有消停两天,曾经的非著名相声演员郭德纲又闹出了更大的动静。北京电视台的记者根据郭家所在小区的群众举报,对郭家涉嫌侵占公共绿地的事情进行采访,却遭到了郭德纲徒弟的"推搡",郭德纲虽然没有亲自参与这场活动,却在自己的演出和博客中出言不逊。在受到公众质疑的同时,他的徒弟在"公开道歉"以后被公安机关拘留了。

如果大家有心,我想还可以发现更多的"浑水"。与自然界的"浑水"所不同的是,社会上的一些"浑水"好像没有"化浑浊为清净"苗头,倒是多少有些越抹越黑的迹象。比如,"抄袭门"衍生的学派之争,"学位门"里爆出的仇富心态,以及"郭德纲事件"带出的个人隐私问题。话说这儿,社会学家肯定笑了,这些社会问题恐怕够他们后半生研究的了,至少吃饭的家伙是有了。

第六部分　凡客偶得

我没有社会学家的智慧,也没有抗洪军民的英勇,但是却多少有些"复杂问题简单化"的训练。在我看来,有三条线索似乎可以为这些"浑水"的治理提供帮助:

　　第一是所谓事前的动机。上述事件之所以可以"越抹越黑",有很多理论都来自于"动机"的演绎。但总起来讲,这些对动机的理论都不过是一些假说,见仁见智,主观因素太多,基本上与事件没有直接关系。

　　第二是事实。清楚地了解和界定事实,才是说清楚上述事件的关键。非常可惜的是,许多论者都忙着分析前因后果,而对基本事实不感兴趣。所以"事件"才会"越抹越黑"。

　　第三是分析和判断,也就是所谓"结论"。我只想强调的是,结论必须根据事实和有关规则,而不能与动机和今后有可能发生的事情绞在一起。

　　有关上述"浑水"的具体言论已经太多了,我实在不好意思再具体"举证"了。只想重复老年间郎中总爱说一句话,那就是"说的对吃我的药,说得不对分文不取"。我没有郎中的资质,所以不管说的对与不对都"分文不取"。

　　(原文地址 http://blog.sina.com.cn/s/blog_54b75c030100kfja.html 成文时间 2010-08-07)

升　井

　　刚才,也就是北京时间 8:56,被困井下 700 米和两个多月的第 33 名智利矿工成功升井。从电视画面上看,包括智利总统在内的等候人群一片欢腾——他们终于又一次见到了埋藏地下七百多米、两个多月的同胞。我想在这个时刻,地球上的人类都应该为其欢呼和感到欣慰:因为这不仅仅是一次简单的营救,还可以解读为人道主义的伟大胜利。

　　在网络发达的今天,人们可以非常容易地检索到拉丁美洲的那个叫做智利的国家,以及那个国家的人口、地理位置、气候资源,甚至是 GDP 的世界排名,可以轻松地比较出那个国家与发达国家在各个方面的差距。也许还会惊奇地发现,即便在发展中国家里面智利都不能算作"比较显眼"的地方。然而,就是这个没有什么名气、不怎么显眼的国家让一些"比较显眼"的国家相形见绌和自愧不如。

　　联想起我们国家近一段时间发生的矿难,我们这个世界"老二"是否也有几分感慨在心头呢? 在我的印象中,每当我国的某处发生矿难,那么一定是各个级别的领导马上赶到现场。其中一定少不了负责该方面安全的最高官员,他也一定会义正词严(几乎是"爆出粗口")地痛斥这个刚刚发生了矿难的地方的种种弊端。然后便是一些矿主和地方官员受到处理,再然后就是媒体报道那里又出现了几位英雄……过不了多长时间,大家一定会把这个地方忘得一干二净——因为一定会有更加"精彩"的节目在另外一个地方发生。

　　我丝毫也没有抹杀各级领导智慧和能力的企图,只是觉得与其这样重复地出镜,倒不如利用先进的技术手段制作一个专门的片子,一旦需要的情景发生,就在第一时间迅速播放,便可以大大提高行政效率,减少不必要的资源浪费。也使得那些地方官员放弃高层领导不到现场,就可以不作为的侥幸心理——反正今后都一样了,只要什么地方出了事情,"片子"一放即可视为领导亲临,谁也别想偷懒——谁让咱家具备了这种技术了呢!

　　本人语拙,经常词不达意。其实我现在最想表达的意思,是包括我们国家的"我们"的"以人为本"的理念也存在随着智利矿工"升井"的必要。千万不要觉得我们的参照物只有美国、日本,顶多再加上什么欧洲,我们与一些发展国家的距离也许正好等于智利矿工成功升井的那个米数。

（原文地址 http://blog.sina.com.cn/s/blog_54b75c030100lqt4.html 成文时间 2010－10－14）

献　血

北京告急、南京告急、南宁告急……大家千万不要误会,不要以为小日本又打过来了,我们又到了国歌中的第 N 句:中华民族到了最危险的时候,而是由于血浆供应不足,一些大城市的医院手术出现了问题。于是乎,政府动员、媒体鼓噪、标题党横行,如果不知道中国国情的人,还真的以为"中华民族到了最危险的时候"。

按照字面理解,献血就是把自己的血提供给别人。之所以出现"献血"一说,是因为人体在手术中和手术后,或者得了某种造血功能的疾病,使得自身的血液总量或某些成分出现缺失;当这种"缺失"到达一定程度的时候,人体就因为供血——供养(氧)不足而发生不可逆转的变化,比如死亡。因此,在上述情形中就需要补充一定数量的血液。这些血液除了在个别情况下属于"自供血"之外,大多数情况应该来自他人的"献血"。我国的《献血法》也明确规定"国家提倡 18 周岁至 55 周岁的健康公民自愿献血"。

据有关资料显示,我国的部分地区献血比例在 1% 左右,远远低于世界各国平均值的 5% 和台湾地区的 7%。这里面的情况比较复杂,有传统观念的问题,也有政府操作的问题,当然还有所谓"宣传"的问题。但就实际结果来看,就是文章开头所说的"北京告急、南京告急、南宁告急……"不过这一次"政府"似乎动了真格了,从卫生部长陈竺带头献血,到出面澄清血站没有小道消息中的那么龌龊,再加上一轮又一轮的宣传,估计可以解决一些燃眉之急。

媒体的鼓噪倒是唤起了我的一些沉睡多年的、关于献血的回忆——

在 1970 年代,我曾经生活过 4 年的那个河北农村,就有许多人靠"献血"为生(当时叫做"卖血"),他们主要的献血地是山西某地的煤矿。每一次"献血"可以得到 30 元的收入,相当于那时一个农民劳作一年多的结果。由于煤矿经常出现需要"献血"事故和手术,所以在当地的煤矿医院里就聚集了包括我的乡亲在内的"献血者"。我有一次恰巧出差经过那个地方,还专程"考察"了那些"献血者"。说起来大家可能都不相信,他们听到救护车鸣叫时的那种兴奋:用他们的话说"胳膊一圈 30 元"——当然也有浪漫的"路途遥遥市阳泉,救死扶伤主席言……"面对这眼前的一切,我只能是瞠目结舌!

过了很多年,我作为一名在校的大学生落实了一次《献血法》;又过了很多年,我去北京市红十字血液中心讲课——我的第一句话是:"我与在座的各位的关系是,你们是给别人抽血的,我曾经是被你们抽血的,不!是献血的。"

(原文地址 http://blog.sina.com.cn/s/blog_54b75c030100m6u5.html 成文时间 2010－11－03)

祛　魅

好像有位高人曾经说过,现代性(化)的过程就是祛魅的过程。按照我的理解,所谓"祛魅"当然包括把高山削为平地、把国王变成贫僧。比如,以前普遍认为伟人是不会有错误的,后来经过这么一"祛魅",大家惊奇地发现他们的错误也不比平常人少多少,甚至还可能有不及常人的地方。于是,大家就会产生一种冲动,一种通过累积"错误"而使自己变成伟人的冲动或者憧憬。尽管这些冲动或者憧憬还真的不一定产生什么伟人,但是由于大家都按照伟人的"标准"要求自己,全民素质就会大大提高,我们的社会就无疑会在"现代性(化)"的道路上前进一大截。

不过,任何的社会进步都会带来一些不尽如人意的地方,祛魅当然不会幸免。举一个再普通不过的例子:上推若干年,单位领导的话就相当于法律,大家都会不假思索地去执行。原因当然也非常简单——单位领导毫无疑问的都是集知识渊博、能力强悍和品德高尚为一身的好人,他(她)的话绝对是兼顾国家、社会、单位和每一个员工的利益,因此照此办理不仅利国、利民还会极大地节约自己的脑力资源,何乐而不为哉!可是现在这么一"祛魅",问题变得复杂了:大家发现有些"单位领导"不仅来路不明、口是心非,还有可能做一些鸡鸣狗盗、龌龊不堪的事情。如此一来,这些家伙的言行不但十分可疑,如果不加思考地去执行,还会起到劳民伤财甚至祸国殃民的功用,因此是需要"严防死守"的东西。

作为一个有着数千年文明传承的国家和民族,自古就有崇尚读书的传统。因此,"开卷有益"几乎成了每一位长辈告诫自己后人的一句经典。可是现在呢?经过这么一"祛魅",人们才知道现在书里面的坏东西还真的不少:教人杀人放火之类的"坏书"就不用说了,即便是那些被出版单位审查通过的"好书",也常常存在一些无聊之物。如果一不小心打开此卷,恐怕只能是瞎耽误工夫了——在一个人有限的生命中,如果被人通过不同的手段夺去了一些时间,当然就一定是被"伤害"了性命。如此看来,那些图书的作者和出版者岂不是在谋财害命吗?

……

　　"祛魅"以摧枯拉朽之势,改变着人们的观念,改变着周遭的世界,当然也推动着社会的发展和人类的进步。旧世界风雨飘摇,一座座火山爆发,一顶顶王冠落地——用当今比较流行的话来说,那就是给力!

　　(原文地址 http://blog. sina. com. cn/s/blog_54b75c030100mdt8. html 成文时间 2010 - 11 - 11)

古 为 今 用

在我很小的时候,社会上就有"古为今用、洋为中用、百花齐放、推陈出新"的说法。后来有人考证,是毛泽东主席在《书信选集·致陆定一》中用了"古为今用,洋为中用";还有人说是在 1964 年 9 月,毛主席给《对中央音乐学院的意见》中明确提出:对待古代和外国的文化遗产要"古为今用,洋为中用"。按照我现在的理解,主席无非是主张中国五千年文化的精华应当继承发展,使之"古为今用"。

其实"古为今用"不仅是伟大领袖个人的想法,也是当今国人的一个基本行为思路。比如,整个什么故里为现实的政绩和经济发展服务;再不行的,也会弄段"四书五经"去弘扬一下国学。如果大家活得再仔细一点,还会发现在当今社会的许多人实际上还生活在"历史"里,他们的一言一行都可以从"过去"找到出处。因此,考古、文献和历史都很快成为了显学。

也许有些宏大叙事与我们普通人太远,既解决不了吃饭也抑制不了房价——不说也罢。那么,是不是一些与大家"谋生"比较近的事也会"古为今用"呢?回答应该是肯定的。远的就不讲了,就拿大家每天都可能看到的小报来说,上面的许多报道和故事都是被"古为今用"来的。如果大家还不信,可以读一读最近一位叫宋燕的"老记"所写的《新闻抄袭历史》,就会发现其中的奥秘。

作者在自我介绍中有一段话:"在一线做新闻做了十几年,到 30 岁后开始读历史,却发现所做过的一切不是什么'新'闻,不过是重复千百年来的老故事而已。"书评人沈东评论时说:"这就涉及一个很关键性的问题。有一种说法是,新闻是对当代历史的记录。几十年后,或者千百年后,人类或者某个其他物种考察人类历史的材料,很重要的部分,也就会是今天我们阅读的新闻。"这似乎就等于说,新闻变历史,历史又变成了新闻,循环往复以致无穷。其中"古为今用"自然是一个必不可少的环节。

如果真的像上述两位说的那样"古为今用"了,是不是让许多人活得特别没有成就感?我倒是觉得并不尽然——因为许多翻唱"老调"的特别有成就感。

如果大家不信,可以对比一下下面的话:

（1）"天不生仲尼万古长如夜。"VS"如果没有毛泽东,中国人民将在黑暗中摸索更长的时间。"

（2）"马克思主义既是世界观,又是方法论。"VS"作者所采用的从逻辑起点、形成因素、基本结构和学科价值等方面评价学科的理论模型,不仅对于系统认识中国档案学的基本状况具有经典意义,而且对于分析社会科学中的其他学科同样具有方法论意义。"

大家如果有兴趣,也可以找一找这些"古为今用"出处,并且通过这个过程找回自己的成就感。

（原文地址 http://blog. sina. com. cn/s/blog_54b75c030100my2d. html 成文时间 2010－12－02)

一 张 收 据

今天整理从出版署培训班带回来的材料,偶然发现在学员通讯录中夹着的一张收据。上面的主要信息是:排版费204元和香河县溢心园小学店,开收据的时间为2010年10月4日。显然,这个收据一定与我无关,可能是某位粗心的培训班管理人员把它放错了地方。本想将它一扔了事,可转过头来一想:如果把它作为一个"研究"对象又当如何呢?

按照正常的推理,开收据的应该是某次为培训班排印资料的一个小店。由于那次需要排印的资料并不多,所以只收了204元。如果查一下工价表,就可以计算出培训班那次做了一些什么资料。不过从培训班管理人员对待这张收据的态度上就可以知道,它是多么的不重要——不然的话,怎么会让它出现在若干月后参加另一次培训的一个更加不相干的人手里?

从我对财务管理一知半解的知识中,可以检索出这样的信息:这种收据是不能作为会计做账的正规票据的。在这张收据的左侧印着这样一排字:"此收据不作为经营性业务收支结算凭证用",意思再明白不过了,就是说它不能用于报账。如果这种结论是正确的话,那么问题就来了,即培训班管理人员等于是自掏腰包为大家干了一回公益事业。道理非常明显,他肯定是交给了香河县溢心园小学店204元,否则人家不会给他平白无故地开一张收据,而他拿着这张收据回单位又不能下账。这不是典型的益公损私事业(简称公益事业)又是什么?

如果根据上面的推论就说培训班管理人员是一些高尚的人、纯粹的人、脱离了低级趣味的人和有益于人民的人好像也有点不太靠谱。因为按照现在大家了解的情况,所有的培训班,不论它冠以什么样的名目,打出什么样的旗号,都无一例外的是有"赚钱"的。这就有点像从一盆滚开的火锅里不可能跳出一只活青蛙一样,在21世纪的中国绝不可能存在违背经济规律的"培训事业"。更何况为学员排印资料本来就是一项培训班的正常开支,培训班管理人员完全没有必要舍生取义。

另外,从开收据的香河县溢心园小学店方面说,向客户开这种与白条没有什么区别的东西,也存在明显的逃税之嫌。除非日后统一为客户换成国家税务部门印制的发票,否则也不是一件十分光明正大的事情。如果是在培训班管理人员不了解国家的财经制度的情况下,香河县溢心园小学店采用"收据代发票"的方法,那可就不是仅仅欺骗国家了——还外带欺骗客户,成为一个地地道道的违法单位。

看来咱们中国的有些事情还真的经不起"研究",就这样一张小小的收据,外加我这样一个如此不专业的人员,就发现了这么一大堆说不清、道不明的问题,那要是人家专门负责审计的人员来了还不定查出什么惊天大案呢! 但愿世上本无事,只是有些庸人自扰之吧。

(原文地址 http://blog. sina. com. cn/s/blog_54b75c030100newv. html 成文时间 2010 - 12 - 23)

表达·中国

岁末年初人们都在搜罗着自己的感受,如 2010 年最流行的、印象最深的事物和用词等等。于是像"微博"、"给力"、"涨价"等诸如此类的流行词汇及其所代表的事物就出现在各种媒体的版面上,成为了人们"第二波"的感受。

在我看来,无论是政府还是民众,2010 年最着力的事情就是"表达",而且是"急于表达"——

从国家或者政府高层方面看,经历了三十多年经济发展的中国,需要向世界表达自己的价值取向,体现自己的"软实力"。这种表达集中表现在希望通过文化体制的改革,特别是出版体制的改革,打造国家的传媒航母,成为从出版大国向出版强国的转变,向世界传播自己的声音,完整地塑造一个"负责任大国"的形象。

从民众或者百姓方面看,通过三十多年改革开放,主体意识和权利意识正在逐渐觉醒。从听信单一的政府宣传到"仇官、仇警、仇富",特别是网络和"微博"的出现和普及,使广大民众有了自己表达的可能。人们通过网络和"微博",不但可以表达自己的情感和诉求,还可以观察、交流甚至"围观",在享受自己权利的同时享受着表达和传播的快乐。

因此,"2010 年最流行的、印象最深的事物和用词"都不过是一种表达的方式或者结果,能够进一步浓缩和概括"2010 年最流行的、印象最深的事物和用词"的词汇只能是表达。如果我的上述逻辑没有太大毛病的话,问题就来了——既然表达是当今或者未来中国(包括政府和民众)的一项基本诉求,那么怎样表达才可能或者可以实现这种诉求?也就是说,如果把表达作为一种传播现象去研究的话,任何希望表达的主体在具有基本诉求之后,必须解决能够实现这种基本诉求的手段和方式。

当然,无论是政府的"软实力"传媒航母,还是老百姓的网络和"微博",都可以当作一种表达的方式,也无一例外地在起着代表自己的主体进行表达的作用。但我还是隐隐约约地觉得,这里面好像有一些"理念与模式"相互拧巴的地方。比如,从世界各国的情况看,那些能够产生"软实力"的传媒航母是否除了个大还有一些别的过人之处？网络和"微博"除了成就目前的辉煌之外是否能够更加公平和正义？大家在为了表达而表达之后是否还有一些更高的追求？

最后，我需要强调说明的是，人及其群体本来就是一种需要表达东西，表达有可能是这个物种在灭亡之前的毕生课题。如果说表达的方式有所区别的话，那只是为了适应"这个物种"不同发展阶段的需要而已。

如此看来，本文的题目应该修正为"表达·人类"或者更好一些！

（原文地址 http://blog.sina.com.cn/s/blog_54b75c030100nlc4.html 成文时间 2011 - 01 - 01）

塑　　像

在近来媒体关注的事情中,有一些似乎与塑像有关。作为一种雕塑艺术的结果,塑像除了其艺术价值以外,就是所谓的社会价值了。在我看来,这种"所谓的社会价值"无非是让老百姓见到这些塑像后不要忘掉一些事情,如被塑像者曾经给大家带来的好处、对社会的贡献等,很少有人会通过塑像这种方式让人们增加仇恨的。因此,制作塑像应该算是一种锦上添花的事情。

2010 年 12 月 31 日,作家史铁生不幸去世。在他留给人间的优秀作品中,有一篇叫做《我与地坛》的文章,其中记录了作家与地坛在灵与肉、精神与物质之间的不寻常关系。有鉴于此,大家在缅怀和追思史铁生的时候,希望能够在地坛为他塑一尊像。倡议代表、《天涯》杂志主编李少君说,促使他牵头做这件事:"首先,史铁生是公认的伟大作家,我们要表示对他的尊重,需要一种实体的纪念形式,比如做一尊雕像来留存后世。第二,史铁生的代表作是《我与地坛》,对于北京之外的全国人民,至少有很大部分文学爱好者,正是通过这篇文章了解了地坛。可以说地坛与史铁生,在许多人心目中是密不可分的。"有人则以2010 年 10 月龙潭公园落成"时传祥纪念馆"并建立时传祥铜像为例,希望能够"前面有车后面有辙",而地坛公园的管理方并没有对此表现出足够的热情。其实,这可能与许多人不真正了解地坛有关,地坛公园是一座皇家园林,从保护其完整性来说,它不一定适宜在里面存放骨灰和安放雕像。

就在人们为作家史铁生能否建一座雕像"落户"地坛公园而热议未果的时候,另外一个没有经过热议却有了结果的塑像出现在人们的视野当中——2011年 1 月 11 日,总高 9.5 米的孔子像在天安门以东的国家博物馆北门广场亮相。据说孔子塑像创作者吴为山是一位享誉海内外的著名雕塑家,他在接受《南方日报》记者采访时表示,"立孔子像远非塑像的意义,更在于立碑。……孔子的概念已超越作为古人的孔子,它是跨时空的精神坐标,当是一座文化泰山。"有媒体称,这是为弘扬和体现中华传统文化,天安门地区又添文化新地标。更有人认为,也许过若干年之后,人们蓦然回首,发现孔子雕像的耸立,是中国当代史上的一件大事情,绝非只是"文化新地标"几个字可以概括得了的。当然也有人指出,不是什么人物都可以"体现中华传统文化",更不是"体现中华传统文化"的人物就能够耸立在天安门广场东侧、长安街上,遥望对面 6 米高的毛主席画像……不知道什么原因,只要有人说到孔子塑像,我就不由想起人大校园里的那尊——虽然塑像背依有文化积淀的图书馆,可是却常年笑容可掬地面对着一座大楼的卫生间。与长安街边上的那一尊相比,命运真是太不一样了!

总之,从上面不同"塑像"的命运上看,塑像的立与不立至少和人们是否"热议"没有直接的关系,更与大多数人的期待位置没有什么关系。与其如此期待没有结果的东西,倒不如将塑像放在最容易被期待的地方,比如人们的心里——那里才是塑像既容易树立又不存在争议的地方。

（原文地址 http://blog.sina.com.cn/s/blog_54b75c030100nwkd.html 成文时间 2011 - 01 - 16）

新 年 畅 想

今天是二十四节气中的大寒,过去民间谚语中有"大寒小寒杀猪过年"一说,意思是过了这个节气年也就要到了。岁末年初,人们在回忆和盘点过去一年收获的时候,难免会对新的一年有所期待。比如,畅想着有个好年景,多收些粮食;畅想着多攒几篇文章,和专家评委们混个脸熟;畅想着……如此等等。应该说有这些"新年畅想"是人类的一种常态,甚至是人类生存和发展的一个动力。如果套用一句曾经流行的广告词,那就是"人类没有畅想,世界将会怎样?"

实事求是地说,如果人类没有畅想,世界则应该怎样还是怎样,更不会妨碍地球和宇宙的正常运行。相反,那些在人类看来没有什么"新年畅想"的动物,却和人类一样"坐地日行八万里,巡天遥看一千河"。有时候人类绞尽脑汁的结果,甚至还没有顺其自然看上去更有"创意"。这可能就是被称为人类的这个物种最大的悲剧:长于思考,但却不得不面对无法解释和改变的现实。

大家千万不要误会,我并不是想大过年的专门用上面的话扫大家的兴,而是希望表达一种警惕失望的情怀,不要太把自己的"新年畅想"当回事。另外还想进一步表明的意思是,大家该"新年畅想"的还是要好好畅想,不要因为自己的"新年畅想"不可能实现而过于功利地不去畅想,反倒让我们人类唯一区别于其他物种的机能逐渐退化,枉负了上苍和祖先的期望。

话说到这,问题好像已经简单了:既然作为人类的大家在预知了各种结果之后依然需要畅想,那么接下来就是如何让畅想表达得更加科学和实际一些,或者实现的风险降低一些。从严格意义上讲,降低畅想的风险应该是一个地道的管理学问题。在很早很早以前,亨利·法约尔(Henry Fayol)就在他的《一般管理与工业管理》中,将管理活动归纳为计划、组织、指挥、协调和控制,其中的所谓"计划"当然包含着许多"畅想"的成分。与一般的畅想不同的是,计划要比畅想"更加科学和实际一些,或者实现的风险降低一些。"

按照我的理解,"让畅想表达得更加科学和实际一些,或者实现的风险降低一些",首先必须让计划中的"畅想"有形和可以度量,即不能虚无缥缈;其次就是增加"畅想"的可操作性,即让任何观念性的东西都有一些能够与之相配套的方法、步骤,并且能够在时间、空间、费用等资源条件下进行严格掌控;最后则是一种过程和结果并重的心态,即自己积极努力,过程科学完整,结果当然出现更好……

只有这样,大家的"新年畅想"才有可能不会成为"年终沮丧"。

(原文地址 http://blog. sina. com. cn/s/blog_54b75c030100o0a5. html 成文时间 2011 - 01 - 20)

"垃圾分类"之惑

在我去年出版的《胡言》当中，wgy0828 将"垃圾·梦想"作为了第一篇文章。文章的意思非常简单，是说我国一边被垃圾"围城"，一边又在通过清理垃圾的方式制造垃圾。尽管出版管理机关对此有些不满，但还是没有将"垃圾·梦想"像另外 5 篇"不幸"的文章一样从《胡言》中删除。其实，作为作者的我也对将"垃圾·梦想"放在《胡言》之首有些不解，只是为了偷懒就全权由 wgy0828 编纂处理了。

一年的时光过去了，在新的一年里还会出现多少"垃圾"的话题、重复多少"垃圾·梦想"呢？这个问题只有那些无所不知的"公共知识分子"明白，或者即便不明白也一定会说自己明白，而他们的所谓"明白"不过是一种动物的器官反映而已，与基本事实没有丝毫的关联。在我看来，人类在与自己创造的垃圾之间依然还会出现许多非常纠结的问题。首当其冲的，可能就是"垃圾分类"了。

在百度百科中，大家很容易检索到有关"垃圾分类"的信息：我国"垃圾处理的方法还大多处于传统的堆放填埋方式，占用上万亩土地；并且虫蝇乱飞、污水四溢、臭气熏天，严重地污染环境。因此进行垃圾分类收集可以减少垃圾处理量和处理设备，降低处理成本，减少土地资源的消耗，具有社会、经济、生态三方面的效益。"垃圾分类处理的优点包括减少占地、减少环境污染和变废为宝。我们那个不太招人待见、但有时又不得不钦佩的邻居日本，在垃圾分类方面已经是成绩斐然；我们准备在"不远"的将来就要赶超的那个美利坚合众国，也在垃圾分类方面有所作为；其他兄弟国家当然也会毫无例外地享受着榜样的力量。

作为一个负责任的大国，中国必须在垃圾分类方面做出自己的表示。除了政府的表态和各地的试点工作之外，我最感兴趣的是青岛的垃圾分类指导员。据媒体报道，青岛市北区按照每 80 至 100 户配备一名的比例培训了首批 10 名垃圾分类指导员，从 1 月 21 日开始，他们分别在每天的 6:30 至 9:00、17:30 至 20:00 持证上岗。7 点左右，晨练的居民在顺便投放垃圾时，垃圾分类指导员蓝正云就会亲切地招呼："大爷，绿色的塑料袋放在绿色的垃圾桶，灰色的塑料袋放在灰色的垃圾桶。"她顺便又复述了一遍垃圾分类的相关注意事项:"绿色的是其他垃圾,包括食品袋、废弃瓶罐、保鲜膜、废弃纸巾、厕纸等;灰色的是厨余垃圾,您把那些剩菜剩饭、瓜皮果核、鱼刺骨头就放在灰色的桶里。"

当然,我的兴趣来源于"垃圾分类"之惑——因为在我生活的小区,也活跃着一些有组织和"无组织"的人员,他们的工作时间与青岛垃圾分类指导员相仿,而工作内容却与青岛垃圾分类指导员相反:他们是把居民勉强分类的垃圾按照自己的需要进行收集、整理、鉴定、保管和提供利用——出卖这些再生资源而谋利。最使我感到迷惑和无奈的是,他们的"帮主"居然是一位从档案馆退休的大爷! 他的职业生命在这里得到了延续。

(原文地址 http://blog.sina.com.cn/s/blog_54b75c030100o6rt.html 成文时间 2011 - 01 - 28)

何 趣 之 有

前几天读报,偶然发现了两篇有趣的文章,就把它们转到了我们那个不断改名的网站上(档案社区·兰台新闻·两篇好玩的文章 http://www.daxtx.cn/bbs)。为了方便大家阅读,我特意写了句话放在前面:"今天发现两篇好玩的文章。乍一看,一篇说的是北大,一篇说的是哈佛,但仔细想想,这些文章就与我们大家没有关系吗?"没有过多久,就有网友给我发短信称"这两篇文章一点都不好玩",并且让我说说这些文章"何趣之有"?

根据我的阅读经历,一个人认为"好玩"的文章,其他人觉得无趣很正常。其中的主要原因在于阅读者的年龄、性别、生活状况等方面,所以我自己一厢情愿认为好玩的文章,别人未必认为如此,甚至还可能认为非常无聊。比如,现在有些主管部门推荐或者"要求"大家必须学习的文件、文章和书籍大多属于这种情况。尽管推荐者认为这些读物非常重要,有些甚至可以改变人的思想、命运,但是单就"推荐"这一手段,就有可能使得被推荐者不怎么买账。更何况推荐者的眼光有的时候也不过尔尔,时间长了,大家都会对这种被推荐的东西不以为然和有所抵触。

有鉴于此,我所推荐的文章在别人看来"一点都不好玩"和相当无趣是很正常的事情。相反,作为推荐者,如果认为自己觉得"好玩"就一定认为别人也会觉得"有趣",则大多属于不正常的事情。当然,就像自己认为"好玩"别人可以认为"不好玩"一样,别人认为"不好玩"的文章,也不能成为否定我自己认为"好玩"的理由。因此,作为那两篇文章的推荐者,我似乎应该有权利说说自己认为那些文章"好玩"的理由。

第一篇文章的题目为"魂兮归来,混兮滚蛋",是一位北大的毕业生写的包括自己母校在内的一种中国大学生态。除了不停地如"一根塔、一滩湖、几个老头子"般的怀旧之外,目前的中国大学流行的就是"背叛师门"和崇尚"台湾杜拉拉"了。因此,作者的结论是"一个地方要是没了魂,聊它做甚。"

第二篇文章的题目是"女人不该搞科学?"作者先从哈佛前校长拉里·萨默斯准备离开政坛返回哈佛教书的话题切入,然后着重介绍了拉里·萨默斯辞去校长的理由和这个"理由"的理论依据。其中,除了被公众认为拉里·萨默斯性别歧视的问题之外,我更感兴趣的是文章所提供的一些数据。比如,"研究发现,结婚生子了的女博士成为教授的几率比同样结婚生子的男博士要低27%,但没有孩子的单身女博士成为教授的几率则和已结婚生子的男博士相仿。""女性博士后改变人生取向、放弃成为学者的可能性有41%,男性则只有20%。""男教授结婚生子的几率高达73%,女教授则只有53%。相比之下,未婚无子女的女教授有25%,男教授则只有9%。"……虽然这些数据只能为科学研究提供一些具有"统计规律性"的线索,但是如果辅之以生理学和社会学的理论,有关"女人该不该搞科学"的问题应该不难解决。

怎么样,文章读到这儿,大家有兴趣了吗?

(原文地址 http://blog.sina.com.cn/s/blog_54b75c030100o8e2.html 成文时间 2011 - 01 - 31)

过 渡 人 物

在几天前的 2011 年 2 月 11 日,穆巴拉克辞去埃及总统职务并将权力移交给军方,结束了自己长达 30 年的总统生涯。如果不出现什么意外,穆巴拉克重新返回政治领域的可能性非常小,因为他已经是近 83 岁高龄的老人了。不过,在相当长的一段时间里,人们对穆巴拉克职业生涯的关注不会减少,因为他毕竟职掌了一个大国相当长的时间。

说来有些好笑,穆巴拉克很有可能是我能够清楚记忆的第一位外国元首——与记住穆巴拉克密切相关的,是当时读到的一本书——1981 年,我还是一个大三的学生,而且一如大家现在了解的那样,是一个不喜欢读书的学生。有一天,我的一个比较要好和喜欢读书的同学,不知道出于什么目的,向我推荐了埃及总统萨达特所写的回忆录《我的一生——对个性的探索》(http://ishare. iask. sina. com. cn/f/13416859. html)。到目前为止,这本书的整体印象基本模糊,但非常奇怪的是,我对书中作者的一句话却记忆深刻。萨达特说,当他遇到一件事情时,他会认为这是真主赐给自己的,然后他全力以赴去考虑如何解决这个事情。在我看来,这句的积极意义在于,萨达特并没有过多地在"这个事情为什么会撞上自己"方面纠缠,而是着力去解决问题。

之所以现在我对萨达特的话"记忆深刻",除了自己很少读书、少见多怪之外,就是在我读完这本书不久,萨达特在开罗检阅军队时遇刺身亡。用唯物主义的观点去看这个事件,当然可以认为这绝对是一种巧合。但是,如果你刚刚读过一个人的书这个人却死了,是不是非常值得思考、记忆和怀念呢?而在萨达特遇刺身亡后,他的继任者就是当时身为副总统的穆巴拉克。因此,穆巴拉克的名字就随着萨达特、萨达特的书和萨达特的话存入了我的记忆。

在大多数情况下,人们一般会把这种由于一把手出现意外而继任的人物看作"过渡人物",因为他的上台完全与偶然事件或者"一把手"的影响有关。如果那个国家社会秩序正常,到了下一个正规的选举档期,这种临时的替代品一定会被通过正常程序、更加有影响的人物代替。因此,当时我也认为"随着萨达特、萨达特的书和萨达特的话存入了我的记忆"的穆巴拉克一定是一个过渡人物。具有讽刺意味的是,穆巴拉克这个过渡人物一干就是 30 年。如果把一个国家元首 30 年的"工龄"还当作"过渡"的话,那么恐怕只有哲学家才可以做出解释了。

实际上,有许多大家认为可能会那样的事情结果却变成了这样,过渡人物就是很好一个例证。其中,除了"过渡人物"本身的潜质和才干之外,大家对其"过渡人物"的认识以及由此的"忽视"也可能恰恰是他们成功的重要因素——当他们利用人们的"忽视"站稳脚跟,那么 30 年应该不算一个太大的问题。所以,当一个"二把手"因为"一把手"的意外而继任一把手,并且称自己不过是一个"过渡人物"的时候,大家可一定要千万小心噢!

（原文地址 http://blog. sina. com. cn/s/blog_54b75c030100oivs. html 成文时间 2011 - 02 - 14）

数 字 游 戏

我上中学的时候读过一本叫做《趣味数学》的书。里面有这样一个方程式非常有趣,即先设大象的重量为 X,然后再设老鼠的重量为 Y,经过一番"计算"之后大象的重量就等于了老鼠的重量。由于年代久远,这个方程式的具体演算过程现在已经记不清楚了,但是这种因数学——数字游戏带来的趣味却令我至今难以忘怀。

其实只要大家稍加注意,自己身边的"数字游戏"并不算少,也不一定不如《趣味数学》中的那个方程式有趣。比如,明明大家感觉物价在不停地上涨,结果官方的统计数字却显示得"比较温柔";明明大家的工资没有明显的变化,媒体却报道工资水平连续 N 年增长了百分之多少;明明……在我看来,这些问题之中隐藏的道理几乎与《趣味数学》中证明的 X = Y 没有什么区别,不过是一种"数字游戏"。

大家身边的吃、穿、用等日常物品的确上涨不少,但是如果与房价上涨幅度下降百分之零点几平均起来,结果岂不是温柔了许多? 再者说,大家也不用急着高兴、房地产商也不用急着郁闷,这个"房价上涨幅度下降百分之零点几"可不是说房价已经下降,而是说"上涨幅度下降"。也就是说,房价还在上涨,只是"同比"慢了那么一点点而已。

在一轮接着一轮的 GDP 崇拜过程中,我国的这个数字一直保持着两位数的增长。再看看那些传统的资本主义国家,有百分之几、百分之零点几而没有负增长可能就不错了。如果有人据此认为"敌人一天天烂下去,我们一天天好起来",可能就有点过于乐观了。在这个"数字游戏"中,基数大的百分之零点几可能要比基数小的"保持着两位数"在绝对值上大着若干倍。即便不是若干倍,那个大的基数加上增长的百分之零点几也会大于小的基数加上增长的"两位数",更不要说还有一个人均 GDP 在那儿等着我们呢!

《趣味数学》中的"数字游戏"可以给人带来兴趣,但不能改变一些事实。就拿我文章开头的"大象的重量等于了老鼠的重量"来说,其中必定存在"算错了"或者叫做"诡辩"的地方。不然的话,"大象的重量等于了老鼠的重量"将一定会动摇客观世界和精神世界中的一些最基本的东西。如果真的到了那个时刻,就会应了那句老话"玩大了"——实现中的一些"数字游戏"不是不能玩,但是千万不要"玩大了"!

（原文地址 http://blog. sina. com. cn/s/blog_54b75c030100ol2d. html 成文时间 2011－02－17）

我们究竟需要什么样的调研①

2011 年 6 月 19 日出版的《人民日报》摘登了山西省副省长刘维佳自带被褥下乡调研、发现了农村一些诸如灌溉工程利用率不高等 11 个问题的"下乡住村笔记",引起大家的关注和媒体的热议。一些观点认为,这是领导干部"接地气"的重要表现;其结果就是要广泛接触老百姓,不能让自己高高在上,脱离了群众的实际需求和真实愿望。但也有人觉得,刘维佳"微服私访"不排除有"作秀"的嫌疑。持后一种观点的人认为,在现实中一些领导调研往往会"被安排"和"走过场",其结果不过是"意义大于本身"——知道一些老百姓早就知道、领导干部也应该知道的事情,以及解决一些本来就应该解决、现在终于被高一层的领导发现并解决了的事情。

实事求是地说,调查研究、密切联系群众是中国共产党一贯倡导的工作原则和优良传统。在相当长的历史时间段中,中国共产党人忠实地秉承这些工作原则和优良传统,取得新民主主义革命和社会主义建设的成功,树立起"立党为公,执政为民"社会形象。但是,也不能否认在一些特殊的历史时间段,随着社会环境的变化和形势的发展,一些党员特别是党员干部逐渐淡忘了党所倡导的工作原则和优良传统,满足于高高在上、颐指气使,把公仆当作了主人,逐渐疏离了同人民群众的关系,也在一定程度上导致了社会矛盾的激化。

在现实生活中,也确实存在一些领导干部的所谓调查研究"被安排"的情况。比如,走什么路线、见什么人,甚至希望达到什么效果,都可能被事先周密安排,据说有的地方还要对这些活动进行周密的演练。劳师动众且不说,单就客观效果的真实性也是非常令人质疑的。如果我们的领导干部恰恰就是根据这样的调研结果进行决策,那么这些"决策"的实际效果可想而知。如果这样的事情做多了,不但会使领导干部在人民群众中的形象大为贬损,还会贻误社会问题解决的时机,进而动摇执政党的地位。

因此,山西省副省长刘维佳的此次"微服私访"有着相当的积极意义。从主

---

① 参见新华网 http://news. xinhuanet. com/comments/2011－06/23/c_121570940. htm

旋律方面讲,它可以逐渐转变一段时期以来领导干部在人民群众中的印象,转变领导干部工作作风,使其真正掌握实情和群众所思、所忧、所盼,为经济社会发展号准脉、开对方、领好路。即便是持消极观点的人,其实也不必过于悲观:大家不妨容忍领导干部"作秀"——只要这些"秀"的动作规范和有益,当这些"秀"反反复复做下去的时候,改变的难道不包括作秀者自己的行为吗?

风起于青萍之末。

（原文地址 http://blog.sina.com.cn/s/blog_54b75c030100t3jx.html 成文时间 2011－06－22）

只有行政履责，才能经纬分明

可能在多少年之后，当人们再度回想起发生在 2011 年 6 月中下旬的"记者黑名单"事件时会感慨自己生不逢时：政府机关、新闻媒体、普罗大众乃至国际组织都参与其中，一时风起云涌，又瞬间尘埃落定——

中国网 6 月 13 日报道，在国务院食品安全办和卫生部共同主办的"科学认识食品添加剂"座谈会上，卫生部新闻宣传中心毛群安主任说，要加强传播的监控，如果哪一个很大的误导公众的信息，我们把这个情况要向新闻媒体宣传，对极个别的媒体记者，我们也将建立黑名单。毛群安的一番话，引起了社会的强烈反响，也成为"记者黑名单"说的缘起。对此，公众和媒体多数持反对态度，其言辞之激烈可以说得上是义愤填膺。

事件的另外一个关键点是，针对国际记者联会指责我国政府某些部门拟建立记者"黑名单"一事和国内媒体炒作此事的问题，新闻出版总署有关负责人于 27 日重申：我国政府十分注重政务信息公开和记者采访权益保障工作，新闻媒体的舆论监督是社会民主、社会文明进步不可缺少的重要力量。依照我国的法律和规定，任何组织或者个人不得干扰、阻挠新闻媒体及其新闻记者合法的采访活动，我国政府从来不允许新闻当事部门、机构建立所谓的记者"黑名单"（新华社北京 6 月 27 日）。

对于新闻出版总署有关负责人的表态，社会舆论反应积极。大多数人认为，"记者黑名单"的问题，不仅是如何对待记者、对待媒体的问题，也是如何对待公众知情权、监督权的问题，更是公权力如何对待社会的态度。媒体是立法、司法和行政之外的第四种监督力量。媒体背后是公众和社会，它并不是代表自己在进行监督，而是一种社会监督、舆论监督、公众监督。这一表态说明，即使极少数单位建立"记者黑名单"，这也是一种违法、违规的行为。至此，"记者黑名单"事件似乎画上了圆满的句号。

我个人以为，作为政府部门发言人指出的对"极个别的媒体记者"的处理想法可能也有其道理，但关键在于这个"道理"是否合乎我国现行的法律、法规。正如新闻出版总署有关负责人强调的那样，作为新闻出版行政主管部门，新闻出版总署负责我国境内记者的管理和服务工作。根据《新闻记者证管理办法》的规定："新闻记者持新闻记者证依法从事新闻采访活动受法律保护。各级人民政府及其职能部门、工作人员应为合法的新闻采访活动提供必要的便利和保障。""任何组织或者个人不得干扰、阻挠新闻机构及其新闻记者合法的采访活动。"也就是说，新闻记者的"管辖权"属于新闻出版总署，而不是其他政府部门。这才是新闻记者和社会公众伸张权利的一个重要渊源。同理，也是某些政府部门越权管理的"软肋"。

其实，目前一些引起社会秩序混乱的原因恰恰是一些行政主管部门"不作为"而另外一些行政主管部门"越权"。仅就新闻出版领域而言，就有其他行政主管部门推行且被社会舆论诟病的所谓"核心期刊"大行其道，新闻出版总署难道不应该根据有关的法律法规管一管吗？

只有行政履责，社会才能经纬分明、是非分明！

（原文地址 http://blog.sina.com.cn/s/blog_54b75c030100tfot.html 成文时间 2011 - 06 - 30）

第七部分　性情感言

理　由

　　理由是什么？理由是被某著名教授称为"好国家"的以色列屠杀巴勒斯坦平民的根据，理由是在地震来临时"一跑成名"的教师的权利，理由是"黑社会老大"横行乡里的说法……

　　如果按照马斯洛的理论，可以将人类的行为归结为动机，将所有的动机"还原"为需求，那么，"动机"和"需求"都可以构成人类"行为"的理由。

　　在社会学和语言学的语境中，凡是可以列入"因为……所以……"复句和类似复句的上半句的"东西"都能够成为"理由"。因此，"理由"实际上已经是人类行为的基础。

　　如果仅仅将理由"限制"在"人类行为的基础"方面，似乎还存在欠缺——其实一切的"自然活动"更是有"理由"的：小到细胞的新陈代谢，大到物种之间的弱肉强食，都是"理由"使然。

　　这样一来，好像可以认为，只要有"结果"和存在，就一定预示着"曾经"的"理由"——没有无理由世界，也没有无理由的时空。

　　——现在的问题已经变为，人类如何才能突破"理由"的逻辑，并且在这一过程中得以进化。

　　（原文地址 http://www. daxtx. cn/home. php？ mod＝space&uid＝5&do＝blog&id＝3201 成文时间 2009－1－13）

"起跑"种种

不知道从什么时间开始,人们突然关心起"起跑"来了。比如,"不要让孩子输在起跑线上"等说法大行于世,似乎我国才是奥林匹克的故乡。

在我看来,起跑仅仅是一项部分田径运动员需要掌握的"技术",其要点在于使运动员获得一个良好的初速度和合理的位置。在一般情况下,起跑的基本要领为,将人"压缩"在起跑器上,并使其重心前移至支撑手臂,臀部随之慢慢抬起;当得到出发口令时,手臂迅速离地使人失去"重心",运动员要尽量保持与地面"锐角"甚至"平行"的状态,以获得最大的初始速度。根据比赛和运动员的情况,起跑的距离一般控制在 20 米左右,然后以获得的"最大速度"进入途中跑。

上述起跑技术,只适用于 400 米以内的比赛——因为短距离(特别是 100米以内)的比赛,对运动员的初始速度的要求非常严格,高水平的比赛冠亚军之争可能都在"毫厘"之间。但是,对于中长距离的比赛,并没有十分严格的"起跑"要求。大家看到的是,运动员一般采取"站立式"起跑——几乎没有获得任何的"初速度",只是获得一个相对"合理的位置"。根据我的经验,所谓"合理的位置"一般不是领先而是跟随。"跟随"的目的很明确,既不与领先选手失去"衔接"(三、五米左右),又可以消耗领先者的速度和体力,然后选择最佳的冲刺距离(往往是距离终点的最后一个弯道结束处)超过领先者并直至终点。这就是在重大国际比赛中,运动员宁肯减速也不希望领先的道理。当然,作为已经领先的选手,可以根据自己的实际训练水平,采取加速跑和变速跑的方式甩开"跟随者"——这样的代价往往会非常大。

在《我的跑步观》[①]中,我曾经说过,跑步就像人生。如果假设其"逆定理"也存在的话,那么,人生中也是需要跑步中的"技战术"的。但是,我们需要明白,被称为"人生"的跑步比赛是一场中长跑,甚至是超长马拉松比赛。其中的起跑,不过是一种"获得合理位置"的方式,没有过多的速度要求。大家试想一

---

① 参见《胡言》,广西师范大学出版社 2010 年版,第 126 页。

下,如果我们用跑100米的方式去跑马拉松,结果又会如何呢? 那一定会输得很惨,或者将"人生"演成"小品"。

（原文地址 http://www.daxtx.cn/home.php? mod = space&uid = 5&do = blog&id = 3368 成文时间 2009 - 3 - 3）

第七部分 性情感言

独自等待

在石家庄和平医院西侧有一条小商业街，平时这里云集了一些贩卖蔬菜、水果、肉食和土特产的个体民营从业人员。若干个不大的铺面连接起来，使这条街道显得非常热闹。在这样"热闹"的场面里，也自然少不了商贩们饲养的猫和狗。

这些动物的存在，并不完全像城市家庭中的宠物，或者说完全不像城市家庭中的宠物——主要为了填补主人的情感"真空"，而是为了夜间看守店铺和防止货物被侵害。从这个意义上说，它们更接近它们这些物种存在的本能。

由于时至春节，按照我国的传统习俗，包括这些商贩在内的大多数国人都不辞劳苦地回家过年去了，这条原本热闹的街道一下子冷清了许多，特别是在年三十到初五这段时间，已经没有几家开门营业的店铺了。也许正是因为这里清静了许多，才使途经这里的我，有了驻守观望的兴致和可能。你还真别说，平日里乱乱哄哄地方，一旦安静下来，还真有那么点情趣在其中——在经过几天数次往返之后，我有了一个重要的发现：那就是在一家店铺的门口，有一个临时搭建的小窝，里面住着一只小狗。可能主人回家时既不忍心将它关在店中，又不便带它一同前往，所以才出此下策。在小窝的"门口"有主人为小狗摆放的两个小碗，但可能当初其中"内容"有限，现在早已空空如也。每当有人从这里经过，小狗都会从小窝中探出头或者全身，看看是不是自己的主人，然后无奈地退回小窝中继续独自等待。我也不知道在一天当中，它要多少次地重复这种"规定动作"；我更加好奇地是，至少我没有发现它擅离职守。也许主人走的时候曾经向它交代过："别乱跑，看好家，等我回来"，于是才有这番"景色"。

我想，我在相当长的一段时间里，都会记得这条独自等待的小狗。当然，我也由衷地希望它的主人能够早日归来，不要让这只小狗独自等待得太久！

（原文地址 http://blog.sina.com.cn/s/blog_54b75c030100gtnt.html 成文时间 2010-02-16）

大姨慕萱

小时候，我的家住在北京灯市西口奶子府北灌肠（场）一号，由于爸爸在外地当兵，姥姥、大姨和妈妈就是我的全部"记忆"。与年迈的姥姥和忙碌的妈妈相比，大姨应该是最亲近我的人。

我的大姨学名叫高慕萱，当时是公安部幼儿园的老师（那时都叫"阿姨"）。在山东老家的时候曾经嫁到大户人家，但姨夫两年后病故，所以就跟着娘家人经天津来到了北京。据我妈妈讲，大姨的"文化"是在新中国成立后东安市场楼上的一所补习学校中解决的，然后就"考取"了公安部幼儿园。

可能是从事幼教工作的缘故，大姨具备了一些孩子们的"天性"，比如喜欢跳舞、逛商场等。我姥姥曾经多次报怨，大姨每月发了工资，从单位出来经王府井回到家后就所剩无几了。要知道在 1960 年代，每月 35 元的工资对于平民百姓来说已经不是个小数目了。当然，在大姨的所有开销中，我是直接受益者：我那时候的书、玩具大多数是大姨给买的。对了，还有一副我至今保留的象棋也是大姨买的；不过我天生愚钝，除了会在棋盘走子之外，至今没有什么长进。在大姨留给我的记忆里，还包括她给我讲的"愚公移山"：好像是说一个蠢人要搬到山里去住，大家拦都拦不住……

后来，经人介绍我大姨与一位老实的裁缝，就是被现在人叫做服装设计兼制作师的人结婚了。我姨夫带了两个姐姐，我们的家庭在变大的同时也热闹了起来。不久，我和妈妈一起来到爸爸当兵的城市，上了一所部队的寄宿学校，大姨带着姥姥还从北京来看过我一次。再后来，我们国家爆发了一场史无前例的事情，大姨在被抄家后犯了心脏病，没过多长时间就去世了。

据说她被安葬在我姨夫家的墓地里，但由于我姨夫后来又结婚了，便与我们渐渐失去了联系。好在埋在地下的人联系不联系实际效果都差不太多，还是让包括我大姨在内的人安息为好！

（原文地址 http://blog.sina.com.cn/s/blog_54b75c030100gu1t.html 成文时间 2010－02－18）

63 号

　　一日晚饭后正在外面溜达,突然接到一个来自"脚都"朋友的电话,说他已经在我家附近要找个地方"洗脚"。其实"洗脚"的功课我是几乎每天都要做的,无非是睡觉之前烧盆热水将自己的脚放入而已,外面那些专门"洗脚"的地方虽然常在旁边走,但是从来没有"涉足"过。既然是"有朋自远方来,要求'涉足'",那也只好找一家体面点儿的地方。

　　在我上学经过的航天桥边上好像有一个知名的"洗脚"地方叫"华夏良子",许多年以前某家京城的报纸还报道过这家老板"创业"的故事,具体内容早就不记得了,但是有一点可以肯定,就是那里至少不会给首善之区丢人,说不定还会为北京在"脚都人民"面前挣回一些面子——我们一行人沿着并不宽敞的楼梯来到"华夏良子"所在建筑的三楼,一个从外面看上去非常安静的地方里面却是人头攒动,来"洗脚"的和给别人"洗脚"的都具有相当的规模,远不及在家里自己"洗脚"那般清静,不过反正来都来了,还是"既来之,则安之"吧!在排了一会儿队之后,我们被带到一个房间,落座不久就来了几位"洗脚技师"分别为大家洗每一只脚。当然,她们的工作也是与档案工作一样有着自己的程序:先将木桶放好,由专门的送水人员倒入热水,调试水温合适后将客人的双脚放入木桶,经过十几分钟再进入下面的环节……

　　由于房间中光线的关系,我在这里总有点昏昏欲睡的感觉。与我的状态恰恰相反,来自"脚都"的朋友和"洗脚技师"却谈兴正浓:从是否熟悉到来自何方,从生活经历到遣词造句,从一次消费到办卡优惠,好一个健谈了得。更有意思的是,其中一位"洗脚技师"自称今天已经为9位客人洗过脚了,忙得连饭都没有顾上吃,力气也基本上快用尽了。我心里在想,如果这位"洗脚技师"气力没有"快用尽"的时候会是一种什么状态?还真的不好说,或者说前途无量。

　　相对而言,为我"洗脚"的"技师"还算安静,当然也有我这个顾客不容易"调动"的原因。我是这样认为的,如果"洗脚"变成了"访谈节目",那么将来大家一定会在电视上看到另外一个道具——也许有的"嘉宾"和主持人什么的,只要脚往木桶一放,其言必定如滔滔江水奔流不息!"你的脊椎是不是有问题?"

为我"洗脚"的"技师"终于发话了,我只好中断了成为思想家的机会说"没有","你是不是经常坐着工作?"看来"洗脚技师"是跟蒋委员长学过"步步为营"的,我也只能接招"是坐在家里,但基本上是躺着看书。""啊,你是作家吗? 我小时候也喜欢写文章,还得过……","我不是作家,只是经常'坐在家里'","啊,那应该经常洗一洗脚","对,我每天都自己洗","还是要来我们这样的专门洗脚好!"……我基本上无语了,如果再探讨下去,那就应该是国民经济再分配了。

好在是春宽梦窄,我的脚洗完了,"洗脚技师"又要奔赴下一个战场了。临走的时候,她依然没有忘记再说上一句:"欢迎下次再来,我是63号。"

（原文地址 http://blog.sina.com.cn/s/blog_54b75c030100h8zp.html 成文时间 2010-03-18）

第七部分 性情感言

剪　影

2010 年 3 月 20 日上午首都机场第一航站楼 A03 登机口,我在等待去桂林的飞机。一位"美女"坐在对面,吸引了许多人的眼球。突然,一个嘴里叫着妈妈的小男孩来到她的身边,这在公众评分体系中究竟是为其加分还是减了成色? 我不知道。反正我要登机了∶-）

我在把上边的"信息"发到新浪微博的同时,也抄送了我的一些朋友。很快我就收到了几个回复——

1. 哈哈,加分呀!

2. 当然加分! 少妇比少女的分高多了@！@

3. 你带着遗憾登的机吧?

看来结论比较统一,但也有点误解,我只好回了个短信∶"没有什么遗憾,只要飞机正点就好!"

很快就又来了几个回复——

1. 祝你旁边还坐美女!

2. 一路同行幸福吧?

……

为了让这些朋友不留下什么"遗憾",我在关机之前告诉他们∶"同排的是一个老太太和比她还老的老头,很有安全感!"——在很多场合,我之所以能够"迅速回复",是因为我仅仅需要简单地描述真实情况和说出真实想法——那天,我的身边的确是一对老夫妻∶在路途中,他们时而像所有老夫老妻那样为一些鸡毛蒜皮的小事争论,时而低头各自想着心事或者干着自己的事(包括打瞌睡)。而就是这种气氛却给我带来一种非常亲切和安全的感觉,一种自己十分熟悉的家中的感觉。虽然已经"久违",但是我还依稀记得……

如果让我来选择自己的邻座,我一定会给这对老夫妻"加分"。大家可以设想一下,如果是一个"美女"带着一个孩子成为了你的"邻居",恐怕你一定希望自己的航程最好就到天津;如果不是这样,那么你一定要有一副钢铁般的神经!对大多数人来说,"惊艳"也许只限于短暂的"欣赏",安定才是人们期望的"生活"。即便是一次时间并不太长的旅行,即使是一个并不完整的"剪影","安定"也肯定要比"激动人心"更有意义、更有利于健康。

我用这次旅行体验了这种安全、安定和安宁。如果再让我选择一百次,我还会义无反顾地选择"同排的是一个老太太和比她还老的老头"。

(原文地址 http://blog.sina.com.cn/s/blog_54b75c030100hcie.html 成文时间 2010 - 03 - 21)

乡　亲

一

据说当今在市面上混的中国人,不管是达官显贵还是平头百姓上推两辈都是农民。如果大家回到自己的祖籍,见到的一定是自己的乡亲;出于对自己身份的认同,如果在其他地方见到这些乡亲,少不了要"老乡见老乡,两眼泪汪汪"了。

我没有在自己的祖籍生活过,所以见到一些自称是我老乡的人总感觉有那么一点滑稽,生怕对方是不是有什么劣质东西要推销给我,于是精神难免有些紧张。但是,与这些"自称是我老乡的人"不同,自己不论是在潜意识里还是在表面上都非常认同我"上山下乡"那地方的农民是自己的乡亲,特别是那些曾经与自己"同吃同住同劳动"的农民,简直就可以称得上是我的兄弟——我经常还会在梦里到那里走走。

之所以扯出上边这个话题,不是因为我最近发生了"梦游",而是我实实在在地接到了一位乡亲的电话。他在电话中说他的大儿子参加了今年的硕士研究生考试,成绩已经过了所报学校和教育部的专业分数线,让帮助"打听一下"是否可以被录取。说句实在话,这个电话让我既高兴又紧张:高兴的是他们现在居然还认我这个乡亲,紧张的是像我这样的教师手中几乎没有什么"资源"。当然,在我的这些乡亲眼里,在学校工作的人就好比他们村里的乡亲;大家既然是低头不见抬头见乡亲,那么遇到什么事情自然就会相互关照。

我的那些乡亲也许并不知道,现在的城市以及城市里的学校已经"进化"得今非昔比了。不要说一个区域里的人"相互关照",就是街坊邻居也基本上"老死不相往来"。虽然大家依然忙碌,虽然大家依然"低头不见抬头见",但是,那不过是物理意义上两物件的空间位移而已,很少擦出感情的火花。如果有一天你的邻居突然对你"亲近"起来了,你一定会像我一样觉得他另有所图,还是提防着点为好,说不定……

有时候被称作人的这种动物很奇怪,他们包子吃久了,就想吃口咸菜——

写在学问边上

276

为了不让我的乡亲失望,也为了使人间多保留一些被称做"真情"的东西,我近一段时间一直在"打听"着。但愿我的运气要好过那个"挖山不止"的"愚公",可以感动上苍,让乡亲的儿子能够如愿以偿。

(原文地址 http://blog.sina.com.cn/s/blog_54b75c030100heyl.html 成文时间 2010-03-25)

二

今天又收到我那位乡亲的短信,说他已经带着儿子到南方一所大学等待研究生复试去了。依照我的经验,"带着儿子去参加复试"在我们村里一定是一件大事——在我们乡下,凡是"大事"都会是这样的规格,也真是"可怜天下父母心"了。

有一句现在俗得不能再俗的话,叫做"知识改变命运"。在我们乡下人眼里,这种能够改变自己命运的机会并不多——就在三十多年前,就是国家恢复高考的那两年,中等专业学校也恢复了"面向社会"的考试。当时我的"那位乡亲"和他的已经算是村里的"文化人"哥哥,为了"改变命运"参加了中等专业学校的入学考试,结果双双通过了分数线。可是就在大家为他们即将"改变的命运"庆幸的时候,县里的教育主管部门却通知他们"政审"没有通过——他们的爷爷是"富农分子"。按照国家的有关规定,"地富反坏右"的子女是不能被国家大中专学校录取的。

即便是现在那些天天呼吁教育公平的人士,恐怕也未必完全清楚什么是"地富反坏右",以及为什么"地富反坏右"的子女不能上国家大中专学校。在当时的中国,农村中存在一种据说根据土地改革时候的状况划分的"阶级成份":大概是地主、富农、中农(包括上中农和下中农)、贫农和雇农,其中,地主、富农显然属于"剥削阶级",当然不能享受劳动人民当家做主的待遇。因此,我的"那位乡亲"和他的已经算是村里的"文化人"哥哥就只能留在村子里,继续享受劳动人民的待遇。

几十年过去了。当我们国家、我们的社会发生了深刻变革之后,我乡亲的儿子已经不再为上"国家大中专学校"发愁,而是在为读研奔波,这不能不说是一种进步。在这"进步"的背后,是包括我的乡亲在内的中国人所付出的整整一代人的青春、岁月、时光和心灵的煎熬。这种"进步"的代价不能说不大,获得的成就也不能说不大,但我依然期盼,我们社会的下一次变革不要让我们等待这

第七部分　性情感言

么许久,不要让我的乡亲到了"白发苍苍"的时候再去回味和品尝"社会进步"带给他们的成果。

　　作为一名教师,我最希望的,还是所有适龄人员都能够读得起书、读得上书,希望他们真正能够通过"知识"改变自己的"命运"。

　　（原文地址 http://blog. sina. com. cn/s/blog_54b75c030100hg8i. html 成文时间 2010－03－27）

狗　市

　　周一陪家人去了一趟北京通州的"狗市"，据说这里是京城最大的狗源市场，每逢节假日必定是人多于狗、热闹非凡。

　　可能是非节假日的缘故，"狗市"多少有些冷清，被展示的狗和它们的主人并不在最佳状态：一些狗的主人坐在旁边的凳子上嗑瓜子，狗则躺在"T台"睡觉；只是当有买主凑过来时，狗主人才会叫醒自己的狗，帮助它们打理一下毛皮，使它们尽量显得精神一些。当然，向买主介绍自己的狗也是狗主人的必修课。比如，品种优良、性格温顺、相貌出众等等，反正什么你想听到的"好话"，在"狗市"基本都可以得到满足。

　　虽然号称京城最大的"狗市"，但这里狗的品种并不算多，无非是大家在街边上可以看到的那些宠物狗外加一些藏獒、高加索之类的大型犬。它们有的可能还没有断奶，有的则已经达到出栏肥猪的状况。因为我不是买主，所以不知道买主们到底是哪一种心理和选择标准：如果是买一条幼年的小狗与自己培养感情倒也情有可原，但是如果买一条"已经达到出栏肥猪状况"的狗，除了回家杀了可能再不好有什么"前途"可言。当然也不能排除买主为了行善，买条老年大狗颐养天年。

　　然而，不论是什么动机，选择一条狗与自己一起生活的人，想必有自己的考虑。有关这个问题，包括我在内的许多人已经说过许多话了，在自己没有患上与祥林嫂一样的疾病之前就不再重复了。可是有一点必须声明，那就是根据我的观察，至今还没有一个人买狗回家是为了"供奉"和给自己"当领导"的。也就是说，人们还是基本上希望用狗的天性来弥补自己精神和物质上的"空缺"，葛优的那句"在卡拉面前我才像个人样"的著名台词可能比较贴切。因此，人们一定会根据自己的目的制定一些选择（购买）狗的标准，而这些标准应该多少与大家在飞机场和火车站的电视屏幕中看到的那些讲人力资源管理的大师提出的用人标准非常类似。

　　其实真正让我"悲哀"的，是在人们不断张扬"天赋人权"的今天，却希望另外一个物种成为与自己非常"不平等"的东西，如果它们的"爹妈"知道了自己儿女的生存状态会是一种什么样的感觉呢？也许它们的"爹妈"既没有语言也不会思考，也许上苍就没有赋予过什么权利。

（原文地址 http://blog. sina. com. cn/s/blog_54b75c030100hm10. html 成文时间 2010 - 04 - 06）

提　水

由于我住的小区连续两天"突然跑水",维修工人已经关闭了总水闸,大家生活用水要到一个专门的地方去打。昨天在学校上课,再加上家里还有些"存水",似乎影响不大,但是当这种非常状态进入了第二个"天头",我这个"坐家"也就只好从善如流了——用两个大桶,重新体会了一次劳动人民的快乐。

我仔细回忆了一下,上一次用大桶提水好像是在 1972 年,那时,我刚刚随父亲来到他"支左"的一个山西工厂,职工宿舍的平房区里只有一个供大家打水的"水房"。因此,每户人家都在自己家里备上几个水缸,将从"水房"打来的水储存备用。由于初来乍到,还没有学会挑水,所以在刚住下的一段时间里我一直是提水。虽然那个时候我还算年富力强,但终因"提水"效率太低而买了一条扁担挑起了水。当然,我当年挑水的扁担没有朱老总那条幸运,现在不知道已经转化成什么物质了。

后来我到乡下插队,挑水的技术在那个广阔天地里得到了充分发挥——我不但可以挑水还可以挑粪,不但可以用右肩挑还可以用左肩挑(那个时候没有"双肩挑"的说法),最为得意的是,我还可以以肩为支点、徒手(不用手的帮助)挑着扁担行走,……只是在 20 世纪 70 年代,人们还不知道有"铁肩担道义"一说,只是明白这样可以混得一天的工分,并且在道路不允许的情况下让自己的庄稼得到生长的养分而已。

有资料表明,记忆的功能不仅仅是人的大脑独有,人的骨骼和肌肉也有一定的记忆——在很多年以后,当我和一些参加期刊会议的代表来到峨眉山金顶,看到一些工人在用扁担挑砖、《秘书工作》杂志余乐园老兄"表演"失败时,我的骨骼和肌肉凭着"记忆"挑起了那副工人挑砖的扁担,并且还走了一段"山路"。看来,我天生就是一个体力劳动者,现在每天坐在家里,应该说是一种资源的浪费。

我已经下定决心,如果我们小区再连续两天"突然跑水",就去买一副扁担为包括自己家在内的"缺水群众"送水,并顺便带去×和××的关怀!

(原文地址 http://blog.sina.com.cn/s/blog_54b75c030100hsxm.html 成文时间 2010-04-15)

时 光 的 误 区

尽管大多数人都对现实中的日子并不满意,但是却对处于"时光"两端日子颇有好感。也许正是因为如此,人们才觉得充实和充满希望。

在"时光"的过去端,是人们美好的回忆。在经过时间和人们有选择的筛选之后,类似于童年、往昔等话题都是那样的绚丽夺目,甚至可以成为一些人生存下去的财富和资源——当他们擦着口水给淌着口水的人讲着那些美好的故事的时候,人生就会变得非常的有意义。其实到了夜深人静的时候,讲故事的人也会感到腮帮子有点酸痛,这大概就是人体的免疫系统对于有害物质的一种反应和惩处,也是机体保持健康的信号。

在"时光"的未来端,是人们美好的幻想。在经过了千百年的遗传和变异之后,人类保留了从自己祖先那里继承下来的"思考"基因。正是由于这种基因的存在,才使得苦难深重的人们没有放弃生活下去的勇气。人们坚信,未来或者来世一定是非常美好、至少是比现在美好的。我不得不承认,即便是现代科学也无法证明上述命题的真伪,也许从器物的层面来看这些命题存在真实的成分。然而,如果从"非物质文化"方面去分析,则谁也无法否认我们的先人可能享受着非常充裕的精神生活,并且创造了难以复制的人类文明。

因此,如果从上述表达的意义来说,用"时光"的过去和未来指导今生的方式存在一定的误区,甚至存在误导今生、忽视现实的倾向,使人们满足于"过去的辉煌"和陶醉于"未来的幻想",最终放弃现实的努力。而在我看来,恰恰是"现实的努力"才是人们生存第一价值:因为"过去的辉煌"其实真的与自己没有什么关系,"未来的幻想"如果真的可以实现则必须经过从现在起的几代人艰苦卓绝的努力——没有现在,就没有未来。

在一些境外的大片中,人们可以借助某种功夫超越时光隧道,来往于前世今生。但愿科学的发达可以让影片变为现实——到了那个时候,大家可以穿过时光隧道去"纠正"历史的错误,去试用未来的繁荣。

(原文地址 http://blog. sina. com. cn/s/blog_54b75c030100i5tj. html 成文时间 2010 - 05 - 02)

写在学问边上

北纬 50°

北纬 50°的地方有很多,因此准确地说应该是我在 2004 年去过一个叫做加格达奇的城市,其地理位置为北纬 50°09′至 50°35′(东经 123°45′至 124°26′)。据说加格达奇在鄂伦春语中是樟子松的地方,更有趣的是这个地方在地理上属于内蒙古鄂伦春自治旗境内,而在行政区划上却属于黑龙江省和国家林业局管辖——这不能不说非常"奇特"。

那一年我是去哈尔滨出差,公事办完之后省局的朋友说"你总是来去匆匆,这次就多待几天,带你去一个平常不太容易去的地方",他们所说的"平常不太容易去的地方"就是加格达奇。在我现在残存的记忆中,加格达奇的"奇特"之处至少有二:第一是外出的时候一位地方的秘书长主动让我坐在司机旁边的位置,这种情况在其他地方是非常罕见的——因为那个"辅坐"一般是陪同人员的位置。好在是我已经"淡出"官场多年,没有多少"位置感",所以就"客随主便"了。后来一打听,像在加格达奇这样的林区,那个"辅坐"恰恰因为视野开阔才首选客人就座的——仅此一"奇"就让我这个"坐了"多年办公室又"讲了"多年办公室的人大长见识。

第二个"奇特"是一个叫做嘎仙洞地方,据说那里与鲜卑人的历史有关,洞内西壁有北魏太平真君四年(443 年)摩崖铭刻。据《魏书》载,乌洛侯国世祖真君四年来朝,"称其国西北有国家先帝旧墟,石室南北九十步,东西四十步,高七十尺"。北魏太武帝拓跋焘派中书侍郎李敞去祭祀,并"刊祝文于室之壁而还"。现存铭刻的文字共 201 字,与史籍记载的祝文基本相符,证实为北魏王朝承认的拓跋鲜卑发祥地。洞内堆积有较丰富的文化层,对于研究拓跋鲜卑的早期历史,具有重要科学价值,现为全国重点文物保护单位。当然,这里也少不了一些关于人、神和恶魔之间如何争斗,以及正义最终战胜邪恶的传说。但是,不论是信史还是传说,对于我这个"久居洞外"的人来说都是传奇。

使我更加难以忘怀的是,在从加格达奇回哈尔滨的路上,我们一行人还去了齐齐哈尔,在市局老局长于双印的带领下看了扎龙的丹顶鹤,我又在他的要求下第一次给档案人员讲了"中国档案职业状况分析"的专题。后来,老局长不幸因病驾鹤西去了——我对他的记忆依然留在了从北纬 50°到我们共有的职业之中。

（原文地址 http://blog. sina. com. cn/s/blog_54b75c030100i977. html 成文时间 2010 - 05 - 07）

误机·杭州

当我在昨天下午赶到北京首都机场的时候,被告知所要搭乘的 MU5168 航班"没有确定登机口"。准确地说,这种情况是飞机延误的"替代说法"——据了解,我要坐的航班的上一个班次还没有从杭州起飞,这就意味着飞机至少要延误"从杭州到北京"的飞行时间。果然,最终我所乘坐的飞机以晚点近 4 个小时的记录完成了预定的飞行。

更有趣的是,作为上海世博会的合作伙伴,我所乘坐东航飞机上也涂抹着"让生活更美好"的字样。"生活"真的"更美好"了吗? 如果仅就这次飞行来说,我想大多数乘客没有这样的感觉——因为他们徘徊在首都机场的候机厅里,反复听着"女士们、先生们,我们抱歉地通知您,您所乘坐 MU5168 航班……"时,心情实在是"美好"不起来。特别是一些需要从杭州转机的乘客,他们的心情非但是"美好"不起来,而且一定是"糟透了"……

在焦躁的人群中,我应该是一个"例外":一来我的任务第二天才会"发生",即便午夜到达都不会有太大的影响;二来,或者更重要的是,我的确感觉到此时的情况比以往更加"美好":因为在二十多年前,也是有关"从杭州到北京"的航班,我有过延误近 8 个小时的"记录"。对于"近 8 个小时的记录"来说,4 个小时简直不能算什么大不了的事情,况且这次大家还得到了一盒"免费的晚餐",可以在首都机场的候机厅里享受"温度适宜"的待遇,这些难道不是说明我们的生活已经"更美好"了吗?

经历的确是一种财富,而获得"财富"的过程可能不那么"美好":上次在杭州误机,应该是在 1988 年,当时我与出版社的老总去杭州与《科技档案管理学》的作者商谈该书的一些出版问题。如果没有记错的话,我们坐了近 30 小时的火车(没有空调)才到达杭州。这"近 30 小时"对于我来说绝对是一次"意志品质"的锻炼,当我从老总那里得知回京可以坐飞机时,就像翻身农奴见到了毛主席,好一个幸福了得! 不过,美中不足的是得到"幸福"的时间长了一点——因为那次"从杭州到北京"的飞机延误近 8 个小时才得以成行——本来是在白天就应该到达的飞机,降落在北京的时候

285

已经是午夜时分。

尽管如此，当我在夜深人静的时候从民航局大楼（当时好像只有这个机场大巴路线）走在回丰盛胡同住地的路上，心情跟这次"误机·杭州"是"一样一样"的——因为在那时，也许仅仅在那时，我觉得生活真是变得"更美好"了！

（原文地址 http://blog. sina. com. cn/s/blog_54b75c030100idiu. html 成文时间 2010－05－13）

心 灵 角 落

由于这一阶段的世界杯比赛时间都调整到了 22 点之后,所以在此之前的"空档"里正好可以看点别的——昨天无意之中看到了一部叫做《心灵角落》的美国片子,也不知道是翻译的原因还是文化的差异,甚至是无心看比赛之外的东西,总之没有看得十分明白。只是隐隐约约地觉得,出现在影片中的各个角色在"心灵角落"里有一些与他们的日常身份不太一样的地方,也可以理解为人们的"心灵角落"是一个非常诡异场所,总有一些不愿被别人发觉和知道的东西。

然而,不论我的上述理解是否正确,人的心灵一定是存在"角落"的。在"心灵角落"中,人们或许安放秘密,或许安放灵魂。相对于忙忙碌碌的现实世界,人们也许真的需要一个属于自己的"心灵角落",一个属于自己的"绿洲",使与自己的躯体一起劳累的灵魂得以"安息"和存放。如果人们一旦失去自己的"心灵角落",可能离疯掉的日子不会太远了。

对于国人而言,现在"存放"的地方解决了,"存放"什么东西也许却成了问题。也就是说,在"心灵角落"里人们真的有值得自己珍藏的东西吗?我不能肯定。因为在我看来,凡是需要珍藏的,一定属于有"价值"的东西。大家不妨想一想,自己上半年写了几篇论文需要珍藏吗?完成了多少"工作量"需要珍藏吗?争到了什么级别的课题和项目需要珍藏吗?赚到了多少银子需要珍藏吗?……如果这些都不需要在"心灵角落"里珍藏,或者说我们除了这些不需要珍藏的东西以外一无所有的话,那么还有必要设置"心灵角落"吗?

如此看来,我们并不比《心灵角落》片子中的人物活得幸福——他们至少还有自己的"心灵角落"及其存放其中的东西,而我们呢?至少让我现在马上就回答这个问题,我无法肯定。也许在几十年前,自己的"心灵角落"中可以存放"革命的理想",后来这些"理想"随着年龄的增长都变成了"残酷的现实";也许在十几年前,自己的"心灵角落"中可以存放"学者的尊严",但是现在这些都已经变成官员们茶余饭后的"笑料";也许在若干年

第七部分　性情感言

后，自己的"心灵角落"中可以有值得存放的东西，可是我现在真的不知道应该在里面放什么。

不过，大家不妨仿照一些富豪为自己刚刚出生的孩子买房子的做法，给自己预留一个"心灵角落"，说不定什么时候自己就有了"需要珍藏"的东西，千万别像一些新娘子一样，都要上轿了才想起给自己扎耳朵眼！

（原文地址 http://blog. sina. com. cn/s/blog_54b75c030100jbh2. html 成文时间 2010－06－25）

昨　夜

昨夜绝对符合曹孟德清凉之夏夜的标准——在这个清凉的夏夜里,人们可以长眠,也可以例行地休息一下。因此,在经历了多日的酷热难耐之后,我抓紧时间早早地睡了。

不久,我睡眼朦胧地来到了山间的一所旧式建筑。其中交替发生着抢救病人、分配房间和观光游览等非常模糊的事件,似乎还有人告诉我,我们离开这里的火车已经推迟到 12:30 发车……唯一比较清晰的记忆,是我陪着醉石调整他照相或者叫摄影的位置和角度:有些是窗外的山景,有些是这所旧建筑的一些局部雕塑。总之,这项工作难度极大,光线和角度都很不容易拿捏,好在醉石是这方面的老手,已经多次只身走过什么峡了……

好不容易从那项"难度极大"的工作中摆脱出来,准确地说是从睡梦中摆脱出来,我看了一下时间,2:27,正好看世界杯。于是,随手给醉石发了一条短信:"刚才梦见陪你去山里照相,醒来还是觉得很爽,现在正好看球:-)"根据以往的经验,世界杯争夺第三名的比赛是最精彩的:两支半决赛失利的球队为了证明自己的能力而战,成绩并不重要。德国和乌拉圭的比赛果然如此,半小时已战成 1:1 啦……直到今天早晨才收到醉石的短信,称"呵呵,好久不见!我上午 11 点飞汕头,回来找时间和老哥一起坐坐。""没看球吧!""没看。昨晚 10 点从昌黎回来,累了睡了。家里其他人都在看,迷糊中听见好像德国赢了:)"对了,德国确实赢了,比分是 3:2,德国成为本届世界杯的第三名。

这个清凉的夏夜就这样过去了。当然,发生在这个清凉的夏夜里的故事可能还远不只这些。但愿远离我们而去的曹孟德老人家也能够永远记得他离开这个世界的那个"清凉的夏夜"以及在那个清凉的夏夜里发生的事情。也许,大家这些"清凉的夏夜"以及在那个清凉的夏夜里发生的事情加在一起,再辅之另外一些非"清凉的夏夜"以及非"清凉的夏夜"里发生的事情,就构成了人类的历史。多少年之后,这些历史就成为人类的宝贵财富。

难道不是吗? 也许吧!

(原文地址 http://blog. sina. com. cn/s/blog_54b75c030100jq0a. html 成文时间 2010-07-11)

第七部分　性情感言

又闻风雨声

秋分过后,外面的天气凉爽了不少。按照《春秋繁露·阴阳出入上下篇》中的说法:"秋分者,阴阳相半也,故昼夜均而寒暑平。"据说太阳在这一天到达黄经180度,直射地球赤道,因此24小时昼夜均分,全球无极昼极夜现象。秋分时节,我国大部分地区已经进入凉爽的秋季,南下的冷空气与逐渐衰减的暖湿空气相遇,将产生一次次的降水,气温也一次次地下降。正所谓"一场秋雨一场寒"。

有研究表明,包括自然在内的环境因素会在一定程度上影响人们的心情。随着这种影响的持续和加强,环境因素会与人们行为发生关系。所以自古就有"秋阴不散霜飞晚,留得枯荷听雨声"、"雨色秋来寒,风严清江爽"诗句。与这些心怀天下的文人雅士不同,农家在这个季节所看重的则是"白露早,寒露迟,秋分种麦正当时"、"秋分只怕雷电闪,多来米价贵如何"——这可事关来年的收成、家人的饭碗呀。但无论如何,大家都是受到了环境的影响。

在这样一种环境氛围中,作为自然一个分子的办刊人又听到、看到、感受到什么了呢? 虽然百味杂陈却可以一言而蔽之,那就是伴随着国家文化体制改革的报刊改制。新近召开的中国共产党第十七届中央委员会第六次全体会议,强调了"坚持中国特色社会主义文化发展道路,深化文化体制改革"基本方向,并将"研究深化文化体制改革,推动社会主义文化大发展大繁荣问题"列入会议的主要议程。而早在2011年6月29日召开电视电话会议上,中宣部、新闻出版总署就对深化非时政类报刊出版单位体制改革工作进行动员部署。其后新闻出版总署等部委根据《中共中央办公厅、国务院办公厅关于深化非时政类报刊出版单位体制改革的意见》(中办发[2011]19号)以及《国务院办公厅关于印发文化体制改革中经营性文化事业单位转制为企业和支持文化企业发展两个规定的通知》(国办发[2008]114号)精神,结合中央各部门各单位报刊出版单位实际情况,制定并颁发了《中央各部门各单位非时政类报刊出版单位转制工作基本规程》。从试点城市和单位的情况上看,非时政类报刊出版单位体制改革已经是"人心所向、大势所趋。"

平心而论,作为一种以销售出版物为生存形式的社会成员,理应成为"自主经营、自负盈亏"企业单位。特别是在社会主义市场经济发展的大环境下,如果听任一些既消耗国家文化资源又不能为社会带来利益和福祉单位和部门存在,势必成为社会文明进程的消极因素。更为严重的是,长期以来我国的新闻出版刊社"数多力寡",逐渐成为行政机关的附庸,文化的传播和影响力薄弱,无法参与国际文化领域的交流和竞争,与构建社会主义文化强国的设想渐行渐远,更不能满足人民群众日益增长的文化需求。

　　其实,任何改革都不仅仅是一种观念的转变,它还意味着利益的重新分配。就在前不久进行的出版社转企改制中,我们业界唯一的一家出版社实施了"退出",迎来同仁嘘声一片。但是,如果这些涉及个人利益的"规程"摆在我们每个人面前的时候,大家又会作何感想呢?从目前发生的状况看,这些"感想"未必是积极的。比如,有的认为我们这个职业非常重要,政府不能"一刀切";有的根据以往的经验,以为"拖一拖"就可能躲过风头;有的甚至觉得这是摆脱现在的"身份"、回到机关的大好机会……总之,在这些不同的声音中唯独没有响应中央号召、顺应社会潮流的举措。

　　社会的变革就如同季节的更替,不应该也不可能按照某些个体的意志转移。秋雨时节让人们知道了冷暖,百年辛亥让世界看到了潮流。秋风萧瑟,正是播种的良好时机;沧海沉浮,更需要打造大船航母。2011 的花落多少,也许恰恰意味着 2012 的凤凰涅槃。

　　机遇从来青睐有准备的大脑。档案报刊界的同行,大家准备好了吗?

　　(原文地址 http://blog. sina. com. cn/h13576 成文时间 2011 - 09 - 28)

7 月 28 日

今天是 7 月 28 日,34 年前的今天河北唐山发生了大地震,据说有 24 万人遇难。就在人们几乎已经忘记这件事情的时候,一部叫做《唐山大地震》的电影又触动了大家的神经。于是,各种悲叹、疑惑、煽情甚至矫情的议论铺天盖地而来,使得这个本来就不太安宁的世界平添了几分喧哗,使人性的弱点又一次暴露在光天化日之下……

处于这样一种氛围中的我不得不问自己一个问题,唐山大地震真的与自己有关系吗? 非常不幸,对这个问题的回答基本上是肯定的。因为 1976 年 7 月 28 日,我就在河北省的一个离唐山并不太遥远的地方——

那应该是发生在我"上山下乡"第二年的事情,我们青年点已经告别了住生产队仓库的命运,有了自己的新房——一排由"专款专用"盖起来的砖房。要知道在三十多年前的河北农村,大多数房子都是用土坯盖的,全村只要少数几间房子是砖房——据说还是"解放前,地主家的"。由此可见,我们知识青年的生活待遇在那个时候已经相当不错了。

记得我的房间是由原设计的门洞改造的,所以与正常的房间相比小了许多。不过,小有小的好处,那就是只能住下我一个人。好像房间里只能容下一桌、一凳、一床和一个水缸,而且由于原来并没有打算在这里住人,房顶的设计没有正常房间那么严实,因此经历一些风雨、感受一下"寰球同此凉热"的情况时有发生。那时候的人们还没有今天这样的权利意识,即便是有也不可能找到"开发商",更何况,我当时的心情已经"非常满足"了。

1976 年 7 月 27 日傍晚,绝对是一个非常平常的傍晚。至少在我们村里绝对没有蛤蟆上街、鸡犬不宁的情形。遵照"日出而作,日落而息"的生活节奏,包括我们知识青年在内的村里人早早就睡下了。也许有的人在入睡之后还会做个美梦,梦见一些朝思暮想又在白天很难遇到的事情——尽管当时人们的物质和精神生活匮乏,但是做梦的能力和权利我想还是有的。实事求是地讲,我真的不记得我那天是怎么睡着的,当然也不记得做没做过"美梦"。只是记得在天还没有亮的时候被人叫醒:那人说"刚才地震了,我们跑到外面待了一会","现

写在学问边上

在呢?"我说。"现在好像没事了","那你叫醒我干吗!"当我再一次醒来,天已经亮了。

由于地震的消息和危害铺天盖地,村里放了我们知识青年的假。这样也好,免得在这里给贫下中农添麻烦。于是,我回到了我父母生活的城市。我惊奇地发现,大家都"住在"自己搭建的"抗震棚"里。经过一番考察之后,我决定还是住在我们家的"原住房"里;虽然开始父母不太同意,但是我的坚持和后来的"实践"成为了"检验真理的唯一标准"———一切正常。

这就是我所经历的"唐山大地震",它不用别人告诉、提醒而一直保留在自己的记忆里。正因为如此,我想把创造5亿票房的机会留给其他更需要这个机会的人,包括导演和观众。

(原文地址 http://blog. sina. com. cn/s/blog_54b75c030100k8qb. html 成文时间 2010 - 07 - 28)

第七部分 性情感言

手　表

　　昨天在书架上找东西,无意中发现了我的手表——因为是假期的缘故,手表当然也要有个地方休息。其实,即便在平日里手表的用处也不太多,主要的"工作"是上课的时候看一下时间,以免拖堂。现在手表的功能手机都有,只是在不便看手机和手机关机的时候,人们才想起手表。

　　细细想一下,我有手表的时间并不太长——我插队的时候没有手表。准确地说,是用不着手表。农村的生活基本上是遵照"日出而作,日落而息"的节奏,基本上与手表无关。即便是早上出工,也有生产队的钟声提醒,在地里干活则由队长掌握时间。虽然队长他老人家也没有手表,但是大家都相信他对时间的把握要比"北京时间"甚至"格林尼治时间"更准确。因为只有队长说休息的时间大家才可以休息,队长说可以收工的时间大家才可以收工,"北京时间"和"格林尼治时间",以及它们反映在手表上的那个刻度显然没有这个功能。

　　有一次我去县城办事,青年点上给我们做饭的大叔让我把厨房的闹钟拿去找个地方修修。于是,我的书包里有了一个暂时单独属于我的表。虽然它已经不会走动,但那天我走在路上的感觉依然与往常不同,有一种"被重托"的架势。说来也巧,我走在县城的路上居然遇到一位向我打听时间的老乡。当我告诉他我没有手表没法告诉他时间的时候,他表示怀疑,嘴里说着"知识青年,怎么会没有表呢?"经他这么一说,我倒是想起来了——对呀,今天我不是有表吗？我马上从书包里拿出了闹钟,给他认真地"展示"了一下,并且同样认真地告诉他"这就是我的表,可惜……"

　　我的第一块手表是上大学的那年姑姑送的,是一块"钟山牌"机械表,与当时 17 钻的"上海牌"所不同的是,这种表据说只有 9 钻,因此钟山表对时间的"把握"并不十分精确。一个最有力的证据就是,我的一位同宿舍的同学,也有一块钟山表,他经常喜欢做的一件事情是打开表的后盖调整表的快慢阀,以至于他在大学期间就掌握了一门"实际性很强的技术"。平心而论,大学期间手表的作用也不太明显,最多就是提醒自己要下课了,做好奔向食堂的准备工作。

我总是在想，手表至多可以显示时间，而这种被显示出的时间对于它的主人究竟具有什么意义则要视不同的情况来决定。比如，对于一个生命垂危的人来说，它有点像一个"倒计时"，有点 5 - 4 - 3 - 2 - 1 的感觉。那么，对于我们大家呢？

（原文地址 http://blog. sina. com. cn/s/blog_54b75c030100kiha. html 成文时间 2010 - 08 - 11）

我的"七十年代"

一

近日读到北岛、李陀主编的《七十年代》(生活·读书·新知 三联书店 2009 年版)。编者似乎在向人们传递这样一个想法,即历史本不应当是一些大人物甚至是大事件的历史。沿用"七十年代"的说法,"历史应该是人民创造的",转换成今天的流行语则可以表述为"历史是多元化的"。因此,书中的作者们也拥有自己的"七十年代",也有资格讲述自己的"70 年代"这段光荣的历史。

尽管该书的作者都是当时或者当今有些名气的人物,但是他们所记录的"七十年代"却不仅仅是宏大叙事,更多的还是他们在那个时候或者可以说是"小时候"的生活琐事。也许是触景生情吧,书读着、读着就把我带入了那个自己"小时候"也同样经历过的"七十年代",书中的许多事情似乎与自己越来越近,甚至越来越觉得那个年代至少对于我来说是一个非常重要的年代。

1970 年我正好"小升初"。不过那个时候的父母不会像今天的父母一样焦虑,因为读书和升学并不是人们心中的唯一选择,加上大人们还有自己更重要的"革命工作"要做,孩子们的事情大多都顺其了自然。与别的孩子相比,我的"自然"中带有了一定的偶然性,那就是我所上的学校从那一年起不再办小学部,今后将成为一所完整的中学。按照当时的规定,小学六年级的学生全部升入自己学校的中学,五年级以下的学生则必须转入其他小学继续就读。学校可能念及这些已经跟着自己"受苦受难"五年的学生,所以决定从五年级的三个班中选一个班(人数)的孩子与六年级一起升入中学,而我就是其中的幸运儿之一。

想起来多少有些好笑,我的"幸运"还不只少上了一个六年级,好像二年级也没有上过。当然,那一次不是学校的"法外开恩",而是我们国家发生了一个"史无前例"的重大事情。我是 1965 年上小学一年级的,第二年"无产阶级文化大革命"爆发,包括老师在内的大人们都忙着自己"运动"或者"运动"别人去了,我们这帮小孩就只好放假——那可是一次九个月的长假呀!当我们玩得已经忘记了自己还是学生的时候,学校决定"复课闹革命"了。更有意思的是,我们这个"九个月的长假"已经被学校算入了学历,其最好的证明就是开学之后,我们全部升入了三年级。我还记得开学的当天,老师发给我们的语文课本——一本32开的《毛主席语录》。哈哈,这多像是对我玩了9个月的"奖励"啊!如此算来,我的小学就上了4年,并且结束于"六十年代"末,我以一名中学生的身份进入了"七十年代"。

（原文地址 http://blog. sina. com. cn/s/blog_54b75c030100kmz0. html 成文时间 2010 - 08 - 19）

二

进入中学以后,我的身边出现了一些重大的变化。比如,课程已经不是过去的算术和语文,除了增加了外语、物理(后来有了化学)以外,"算术"改名为数学。我们的班主任就是一位数学老师,她其实也比我们大不了几岁,好像是石家庄市第17中学毕业的,那个学校曾经就是一所女子中学。男孩之间开玩笑,经常说"你太17中了!"还好,我们的班主任给我留下的最初印象是写了一手的好字,经常帮助学生抄写标语。对于我们这几个从五年级混进来的学生来说,最大的变化还在于身边的同学要比我们大上二三岁。也许现在看来,人与人之间差个五六岁甚至十来岁基本上不影响沟通(大款与二奶的关系不在这个讨论的范畴),但是对于一个十二三岁的孩子来说,这二三岁已经是一个很大的年龄落差了。我仿佛一下子失去了自己的同龄人,来到了一帮大孩子中间。当然,包括我们的班主任老师,她不过也是一个比我们大的"孩子"。与比自己大的人交流,有时候有点儿像与比自己球技高的人打球,自己的"球技"和"智商"都会不得不提高。反之,如果喜欢"欺负"弱者或者是当"孩子王",就会变得越来越"弱智"。我们这些"垫底"的孩子,在刚上中学的一段时间里,主要就是跟着那帮大孩子后面学习和游戏。好在那个年代的学习并不紧张,比如外语期末考试可以是"毛主席万岁"加上26个字母的大小写,混个满分的可能性还是存在的。

在我生活的那个城市,也许是年龄太小的缘故,好像没有听说过什么中央的"内部消息",也没有见过什么"黄皮书、灰皮书",更没有经历过加入"某个村落"去研读国外文学和哲学著作,因此错过了70年代的"启蒙"。还有可能是因为年龄太小,也没有感受到世界的潮流和中国的命运发生的改变。我当时记得比较有"政治意义"的事就是纪念巴黎公社成立一百周年(1871—1971)和"林副主席叛逃身亡"。对于第一件事,尽管我也知道巴黎公社曾经被马克思认为是共产主义理论的一个有力证明,但那个公社既没有依赖于一个"先锋队",也没有掌控国家或者企图建立一个新的革命政府,不过是又一个"乌托邦"而已。我到今天也不明白的是"一个在1871年3月18日(正式成立的日期为同年的3月28日)到5月28日期间短暂地统治巴黎的政府"与中国当时的"革命形势"有什么联系。对于第二件事,那就更吊诡了,一个在党章里规定了的"接班人"就这么走了、死了?然后,大家又一股脑地说"他过去的事情"都做错了?

不懂,真的不懂。虽然已经上了中学了,虽然已经进入了"七十年代",但那个时候的我,在一帮大孩子面前还是一脸茫然。

(原文地址 http://blog. sina. com. cn/s/blog_54b75c030100kokm. html 成文时间 2010－08－22)

三

时间并没有让自己在几个特定的事件上迷茫太久,或者说人类的另外一个基本素养——遗忘发挥了作用,我很快就被其他一些新鲜的事情所吸引。比如,与同学之间交换图书阅读。不过,在我们同学圈子里交流的图书,大多数都是一些准连环画之类的低幼读物,即便是出现几本后来被界定为世界名著的东西,当时也不一定受人待见。与图书的内容相比,同学们可能更加关心自己的书是否可以交换到更多的书看,当然也关心自己的书将来是否还会顺利地回到自己手中。我的几本书就是在那个时候"交换"得不知所终,反正与比自己大的孩子在一起玩,我们这帮小家伙是不可能占到便宜的。好在这件事除了可以增长了见识之外,还让自己看到了一些感兴趣的书。我就对一本叫做《中锋在黎明前死去》记忆深刻,而帮助强化这个记忆的事件就是在读完这本书的第二天,我和同学们被派去参加公审大会,最后坐在路边"欢送"那些打着红叉的人走完他们人生的一段旅程。

其实,我们在观看别人"旅程"的时候,自己的旅程也没有闲着。大约在1972年,就是我进入中学的第二个年头,我的旅程出现了转机——准确地说,应该说是转学。事情的起因是父亲参加了所在的部队"支左",被派往山西太原的一家工厂。开始的时候他的组织关系还在原来的部队,后来就划归了太原警备区,就是说算人家那里的人了。于是,我们一家也就随着父亲进行了第二次迁徙。第一次是从北京迁到了石家庄,这一次是从石家庄迁到了太原。当时社会上有一个说法,叫做随军家属,我家应该属于这个群落。在人们的印象中,太原应该是比石家庄发达的城市,但父亲所在的那家工厂是在太原的西山矿务局辖区,以至于在此后的一年里我只去过有限的几次城里,我所转入的那个学校叫西山矿务局第一中学,当然也是在山边上了。

大家千万不要以为山区不如城市,至少我所上的这所"山区学校"的质量要远高于石家庄的那所中学。比如,我的新班主任老师不是一位刚毕业不久的中学女生,而是一位大学毕业的男老师。尽管他的普通话里带着浓厚的山西口音,但这并不妨碍向他的学生传授知识和培养学生学习知识的兴趣。我从这位老师那里学来的本领之一就是抄书——大家不要想歪了,这可不是像现在那些知名学者一样将别人的东西"抄"到自己的文章里,而是将一些有趣的书籍一字不落地誊抄在自己的本子上。记得当时我们的老师先是讲了一些名人"抄书"的故事,看我们这帮学生还是有点无动于衷,便说了一句时至今日都堪称经典的话:"……我现在都需要抄书,更何况你们呢!"于是,我在笔记本上抄下了《笠翁对韵》中"天对地,雨对风,大陆对长空。山花对海树,赤日对苍穹。雷隐隐,雾蒙蒙……"

(原文地址 http://blog. sina. com. cn/s/blog_54b75c030100kpwg. html 成文时间 2010 - 08 - 25)

四

新的城市、新的学校、新的老师,都会给我的"七十年代"增添许多色彩。特别是对一个久居城市的孩子来说,西山矿务局的那种准山区生活更是非常新鲜。比如,由于是下山的缘故,上学的时候从我家到学校几公里的路程骑自行车只需要蹬 38 下,而放学回家,如果再加上顶风,绝对可以达到一个自行车专业运动员的强度。也许是一种巧合吧,当年山西的自行车运动非常发达,以至于有些工厂都会举办自己的自行车运动会。

有时候学校下午没有课,几个要好的同学会一起爬上学校不远的小山(好像叫红沟山)。山上有清澈的溪水、四处奔跑的野鸡,还可以远远地望见晋阳湖,"泉水潺潺传笑语,清歌一曲万山回"。如果恰巧是一个雨后,山里的草皮上还会长出一些"地耳"——肯定属于木耳的亲戚,而且还肯定是"纯天然,无污染"的那种。傍晚时分,一列矿上运煤的火车从山间驶过,不知是车厢漏煤还是刹车的缘故,会留下一串"火龙",十分壮观。遗憾的是,每当这个时候山下的点点灯火就会提醒大家,该回家吃饭了……

在我的印象中,我的语文老师当时还兼着学校的图书采购员,他除了为学校购买一些新书之外,就是给我们这帮喜欢读"闲书"的学生推荐一些新书。我早期购买的鲁迅文章单行本,肯定是来自我们老师之手。正是在这些书里,我惊奇地发现,原来鲁迅也有过"抄书"的光荣历史。在这之后,我便将买鲁迅的书和"抄书"的习惯沿袭了多年,最终居然买齐了当时人民文学出版社出版的所有鲁迅文章的单行本,"抄袭"了《唐诗三百首》《红楼梦韵文选释》等一些可以消磨时间的文字。

就在我转到山西上学的这一年邓小平复出了,他复出后所做的重要事情之一就是"抓教育"。学校的最大变化是恢复了"高中",并且需要通过考试升学了。虽然这是我有生以来的第一次升学考试,但是并没有像今天的学生那样痛不欲生。印象中我还考得可以,因为我们班上只有一个同学的分数比我高。就在前不久,这位同学还给我打来电话,他已经在某房地产管理局工作多年。由此可见,他的智商一定比我高——在当今的中国,能够管理房地产的人需要多么高的起点啊!

正当我信心满满地准备在"山区"继续学习的时候,一个"不幸"的消息传来了——我父亲他们这些"支左"的人员必须回原单位了。也就是说,我又要"随军"回到河北去了。这可真的有点"三十年河东,三十年河西"的味道,差别仅仅在于时间和地点。

（原文地址 http://blog.sina.com.cn/s/blog_54b75c030100kqw4.html 成文时间 2010-08-27）

五

人生有的时候就像一次公路越野赛,当你跑到折返点处就必须往回跑了,而你将要达到的终点其实就是你出发时的起点。太原就有点像这种"折返点",我现在需要"往回跑了"。

当我时隔一年回到曾经生活过的城市,回到曾经上过的学校,虽然是"原路返回",但这里的风景还是发生了一些变化。对于我来说,最大的变化莫过于我原来的同学已经在读高一的第二学期了。一打听才知道,河北这边进行了"教育改革",将初中改为了两年半,高中则成了春季入学,两年毕业。不过还好,学校还是决定收留我,可能因为我是他们的"老人"吧。更有意思的是,学校还把我安插到一个熟悉的班级——班主任还是我初中的那位老师。好嘛,过去只听说过"母以子贵",真的还没有听说过老师也随着学生一起"升级"的。但是,不管怎么说,这对于我来说,不失为一个好消息。就这样,我又混入了高一的第二学期。

就像一些游牧民族比较容易适应周围的环境一样,我也较快地混进了新的班级。现在想起来,除了我是这里的"老人"之外,可能还因为那个时候高中的"课程"比较适合我:课堂讲授的内容其实你浏览一下课本就可以知道个大概,学生的主要任务是"不但要学工、学农、学军,还要批判资产阶级",真是太丰富了。比如,学校经常组织学生去"拉练",好像就是背着背包去春游。还可能按照季节的不同在农村里住上一段时间,帮助老乡干些力所能及的活儿,吃上几顿派饭,认识一下农村宅院里的鸡鸭猫狗。当然随着我们的日渐强壮,村里也会把原来干活的牲口卸下来,让学生们去体会拉车、拉耧的感觉。当学生们拉着原来马拉过的车往地里送粪的时候,还真有点"少年壮志不言愁"味道。

由于我所在的班被学校定为"物理班",所以我们有更多的机会从事工业活动。在我的印象中,我们去工厂搬运过翻砂用的铁锭,学过油漆铁壶,组装过发电机。当然更多的时候,我们则是挎着"三大件"帮助学校修理室内外的电线、电路。如果学校恰好手头宽余,可能还会买一些半导体零件,让我们过一把做"实验"的瘾——当我们自己装的收音机也能发出"东方红"声音的时候,大家的脸就像被初升的日头照上一样,那种成就感可能胜过国家的原子弹爆炸成功。

至于怎样去"批判资产阶级",好像没有什么印象了。想想也是,学校已经一穷二白了,再批也是无的放矢。

(原文地址 http://blog.sina.com.cn/s/blog_54b75c030100krss.html 成文时间 2010-08-29)

六

不足两年的高中生活很快要过去了,同学们所面临的共同问题就是毕业后的去向。在20世纪70年代的中国,"高考"只是一个故事和传说——由于"文化大革命"的缘故,许多高等院校已经停办,还在苟延残喘的学校也只招收工农兵大学生。因此,我们这帮托"邓大人"的福上了高中的学生,已经可以算做祖宗坟上烧了高香,不可以再有更高的奢望了。

301

与新中国成立之前的许多学生毕业即失业不同,我们当时还是有很多出路的。按照伟大领袖的号召和政府的要求,那个时候的高中毕业生的基本去向是"上山下乡"、"接受贫下中农的再教育"。另外,有特殊情况的困难家庭和有特殊门路的少数家庭可以将孩子留在城市当工人或送到部队当兵。而有趣的是,这些所谓的"特殊"竟然在很短的时间里就变成了"一般"。比如,在学校收集情况时,大约有仅80%的学生家庭"符合"有"特殊困难"的条件,属于应该照顾留城的范围。也不知道是当时的政策有漏洞还是人们一夜之间变得聪明了?再有,大家突然都萌生了保家卫国的志向,纷纷要求参加中国人民解放军。

我一直认为我生来就在一个普通的家庭,所以当然不符合"特殊困难"的条件。此外,我还隐隐约约觉得,留在城里的那些"社会青年"基本上是与盲流、地痞和流氓非常近似。在我的印象中,这帮家伙没有干过什么好事,更算不上什么"工人阶级"——因为从历史上看中国就根本没有产生过这么一个"阶级",因此我对"当工人"不感兴趣。另外,我从小就生活在一个部队大院里,我非常清楚他们可以从事从炊事员到饲养员等众多的营生,当然也可以笔直地站在大门口,"保卫祖国无上荣光"。我是不太想分享他们的"荣光"的。

在人类的众多基因当中肯定有一种叫做"返祖",这种基因会使一些人类个体具备了他们祖先的特征和想法。在我可以感知的过去,自己的祖先一定是一些农民,那么我们"返祖"去做农民也应该算是"发扬传统、光宗耀祖"的事情。更何况我们的伟大领袖都发出了号召,他老人家不会平白无故地欺骗大家吧?

于是,在一个阴雨的早晨,在一片欢送的锣鼓当中,我没有费太多的周折就登上了前往"广阔天地"的卡车。

(原文地址 http://blog.sina.com.cn/s/blog_54b75c030100ktrs.html 成文时间 2010 - 09 - 02)

七

我去插队的地方属于河北省赵县,那里因为拥有赵州桥和雪花梨而"闻名于世"。所去的村子叫做杜家庄,是赵县前大章乡的一个自然村。按照当时的说法,这里是前大章公社杜家庄大队。虽然名义上是赵县的地盘,但是距离县城和城南的赵州桥有近20里地,而距离河北省的藁城县界只有5里,距离栾城县界只有7里,因此杜家庄是处于赵、藁、栾三交界的地方。与当年中国工农红军所建立的距离反动势力"三不管"的革命根据地不同,这里完全属于人民政府的控制之中，是华北平原上一个比较富庶的地方。当然，"华北平原上的富庶"与江南的鱼米之乡根本不是一个概念。简单地说，这里的农民的"富庶"就是有粮食吃，偶尔可以趁着政府管理松懈做点小买卖。作为集体经济的生产队，无一例外的都是一些"高产穷队"。当年在我们的村里，一个壮劳力一天可以挣到10分，每10分算一个工。在最好的生产队，年终分红时的一个工折合人民币五角六分钱。

我们当年插队的形式是"厂社挂钩"，就是一个单位的"知识青年"去一个生产大队。因此，到杜家庄插队的基本上是父母在一个单位系统的孩子。由于政府有一笔专门用于"知识青年"的安家费，所以一般的村子都将"知识青年"集中管理。具体到我们村，"知识青年"是集中居住，干活则分散到各个生产小队。也就是说，我们是与贫下中农同劳动，但是不"同吃、同住"。另外，在县和公社两级政府机构中，派出"知识青年"的单位系统还要有一名"带队"的人员，负责与地方政府和"知识青年"的协调和沟通。在当时的情况下，这种管理体制应该算是相当完善了。

杜家庄大队有三个生产小队，我被分在了第二小队。我们"知识青年"的工分待遇是不论男女，每天一律10分。如果说我们这些男生在一年之后还可以抵得上一个壮劳力的话，那么女生们绝对不可能比得上那些从小就在地里干活的农村姑娘。虽然当时政府总是在号召"男女同工同酬"，但一个农村女劳力每天的最高分值却只有8分。这就是说，"知识青年"是与包括贫下中农在内的农村劳动力"不同工而同了酬"。好在是当年那些厚道的农民并没有什么怨言。

我至今都非常厌恶一种说法，那就是在一些"住过牛棚"和"插过队"的人眼里，他们当年简直是蒙受了天大的苦难，是社会和政府对自己的莫大的"不公"。实际上，他们的那些"劳作"与世世代代生活在农村的农民比较起来，基本上不值一提，只不过是在这些人的心里和"潜意识"中，他们就不应该如此"受苦受难"，他们的想法与实际情况发生了"落差"，造成了他们心理上的不平衡而已！而以这种"想法"为基础形成的所谓理论或者文学都难免带有不真实的色彩，甚至难逃虚伪之嫌。

（原文地址 http://blog. sina. com. cn/s/blog_54b75c030100kv6s. html 成文时间 2010-09-04）

八

顺便说一句，我对"知识青年"的概念也非常不感兴趣——虽然那时我们确属青年,但有没有知识还真的不好说。有一个类似的例子可以推荐:在很多年后的一天,我接到了一位大学老师的电话。老师非常急切地告诉我,他成为"人才"了!一问才知道,原来这位老师办理了辞职手续,他的档案被放在"人才中心"了。按照老师的理解,档案放在"人才中心"的人当然属于人才了。其实大家都知道,那个所谓的"人才中心"中的人才具有的"含金量"。以此类推,就可以计算出被当作"知识青年"下去的人究竟有多少知识含量了。

从小生活在农村的作家阎连科,曾经在他的一篇文章中对插队的"知识青年"(知青)作了一些评述。在阎连科的记忆里,他们村的那些知青只做一些类似轰鸡、看场的活,轮流到村里的各家吃"派饭"。他妈妈每次都会给知青做一些农村孩子只有在过年的时候才能吃到的东西,比如白面烙饼。为了不让阎连科们眼馋,在知青吃饭时总叫自己的孩子去外面玩,而闻着白面烙饼香味的孩子们却等在门外的大树下,希望那些知青走后会留下一些"战利品"。不幸的是,除了一位女知青留下半块饼之外,阎连科们基本上没有得到其他斩获。更让阎连科无法容忍的是,有一个村里人据说对女知青强奸未遂而被判处了死刑,而一个知青奸杀了一个农村姑娘却可以一逃了之。事后也仅仅是知青的家长到村里道歉,给了些钱就算完事了……当他们村里的知青回城以后,青年点里也没有留下任何有用的东西,倒有一些大家平时熟悉的鸡毛在地上飘落着。

我完全相信这是包括阎连科们在内的一些"土著"对知识青年的真实描述,并且更加深了我对那些日后无病呻吟的所谓"伤痕文学"的鄙视。但是,就像一个刚刚当了和尚却听到有人骂秃驴的人一样,作为一个曾经的知识青年对这些评价有一种无以言状的悲哀。聊以自慰的是,发表上述言论的阎连科与我同龄,也就是说当他看到那些事实的时候还是"一个孩子"。如果按照实际情况推算,那些被村里人厌恶的知识青年应该属于"老三届",即在"文革"初期响应政府号召上山下乡的人员。而且从他们用餐的方式看,这些家伙也一定不属于"厂社挂钩"的群体。好啦,阿 Q 他老人家在上,我终于证明了这些招人恨的家伙至少与我们这些人在时间和空间上存在着差异。

既然与那些"招人恨的家伙"存在不同,那么我们这些"后来者"在农村又干了些什么呢?我们同属一个(父母)单位的十几个孩子被分配到了杜家庄的三个生产小队中,基本上与队里的其他农民一样,每天早晨站在街边等待队长派活,然后该下地的下地,该上场院上场院——简单地说,应该可以概括为"吃饭、做活,没干坏事"。如果把上边这些农村的"日常事务"都叫做"硬工"的话,我还做过一些被村里人叫做"软工"事情。比如,为了应付上级检查在大队部的院子里写几条标语,为村里的"忆苦思甜"展览编写说明,在小学老师生病的时候帮助带带孩子等等。总之,在平淡的生活中度过着每一天,在平淡的每一天中等待着"重要事情"的发生。

（原文地址 http://blog.sina.com.cn/s/blog_54b75c030100kwoe.html 成文时间 2010-09-06）

九

时间很快到了 1976 年。正当我们公社的篮球队苦于在县级联赛中屡败屡战的时候,突然接到上级单位的通知,让包括比赛在内的"娱乐活动"统统停止。一打听才知道是周恩来总理逝世了。比赛虽然结束了,但如此"重要事情"并没有停止它们发生的脚步,天灾人祸接踵而至……直到 9 月初的一天,我们在地里听到了公社喇叭放出了哀乐声,当大家还在争论是哪位久未在报纸和广播中"出现"的党和国家领导人不在了的时候,才从大队干部的嘴里听说是毛主席逝世了。

当大家已经习惯了听到收音机里传出的"毛主席正神采奕奕、满面红光"的时候,上苍同人们开了一个不大不小的"玩笑",以至于很多人都不相信这是真的。当时我们村子里有一位老党员,他的腿脚不太利索。大家已经从公社的悼念厅（根据上级要求设立）回来的时候,他还在去的路上。有位小伙子问他:"大爷,你干什么去呀?"这位老人一脸严肃地说:"听说毛主席病得厉害啦,我去看看。""不是'病得厉害',是已经去世了。""别瞎说,让公社干部听见了整死你!"大家整体无语。

后来,据说县城里贴出了打倒王、张、江、姚的标语,他们的名字也享受旋转180 度和被打上红叉的命运。再后来,"以华主席为首的党中央"开始拨乱反正,邓小平又出山了……但是,可能是"天高皇帝远"的缘故,这些"重要事情"暂时没有给我们村子带来什么翻天覆地的变化,大家还是"吃饭、做活,没干坏事",日出而作,日落而息。对于我来说,唯一印象深刻的事情是《毛泽东选集》第五卷出版了,县里面要组织培训班学习,大队把这个百分之百的"软工"派给了我。于是,我从青年点领出了 30 斤玉米,交到了公社粮站,再拿上粮站开出的收条、搭上拖拉机到县委党校报到去了。

我到了以后才知道,所谓的县委党校就是几排房子加上每间房子里面的两排大炕。学习也主要是以"自学为主",具体地说就是每人发一本书,然后粗读三天、精读一周,好像还发了份"学习材料",上面归纳了一些基本问题。不过,一日三顿饭还是有保障的,对于我们这些农民来说,"肚里有粮,心里不慌",读起书来自然是"字字闪金光"了!那本县委党校发的《毛泽东选集》第五卷我一直保留着,而那份"学习材料"则作为交差给了大队长,估计他老人家很快就用它卷烟了。现在想起来,那也是一种"信息资源"啊!

（原文地址 http://blog.sina.com.cn/s/blog_54b75c030100kxvo.html 成文时间 2010－09－08）

十

伟大领袖当年给我们知识青年的任务是接收贫下中农的再教育。所谓的"贫下中农",是中国共产党在中华人民共和国建立之前和之初对农村阶级成分的划分。与此相匹配的划分"指标"为雇农、贫农、下中农、中农、上中农、富农和地主。其中,雇农属于农村中的"无产阶级",贫下中农次之,地主和富农是农村中的"资产阶级",中农则介乎于两者之间,属于摇摆不定而又被两大阶级争取的力量。据说伟大领袖就是中农出身,不过他依然相信贫下中农是农村中的进步力量,因此将我们这些"帝国主义的预言家们"寄予希望的年轻人交给他们进行教育,应该绝非权宜之计。

然而,中国农村的实际情况往往与书本上的东西有些不同。至少在我曾经生活了四个年头的那个社会主义农村,那些在解放初期划定的阶级成分并不能代表精神或者文化的基本状态。在与村里人的接触中,我慢慢了解到这里的一些"成分高"的人恰恰可能是"有头脑、会经营"的人,当然他们所积累的"财富"就成为确定他们成分的依据。而那些"成分低"的要么不会积累财富,要么过于潇洒失去了财富——到了评定成分的时候,却让这些人"因祸得福",成了后来的"贫下中农"。其实在新中国成立以后的二三十年的时间里,这些在集体经济中劳动的农民,无论是成分高的还是成分低的都需要自食其力。他们唯一的区别,就是如果赶上什么政治运动,那些成分高的人总会被拉出来敲打、敲打,等风头过了,大家依然是叔叔大爷、兄弟姊娌,没有人还会记得喇叭里说的和报纸上写的东西。

如此一来,我们这些"被教育者"也就只能择善而栖、自学成才了。比如,我接触比较多的一家人就是"成分高"的。当然,与他们来往并不是我的思想天生反动,而是"工作需要"——这个家里的三个男孩与我年龄相当,干活的时候经常在一起;他们的爹则是我们粉房里的"大把式",我是那里伙计兼会计。社会心理学的研究表明,人与人的认同程度是与交流的频率成正比的;用老百姓的话说,这叫"近朱者赤,近墨者黑"——反之都一样,接触的日子久了必然产生影响。如果把这种影响也算作一种"教育或者再教育"的话,那么准确地说我是接受了村里人的"再教育",其中可以是贫下中农,也可以是其他什么农。

······

1978 年 10 月,我离开了杜家庄。在这前前后后的一些事儿,我曾经在《1978 那些事》、《教鞭》、《回家吃饭》、《场院上的星星》[①]、《手表》等文章里说过了。1978 年以后,我们在大学里都开始唱谷建芬老师写的"八十年代的新一辈"了,也就是说,我的"七十年代"结束了。

(原文地址 http://blog.sina.com.cn/s/blog_54b75c030100l0ge.html 成文时间 2010 - 09 - 11)

---

① 参见《胡言》,广西师范大学出版社 2010 年版,第 258 页、第 152 页、第 103 页和第 238 页。

梦回 1980

不年轻的歌手、不年轻的歌曲、不年轻的观众,这就是昨天(9 月 23 日)晚上首都体育馆"梦回 1980"——新星音乐会 30 年纪念演出的现场。当扩音器里响起"属于你,属于我,属于我们 80 年代的新一辈"的时候,演出现场一片沸腾,人们似乎在沸腾中忘记了自己的年龄,也许只有这种沸腾的气氛依然年轻。

——这些当然不是《盗梦空间》的故事情节,更不需要去看那个不断升值的陀螺是否还在转动:道理当然非常简单,因为依然清醒的我就在这个演出现场。平心而论,我并不是一个"音乐爱好者",更为不幸的是"音乐对于我来说,不过是一种声音"。但是,仅凭着自己昨晚的"现场感觉",我似乎觉得那些欢呼甚至雀跃的人也不一定是被音乐中优美的旋律所打动——在我看来,昨晚那个"梦回 1980"——新星音乐会 30 年纪念演出中的大多数歌曲算不上优美——而是凭着这些熟悉的曲调去找回自己当年的感觉:倒退 30 年,这些听歌的人中大多数应该非常年轻,有着人类生命周期中特有的青春萌动,再加上一个突然变化的年代,一定有着千千万万值得回味的事情使人一想起来就非常激动。正是这个音乐会给了这个特定的人群唤起回忆和展示激动的机会。

身处音乐会这种"沸腾现场"的我,没有太多发呆的机会。在那一浪高过一浪的欢呼声中,自己也被裹胁着思考一些事情:1980 年的时候我在哪里? 在做些什么? 知道有过一个新星音乐会吗? 1980 年我的确在一个与首都体育馆不太远的地方上大学三年级,绝对不知道、也没有想知道或者参加一个新星音乐会。噢,对了! 那个时候中国人民大学恰逢成立 30 周年,学校举办了一个运动会,在那个运动会上我第一次百米跑进了 12 秒,用 11″9 的成绩以中长跑队员的身份拿到了短跑比赛的第一名,既为我们系赢得了荣誉,也打破短跑队包揽这个项目冠军的历史……

"再过 20 年我们来相会,那时的天噢那时的地,那时的祖国一定更美;但愿到那时我们再相会,那时的你噢那时的我,那时的成就令人欣慰……"伴随着谷建芬老师那熟悉的曲调,"梦回1980"——新星音乐会30年纪念演出结束了,人们又一次从梦想回到现实当中,在茫茫的夜色中离开首都体育馆,离开这个他们曾经魂牵梦绕的地方——

"家乡的小河你别难过,我会回来,我会回来,你等着我,等着我,小河。"

(原文地址 http://blog. sina. com. cn/s/blog_54b75c030100l888. html 成文时间 2010 - 09 - 24)

去 武 大

我接到了邀请,准备参加武汉大学信息管理学院 90 年的院庆。当然,在我的记忆里,90 年前成立的学校好像不是这个名字——其实这些都已经不太重要了,无非大家找个由头聚一聚,见个面,体会一下失去的光阴。

作为九省通衢的武汉,我还是去过的。第一次是大学三年级实习的时候,我们班的同学住在汉口的长江航运管理局的花桥招待所,整理秦皇岛煤码头的档案。期间印象比较深的除了武汉的热干面,就是从武汉乘船去葛洲坝的一次"历险":当我们乘坐的东方红××号沿江而上行驶到枝城附近一座大桥的时候,船居然触礁了。不过这次触礁与另外那次泰坦尼克号的状况不太一样,我们的东方红××号只是不能行驶了,丝毫没有要沉下去、为后世制造故事的架势。倒是船上工作人员在不停地"驱赶"乘客岸上,最后全船几乎只剩下我们这个客舱的老师和同学没有上岸,并且表示要与工作人员共同战斗了。

这个时候,从船员的手提喇叭中传出了那句我至今难以忘怀的武汉话:"早晚都要走,还是早走得好!"大兵压境,眼看我们就要坚持不下去了——有道是"说时迟那时快",只听得有人大喝一声"谁是你们的负责人啊!这里的都是我的学生,我要对他们负责!叫你们的负责人来!"大家定睛看时,才发现是我们的王传宇老师双手叉腰、虎目圆睁、站在了船舱门口。于是,"黄洋界上炮声隆,报道敌军宵遁"。后来听说,凡是被"驱赶"到岸上的乘客,不得不在一所电影院里枯坐了一夜,我们则一夜无事。天亮之后,我们才来到了这个被称为枝城的地方,享受着 0.68 元一斤的鸡蛋和在武汉从来没有见过的、物美价廉的饭菜。经过了这次"历险"之后,大家都更加珍惜自己的青春。其重要证据之一,就是去游览武汉大学那个风景秀丽的地方。

在近十年间,我曾经多次到过武汉大学。但非常遗憾的是,几乎没有一次与武汉大学信息管理学院有关——主要是我所在的高等教育自学考试委员会的一个专家组由武大的一位副校长负责,所以工作班子自然就设在珞珈山边。

虽然每次来去匆匆，不过还是有一种咱亲戚也在这个院子里的感觉，只是大家都各忙各的，相见也就不如怀念了。

这次所不同的是，咱亲戚下了帖子，就是再忙，武大还是一定要去的。大家也千万不要想歪了，咱亲戚可不是武二郎他哥哥，武大是武汉大学的规范化简称。

（原文地址 http：//blog. sina. com. cn/s/blog_54b75c030100lhkt. html 成文时间 2010 - 10 - 05）

T31 次

　　T31 次是北京开往杭州的一列火车。10 月 15 日,我有幸乘坐这列火车去了一趟杭州,为一个朋友办的培训班充当救火队员——世界上就是有那么一种人,他们非要把一些正常的事情办成"非常",我的那个朋友恰好就是这种"正转非"的爱好者之一。没有办法,谁让我上辈子没有积德结识了这么一位爷呢!

　　当天下午 15:15,当随着拥挤的人群和浓烈的人气进站上车的时候,一种莫名其妙的感觉一直在我的脑子里打转,似乎有一点时空错乱的味道。当时的情景真的容不得我多想和回味,自己唯一能够做到的就是随波逐流,奔向车厢的入口。好不容易找到自己的铺位,还没来得及与它亲密接触,就有一乘客要求与我换票——理由非常简单和合理——他与我的上下左右是"一起的"。什么也别说了,换吧,我就是有天大的理由也不能"破坏"别人的友谊不是?

　　于是我告别了那个曾经"属于"自己的位置,来到了一个新的地方坐了下来。没过多久,我发现了一个重要情况:那就是我现在待的这个铺位的"上下左右"也是一伙的——是一帮铁道部某院的行政人员,结伴去嘉兴旅游。推而广之,至少我所在的这个车厢里的大多数人都是属于这样的群体:要么是去杭州方向旅游的,要么是从北京旅游回来的。从严格意义上讲,我也属于他们中的一人员,我是为我国旅游事业"做局"的。真可谓是志同道合,不是一路人不上一列车呀!

　　好像我们国家有句老话,叫做"君子和而不同"。只有这次坐在了 T31 次上,我才深切地理解了这句话的含义。临上车的时候,我从家里拿了一本林贤治先生的《纸上的声音》,准备在车上翻翻,谁料《纸上的声音》倒没有"听"到多少,满耳朵都是左邻右舍的声音。而且实在不是我想听,是那些声音强行进入到我那还没有失聪的耳朵。特别是那几位从铁道部某院来的女士,几乎把《杜拉拉升职记》和《婆媳之间》全部台词的加强版搬上了车厢。有人很夸张地形容,两个女人在一起就像一千只鸭子。尽管我并不赞成这样的比喻,但是大家可以想象一下如果四个女人、六个女人……在一起的情形,那简直就是像威力无比的原子弹,足以在任何战场上击溃任何设备精良的军队!

写在学问边上

无奈之下,我只有按照毛泽东主席曾经发明的战略战术,提前爬入了属于我的那个格子铺位,以躲避"战乱"。你还别说,还是他老人家英明伟大或者是经验丰富,格子的情况果然比格子外面好多了,至少可以阻隔一些高分贝的台词。不过,凡有一利就会有一弊乃至多弊:格子里面光线暗淡,且空间太小,在列车有节奏的晃动中,我很快进入了朦胧状态。这时我觉得自己爬进的好像是前一段时间流行的"胶囊公寓",还有点像太平间的那些抽屉……

　　16日7:05,T31次在晚点30分钟后到达杭州,接站的司机没用多少时间就把我送到了培训的宾馆。我下车看时,宾馆门前的条幅上写着"欢迎参加全国足浴经理会议的各位代表",顿时吓出一身冷汗。待我完全清醒过来,到前台一问才知道,那个会议是前天结束的,与我没有什么关系。不然的话,我就只好代表"兰台休闲中心"(参见 http://www. daxtx. cn/index. php? uid - 5 - action - viewspace - itemid - 341)参加了——要真的是那样的话,PPT 可能要进行比较大的调整!

　　(原文地址 http://blog. sina. com. cn/s/blog_54b75c030100ltcy. html 成文时间 2010 - 10 - 17)

第七部分　性情感言

庆 儒 先 生

我与张庆儒先生相识十多年了。尽管"十多年"在一个人的生命中可能并不能算作很长的时间，但是如果赋予这些时间"相对论"的意义，那么"十多年"应该也不能算作太短。不然的话，所谓"洞中才数月，世上已千年"和"一见如故"就无法理解了。其实我与张先生见面的机会也就在三、五次之间，与那些终日混在一起的人们相比，可以说少得可怜。然而，就是这样"三、五次"的交往，使我与张先生产生了"一见如故"的感觉。

大约是在1995年，我以《办公室业务》主编的身份参加了中国公文写作研究会的一次年会。给我留下深刻印象的是，这个学会的活动居然由几位老先生在组织和维护。更让人吃惊的是，这些老先生是那样认真和"痴情"于公文写作的研究，让我们这些"生活在公文之中"的晚辈看到他们辛劳的身影都有些感到惭愧。在与这些老先生的交谈和接触中，使我逐渐理解了老一辈人对工作或者说"事业"的真诚。在这些"老一辈"中就有张庆儒先生。

1996年我调入中国人民大学，成为了一名职业教师，自然也成了身为大连广播电视大学副校长的张庆儒先生的"同行"。更为凑巧的是，学校竟然给我这个从机关来的老师安排了一门《公文写作与处理》的课程。由于张先生是国内公认的研究公文写作的专家和《公文处理学》的作者，所以凡是我在课程中不懂和不清楚的地方都会与他联系。如果他恰巧在北京或者我在大连，还会借机找个由头在一起坐坐，直接向张先生请教一些问题。这不光是因为我这个人脸皮比较厚，更在于我和张先生"一见如故"。

就这样一来二去、十多年的光阴过去了，真可谓"天增岁月人增寿"——张庆儒先生也到了古稀之年。在这个值得纪念的日子里，我衷心祝福张先生更加健康长寿：这是因为"张先生更加健康长寿"无论于公还是于私都有着重要价值。其中，"于公"的公，当然是我国的公文研究；"于私"的私，自然是我们这些晚辈的"私利"——请教问题方便。

最后，像那些"福如东海，寿比南山"的俗语我就不再多说了，还是祝我与张庆儒先生的友谊万古长青吧！

（原文地址 http://blog.sina.com.cn/s/blog_54b75c030100ly68.html 成文时间 2010-10-23）

肉眼凡胎

话说 28 年前,当现在的学界"大鳄"们还是学生的时候,我已经在国家档案局教育处成为一位名副其实的"档案教育工作者"了。当时国家档案局教育中心还没成立,在职培训的任务则成了我们教育处的主要职责。此外,教育处还负责全国档案系列专业职称评定的组织工作。当然,后一项政策性很强的工作不在我的职掌范围。

我进入档案系统的第一项重要工作,就是负责国家档案局在科学院礼堂举办档案业务培训班。在我的记忆中,这个培训班应该是我在教育处工作的 4 年里规模最大的一次,参加学习的人员大约有 2500 人,几乎坐满了科学院礼堂全部座位。此外,为了保证其他单位学员的听课效果,国家档案局自己的学员被安排在后台的一个小房间里。在这里听课的学员,只能听到老师讲课的声音,无法见到老师的"芳容"。

虽然这个培训班名义的班主任、副班主任是分管副局长和教育处的处长,但是广大学员能够见到的管理人员却只有本人。我每天(培训班每周上三个半天课)的基本工作是,从车队要车去中国人民大学接老师,组织课堂的录音,负责班上的日常管理。好在是我刚从学校毕业,老师方面人头比较熟悉,再加上学员全部"走读",不然的话,这么大规模的培训班还不知道要出多少问题。应付这种局面,我的基本做法就是"快刀斩乱麻",绝不"拖泥带水",否则,我早就被"淹没在'人民战争的汪洋大海之中'"。

尽管做足了各个方面的"功课",也不能保证不出现一些小的问题和摩擦。比如,当第一门课程考试结束后,许多学员希望尽快知道自己的成绩。但是,2500 张试卷的阅卷时间不可能很快——因为在 1980 年代,考试的组织和阅卷都是非常严密、认真的。往往有这种情况,不管你做了多少解释工作,还是有那么一些仿佛根本没有听到任何"解释"的人出现在你的面前——

有一天课间休息,我好不容易把讲课的老师"掩护"到可以休息的地方,就碰到从台下上来的一位女士。她对我说:"我叫张玉凤,我的《文书学》考了多少分?"我只好又十分客气地对她讲了一遍"政策"。她的回答出乎我的预料:"我叫张玉凤,请帮助给查查。"我的火气一下子就上来了:"不管你叫什么名字,这么多学员怎么能够查得过来! 还是等通知吧。"这位女士大概觉得我这个人"不可理喻",就知趣地回到了她的座位上——我还特意看了一下她的座位号:17排33号,心想……

还没有等我从"胜利的喜悦"中回过神,一位国家档案局的老先生就对我说:"就你刚才的态度,如果放在六七年前大概可以被枪毙了!""你别吓唬我,我这个人天生胆小。如果出了什么毛病,可就去你们家养伤了。"我随口回答道。"不是跟你开玩笑,这个叫张玉凤的人曾经是毛主席的秘书,当年连江青都让她三分。现在在一史馆工作。"

若干年后,我作为《办公室业务》的主编,为了组织一些纪念毛主席诞辰百周年的文章,经朋友介绍又找到了已经回到铁道部办公厅工作的张玉凤。在谈完工作之后,张对我说:"胡主编,我们是不是在什么地方见过面啊?""您一定记错了,您怎么会与我见过面呢?"不过,从此之后就总有一些比我还八卦的人向我打听张玉凤的长相如何。从理论上讲,我根本不可能记住我的2500个学员长得什么样子。为了不让提问者过于失望,我一般都会说张是一个非常普通的人。如果有人不知趣,非要"深入"讨论一些问题,我则会告诉他们:"毛主席是火眼金睛,而我则是肉眼凡胎,所以只能看到这些了!"

(原文地址 http://blog.sina.com.cn/s/blog_54b75c030100m97k.html 成文时间 2010-11-06)

我的 2010

墙上的日历眼看着就剩下三页,也就是说 2010 年马上要过去了。如果是在其他机关或者事业单位,现在最忙活的事一定非年终总结莫属,而在被称为大学的这个地方,至少一般教师没有硬性的总结任务——因为这些机会一定是留给那些自认为比总理还忙的官员。不过,我倒是觉得时间其实对待每一个人都是一样的,比如都是活过了一天两个半晌,见一面就会少一面。因此,记录自己过去的历程应该不是属于某个特殊群体的专利。

2010 年我的主要活动依然是编辑。除了按照刊期编辑《档案学通讯》之外,就是恶习难改地涉足了"攒书"或者编纂活动。先是年初某些领导的一次玩笑,把我搅进了拯救档案文献编纂学的"重点项目"之中。目前这个项目已经完成了启动、计划和部分的实施工作,如果不出现什么意外的话,应该按照与出版社签订的合同于明年 4 月交稿、7 月出书。尽管类似这样的活动在十余年前几乎是我每天工作的常态,但是从来没有像这次一样具有那么一种使命感。

接下来就是按照"编辑"的惯性,继续做了《化腐朽为神奇:中国档案学评析》和《胡言》两本书。从时间上看,这两本书基本上都在我预计的时段如期出版,但是各自出版的经历却非常不同。《化腐朽为神奇:中国档案学评析》,不过是我博士论文的"完整版"和"升级版",它出版的意义仅仅在于为大家提供一个看待中国档案学的视角。

另外一个与"编辑"有关的事情,当然应该算因《档案学通讯》网络版而诱发的"写作"习惯。粗粗地算了一下,我在这个即将过去的一年中大约写了百余篇博客、约十万余字。其中除个别的文字被改造为文章发表在传统媒体上之外,绝大多数仍然趴在《档案学通讯》网络版以及新浪网、凤凰网自己的个人空间里面。尽管读者寥寥,但作为一种能够证明自我存在的方式,也不能说没有一点价值。

2010 年我更加常态的工作当然是教书——这几乎已经成为自己十余年间的本能活动。除了完成学校规定的"工分"定额之外,就是在江湖上混迹,打发生命的时间。聊以自慰的是,根据不完全统计,我已经在全国二十多所高校档案专业中进行过"游说",有些学校可能还不止去过一次,为中国档案学的"星火"暂时不被熄灭进行着不自量力的努力。不知那些主管档案专业教育的官员和准官员对此作何感想? 哦,我差点忘了,在现在"那些主管档案专业教育的官员和准官员"还没有出道的时候,我已经是国家档案局教育处的"官员"了——我现在的行为与做编辑一样,完全是一种习惯。

值得一提的还有,几乎是在 2010 的年终岁末,我又被出版主管机关培训了一次:获得了应有的资质,了解了报刊在未来两年中的命运……

2010 年就要过去了,我们在又一次失去了 365 个日日夜夜的同时,也失去一些与自己亲近的朋友和生灵。在这些失去的价值中至少还有一项可以被还没有失去的人们笑纳,那就是大家应该明白怎样去面对还没有失去的时间。

祝大家明年好运!

(原文地址 http://blog. sina. com. cn/s/blog_54b75c030100njc5. html 成文时间 2010 - 12 - 29)

卫 生 间

对于现代人来说卫生间的功能已经属于常识,不太可能出现"到洗手间洗手"这样的误会了。尽管一些地方还在为卫生间的英文名称和标识颇费脑筋,但在一般情况下没有人会把卫生间的公共属性当作琢磨的对象,更不可能有人把"公共卫生间"作为公共管理的一个方向。

然而,卫生间除了大家都清楚的功能之外就真的没有什么其他功能了吗?恐怕还不能马上把话说死。至少在我的经验中,如果出差在外地,一些宾馆的卫生间就会成为房间里光线最好的地方。在一般情况下,一些宾馆的设计者都会把房间光线弄得十分昏暗,使进去的生物统统昏昏欲睡,而卫生间则是"光照"最充足的地方。也就是说,如果你希望自己保持清醒的话,最好的去处非卫生间莫属。如果你恰巧需要阅读或者准备一些材料,又不想打扰同寝室的人休息,那么卫生间一定是你唯一的选择。

好像是在 2004 年,我在黑龙江省局同事的"陪同"下去过一次齐齐哈尔。在准备离开的前一天,齐齐哈尔的老局长非要我为他们那里的同行讲点什么。他提出这个要求的时候已经是晚饭后的灯火阑珊,而我又从来没有晚上工作的习惯。无奈之下只好第二天起来一个大早,在明亮的卫生间里开始了自己一天的工作。当我准备好了可以应付半天讲稿的时候,室外的太阳好像还没有升起,我同寝室的人员也还没有结束自己的好梦。需要说明的是,我那天给齐齐哈尔同行们讲的问题为"中国档案职业状况分析"——一个从卫生间"产生"的学说。

其实我国自古就有读书人于"厕上"的说法,当时的"厕上"一定相当于现在卫生间的某个地方。如果将读书人的事与高雅联系在一起,那么那个"厕上"也就可以随之"免俗"。于是,传承着远古文明和高雅的卫生间自然也应该归入当代精神文明建设的组成部分。再加上现在无孔不入的公共管理理论,卫生间研究登上大雅之堂应该是指日可待的事情。也许到那个时候,就不会劳动我等不学无术之徒去议论卫生间了。

在我看来,卫生间除了可以传承高雅和创造一门"公共卫生间管理"的学科之外,可能还会为未来考古人员创造一些"兴奋点"。他们可能会从出土的某些卫生间的残垣断壁上发现诸如"办证""考级"或者"上古"的壁画,他们可以从中推断出历史上曾经存在的文明及其文化。从这个意义上讲,如果我们现在的"研究"能够给他们保留下一些用于考证的文献,那应该也是一件功德无量的事情。

好了! 让我们开始卫生间的研究吧。

(原文地址 http://blog. sina. com. cn/s/blog_54b75c030100oav1. html 成文时间 2011-02-05)

思　维　帽

据报道,科学家们正在进行一种被称为"思维帽"的科研活动,试图通过磁体对人脑的刺激,帮助那些学习有困难的人,甚至治愈恐惧症患者。"思维帽"的工作原理,是通过向大脑传送低强度电流,压制与学识相关的大脑左侧,激发与创造力相关的大脑右侧。科学家希望"思维帽"的研制和使用,能够解决人的创造能力问题。实验结果表明,那些大脑受刺激的参与者在追踪重复试验部分的目标物时,表现得显然比其他小组更好。

到目前为止,我还没有看到"思维帽"在我国推广的相关报道。但是,从媒体的关注程度上足以证明,一旦这种"思维帽"在我们这个拥有九百六十万平方公里、十三多亿人口的地方时兴开来,那绝对不会逊色于朝鲜半岛可能会实验成功几颗原子弹。大家可以设想一下那个时候的情景,无论是大街上还是写字楼里,不管是渤海之滨还是珠峰之巅,每个中国人都带着一顶"思维帽",且不说经济效益,就只是说那个人们最不好评估的社会效益和生产力特别是创造力的释放,就足以让美国国会开一年的闭门会议了。

趁着这个人类划时代的项目还没有普及的时候表达一下自己的观点,则是我们这个学科和行当的从业人员最为擅长的一个特点。因此,我也赶紧趁着别的同行都在忙于其他事务的间隙,解析我对"思维帽"的一知半解。在我看来,"思维帽"除了上述可以预见的优点之外,似乎还存在一个优化人脑的功能。特别是在我们这个从娃娃就开始抓"知识管理"的国度,人的大脑左侧(以下简称左脑)一定相当发达。通过五千多年的文化积淀和三十多年的改革开放,几代国人的左脑已经取得了让世界瞩目的成绩。而现在急需解决的问题就是怎样就这些储存在国人发达的左脑中的"知识",尽快通过一种渠道开发或者转化出来,成为实实在在的生产力和创造力。"思维帽"的出现,无疑是一种可供选择的途径。

爱因斯坦曾经说过,创造力比知识更重要。从这个角度看,"思维帽"则为实现爱因斯坦的理念提供了模式和结构上的可能———种解剖学意义上的可能。当然,在"思维帽"时代没有到来之前,大家也没有必要专门"压制"自己"与学识相关的大脑左侧",更没有必要在没有科学家指导的情况下"向大脑传送低强度电流"。不然的话,大家可能就等不到"思维帽"出现的那一天了。

让我们共同期待着那一天的到来吧!

（原文地址 http://blog. sina. com. cn/s/blog_54b75c030100oo6l. html 成文时间 2011－02－21）

老　米

一

在我认识的朋友当中，老米是个地地道道的名人。只是他成名的时间太早、太过久远，所以在当今这个光怪陆离、人欲攒动的时段没有谁会记得他了——可是，据说在当年老米也是"上层建筑"中赫赫有名的人物，还曾经被中央文件提及……而现在的老米，则是一个退休多年、在医院养病的"老人"。

我认识老米，当然不是在他最出名的时候——因为那时候我才十几岁、正在农村种地呢，用现在的话说，是一个不折不扣的"蚁族"——而是在他已经不那么出名，并且我已经成为编辑之后。大家千万不要误会，在我的职业经历中，至今没有追逐名人、窥视人家"隐私"的记录，因此我与老米相识，完全是一个历史的巧合。

那是一个社会即将发生动荡的年份，我所在的出版社则先于社会开始"动荡"了：其主要原因是发行账目不清、资金去向不明，而恰好社里又来了新的领导。于是，一场历时一年多的"清理整顿"拉开了序幕。作为这场运动的"核心成员"，我的任务就是调查和追回欠款，但不论领导怎样"信任"，我们的工作总是与这些"信任"相去甚远。为此，上级领导又做出了一个"英明决定"，从外单位抽调得力的人员，参加我社的"清理整顿"——老米就是被抽调来的"得力的人员"，我们"并肩战斗"的结果，就是我们成为了朋友。

后来，这次波澜壮阔的"清理整顿"被更加"波澜壮阔"的"清理整顿"淹没了……当大潮退去之后，我的身边却多了一个叫老米的朋友，并且我还通过老米结识了一些"更加有名"的朋友。当然，包括老米在内，他们的"有名"已经与现在的社会名流不在一个层次，用我老伴的话说，都是一些不怎么时兴的人物。不过，我倒是认为，作为朋友其实没有"时兴不时兴"的问题；正好相反，如果"时兴"则存在很大的风险，至少有趋炎附势之嫌，有悖我做人的准则。

我昨天读到肖复兴先生纪念前辈郭风的一篇文章，有句话让我记忆深刻——"他把岁月留给了文字"。当时我就马上想起了老米，他的许多"岁月"

如果不留给"文字"的话,那将是一件非常、非常可惜的事情。

（原文地址 http://blog.sina.com.cn/s/blog_54b75c030100ghto.html 成文时间 2010 - 01 - 21）

二

上午参加了一家刊物的年度研讨会,其中有一些来自党史和收藏界的朋友。从会上他们的关注点到饭桌上的时尚话题,都没有离开"名人轶事"——真可谓说者津津乐道,听者废寝忘食。这也难怪,在当今这个资讯泛滥的社会,如果有那么一点"干货"就足以"内容为王"了。

不过,这些朋友的所谓"干货"说白了大多数是一些"二手材料",几乎没有什么真凭实据,更不要说是亲身经历了。当时我心里在想,他们凭这些东西就敢在"江湖"上混,那我的朋友老米还不早就成为社会知名学者了!然而,至少目前的社会现实是,这帮家伙已经是准"社会知名学者"了,而老米却渐渐"淡出"了人们视线。

其实,说老米完全"淡出了人们的视线"也不是事实——我从网上搜了一下(参见中国速记速录专家网 www.steno.com.cn),便发现了如下内容——

……自从毛泽东说了"我叫安的时候安"那句话之后,中共中央办公厅意识到毛泽东不大喜欢录音。为了能够完整地记录毛泽东等首长的讲话,中共中央办公厅决定加强速记工作。于是,着手物色八名速记员。到哪里物色呢?从北京应届高中毕业生中选八名"根正苗红"的学生。米士奇恰恰在 1961 年从北京二中毕业,正准备报考北京大学历史系(我的印象中应该是"数学系"——编者注),意外地被中南海选中了!

米士奇确实是"根正苗红"的学生。他被查过"三代"——爷爷是工人,父亲是中农,本人是学生,出身河北保定徐水农村,没有很复杂的社会关系。中学六年,他六年当选三好学生,五年当选优秀团员,两度当选北京市优秀学生。

像米士奇这样"根正苗红"的应届毕业高中生,最初选了八人,后来筛去一半,剩四人,米士奇仍在其中。这四人被送去学速记,不久调往中南海,在中共中央办公厅秘书局工作,为中央的会议当速记。米士奇还负责整理过毛泽东讲话的录音带——在征得毛泽东同意后录音,大约两三百盒录音带。

1965 年 8 月 23 日,米士奇成为中共预备党员。他是四名速记员中第一个入党的。此后,他一直在中办工作。1974 年,他担任中办秘书处文件组副组长时,2月1日被调往王洪文办公室临时协助工作。这样,他成了"王办"的工作人员。

他跟王洪文,只是一般的工作关系。正因为这样,在中国历史大变动的时刻,虽然他曾奉王洪文之命"进驻"紫光阁,但他在王洪文被捕的翌日便写了揭发材料。在中共中央1976年12月印发的文件上,称他为"米士奇同志"。

如今"小米"已成为"老米"……

我虽然与老米"朋友"多年,但从来没有打听过他的"身世";但是凭着一个编辑的"职业素养",我还是感觉老米是一个"有故事"的人。按照易中天老师的说法,"故事"就是过去的事;按照我自己的理解,"故事"就是一个既往的时间符号,而时间对于每一个人来说是公平的,但每一个人却不一定能够公平地对待时间。因此,才有了《钢铁是怎样炼成的》中保尔·柯察金的那句可以传世的名言:"一个人的生命应当这样度过:当他回首往事的时候不会因虚度年华而悔恨,也不会因碌碌无为而羞愧!"

具体到自己,是不是可以这样理解:我没有因为认识老米而"悔恨",但有可能觉得没有"发掘"出老米的"故事"而"羞愧"。

(原文地址 http://blog.sina.com.cn/s/blog_54b75c030100gkdy.html 成文时间 2010 - 01 - 27)

三

据新华社报道,英国广播公司流行音乐节目主持人丹尼·凯利在他17日下午主持节目时播放英国国歌,同时"悲伤地"告诉听众,"我有惊人消息要告诉大家……女王伊丽莎白二世去世",随后 BBC 为此事真诚道歉,并且称凯利的话没有恶意——在这个"消息"发生不久,我就收到一则短信,称"老米走了"。

如果老米走了,他的故事(《健桥听风》参见 http://www.daxtx.cn/index.php?uid - 5 - action - viewspace - itemid - 5775)就已经成为绝笔。据说明天要举行老米的告别仪式,可是我现在在深圳,明天有一天的课,无法与老米告别。虽然已经托人代我向他的家人转达了我的问候,但是总是觉得存在某种缺憾。不过转过头来一想,还是不告别为好——那就意味着我们没有告别。

就在老米住进医院不久,还给我发了一条短信:"鸿杰:你好!你我相识大概有二十五六年了,我们一相见就如老朋友重逢一样,一见如故,这叫缘分。我们情投意合,对重大问题的看法和认知度都是一样的。我对你的能力、水平、为人、做事很佩服,是个人才。可惜×××××××××(以下删去九个字),这是一大憾事。也好你凭自己的能力开辟了新天地,成就了另一番事业,可贺也!我的病开始很重,经过治疗大有好转,谢谢你的关心。看来我们还要共同走一段路,高高兴兴地过好每一年、每一天。希望你一切好!米士奇"。时间是在 2010 年 1 月 21 日,所以我有理由不信类似丹尼·凯利那样的"新闻"。

有的时候,一个人的想法是一回事,而事实却是另外一回事。具体到老米本人,如果不是出现类似英国广播公司(BBC)主持人丹尼·凯利那样的"口误",这次老米恐怕是真的走了:他可能没有机会再审定我给他整理的"录音",更没有机会听到或者看到《胡言》……当然,他也不会在出差的路上,再将自己的毛衣留给自己的同事——还是让我们这些活着的人想一想吧,走了的人是多么宝贵,失去的东西是多么宝贵。

深圳这里的天气时晴时雨,昨天我所乘坐的航班就因此滞留了近 10 个小时。"近 10 个小时"的滞留绝对不会带给人们好心情,但如果与失去一位朋友相比这应该算不上什么……更为重要的是,我会记住老米的话,高高兴兴地过好每一年、每一天。

(原文地址 http://blog.sina.com.cn/s/blog_54b75c030100ijc8.html 成文时间 2010-05-20)。

后 记

　　收在这本集子里的文章与《胡言》处于相近或者稍后的时间段。按照现在流行命题方式，应该叫做《胡二》才对。不瞒各位，这种心思我也动过。但思来想去，还是放弃了：一来是《胡言》的出版"命运坎坷"——在一些人眼中，似乎只要触犯了某些上古时期传下来的禁忌，就一定是大逆不道；即便是最终没有什么实际问题，也会捕风捉影地找一些"不足"。二来是这本集子里的文章，至少有两三个部分与《胡言》不同，比如我为一些学术著作写的序言。因此，如果沿袭过往的书名，多少有些名实不符。

　　说到现在这个书名，还应该从很多年前到我家做木工活的一位匠人那里寻找渊源——那时候我正在读高中，社会比较流行自己或者请人"打家具"。我的家人没有这种"打家具"的手艺，就通过熟人介绍请了一位木匠。印象中这个木匠在我家待了很长时间，由于混得很熟再加上有一把力气，所以我经常给他做"小工"，偶尔也做一些细活。记得是在他完成使命离开我家之前，曾经非常认真地对家里的大人说，这个孩子可能不太适合读书，也许杀驴对他更加合适。我当时不太明白，就插了一句话问"驴怎么个杀法？"好像木匠的说法是，迅速将驴搬倒，然后杀之。虽然我的家人和我自己都对木匠的说法不太认同，但这毕竟是有人对我的职业生涯作的一次评估。

　　多少年过去了，我做过农民、文员、编辑、教师。特别是在一定时期内，似乎也与"学问"关系密切，但是细想一下，终究与学问无缘。自己真正能够做到的，不过是把别人的"学问"顺一顺，将他人的"学问"讲一讲，最多就是一个中介而已——沾边而不是即为"边上"。就拿收在这个集子的那些"序言"来说，不就是在人家做好的"学问边上"比划比划、说上两句咸淡适中的废话吗？如果这些边上的东西还是由"别人"提刀写的，那就更加可悲了。所以今后大家千万不要把那些顶在书前面的"序言"当回事，真正的学问应该是后面和里面的东西。更不要希望这些"边上"的东西为自己遮丑或者添彩,因为其中说法基本上与"学问"无关。

就像杀驴者应该有自己的职业操守——不能把驴杀得不死不活一样,写在学问边上的东西也应该有作者的道德底线——至少是自己写的。也就是说,这个集子里的东西"至少是自己写的"。至于其中的味道,则应该由编辑来鉴定、由读者来评说。而不论大家的鉴定或评说的结果如何,我在此一并感谢。

作 者
于 2012 年 5 月

写在学问边上